Bruno Frei
Die Männer von Vernet

EXILLITERATUR

Herausgegeben von Hans-Albert Walter
und Werner Berthold

Band 3

GERSTENBERG VERLAG

BRUNO FREI

DIE
MÄNNER VON VERNET

Ein Tatsachenbericht

GERSTENBERG VERLAG

CIP-Kurztitelaufnahme der Deutschen Bibliothek

Frei, Bruno:
Die Männer von Vernet: e. Tatsachenbericht / Bruno Frei.
(Nachdruck der Ausgabe) Berlin, Dietz, 1950.
Hildesheim: Gerstenberg, 1980. (Exilliteratur; Bd. 3)
ISBN 3-8067-0871-1

Gerstenberg Verlag, Hildesheim 1980
Mit freundlicher Genehmigung des Dietz Verlages, Berlin
Neudruck der Ausgabe Berlin 1950
Umschlagentwurf: pietsch grafik gmbh, Hildesheim
Herstellung: Strauss & Cramer, 6945 Hirschberg II
ISBN 3-8067-0871-1

Bruno Frei

1980: RÜCKBLICK AUF VERNET

Die Männer von Vernet, sofern sie leben, sind in vielen Ländern beheimatet, in vielen Berufen tätig. In einer Septembernacht des Jahres 1939 verhafteten Pariser Polizisten einige Dutzend, einige hundert, einige tausend in der französischen Hauptstadt lebende Ausländer und isolierten sie von ihrer Umwelt. In diesem Buch wird der Vorgang beschrieben.

In einer der folgenden Nächte führte man sie von Paris weg. Aus dem Eisenbahnzug, der sie transportierte, entladen, fanden sie sich auf freiem Felde, in Reih und Glied aufgestellt. Auf einer Toreinfahrt war zu lesen: CAMP DU VERNET. Von einem Stacheldraht auf kleinem Raum eingeschlossen, wurden sie zu *einem* Körper: Die Männer von Vernet.

Hatten sie eine gemeinsame Ideologie? Hatten sie überhaupt eine Ideologie? Sie waren aus 30 Nationen – und ebensovielen Parteien – zusammmengetrieben worden; wie kann man von einer gemeinsamen Ideologie sprechen?

Und doch! Wiewohl sie keine gemeinsame Sprache verband, hatten sie eine gemeinsame Ideologie. Diese hieß: WIDERSTAND.

Widerstand gegen die Kälte, Widerstand gegen den Hunger, Widerstand gegen die Ratten, Widerstand gegen ihre Bewacher – die Garde Mobile.

Die Männer von Vernet hatten keine Waffen, wehrlos aber waren sie nicht. Ihre Waffe war der geschlossene Widerstand.

Ein unwiederholbarer Vorgang.

Seine Geschichte erzählt dieses Buch. Ist sie, vier Jahrzehnte danach, erzählenswert? Mit einem nüchternen Wort bezeichnet, waren diese Männer Gefangene – Zivilgefangene. Von Drahtverhau eingeschlossen, standen sie den bewaffneten Organen einer Staatsmacht gegenüber, die in ihnen den Feind sah.

Vernet war Kriegsschauplatz.

Es war ein ungleicher Kampf.

Versucht man den Frontabschnitt von Vernet, befreit von den Episoden, die das Lagerleben bestimmten, in den Ablauf der geschichtlichen Zeit einzuordnen, darf man nicht beim Lagertor, das sich hinter den eingelieferten Gefangenen geschlossen hatte, beginnen; man muß zurückgreifen auf die weltpolitische Situation, in der sich Frankreich vor das Phänomen Hitler gestellt sah.

Deutschland, le boche, das war nicht neu. Denken und Fühlen der Franzosen war seit Jahrhunderten mit dem unguten Nachbarn konfrontiert. Über Siege und Niederlagen – mehr Niederlagen als Siege – war in den Schulbüchern alles nachzulesen, was die Waffengänge gebracht hatten. Aber Hitler, das war etwas Neues. Manche freilich meinten, es sei das Alte in neuem Gewand.

Ein Dolmetscher, der mit der Aufgabe betraut war, der versammelten Regierung eine Hitlerrede simultan zu übersetzen, leistete sich den Scherz, das Hitlergebrüll von Nürnberg über den Lautsprecher live zu übertragen.

Das war also doch etwas Neues. Während das Volk Frankreichs mit sicherem Instinkt in Hitler den reißenden Wolf sah, der den nachbarlichen Frieden bedroht, war die öffentliche Meinung im Bereich der Meinungsmacher pervers, aber keineswegs spontan, verzerrt.

Da hieß es, zuerst leise, dann immer lauter: vielleicht sind die Friedensbeteuerungen dieses Brüllers ernst gemeint, vielleicht läßt sich dem zackigen Hitlergruß ein deutsches garde à vous entnehmen, bei einem Volk, das nie etwas anderes gekannt hatte als Gehorsam? Ist denn Disziplin an sich schlecht? Immer lauter kam von jenseits des Rheins die Verführung des rapprochement, des deutsch-französischen Dialogs und das Schielen nach einem Bündnis gegen den gemeinsamen Feind im Osten.

Deutsch-französische Annäherung – war das nicht ein altes Ideal der besten Deutschen und der besten Franzosen? Jetzt aber hatte das verführerische Wort einen völlig anderen Sinn. Es sollte nicht heißen: deutsch-französische Verständigung, sondern hitlerdeutsch-französische Verständigung. Und das war etwas völlig Neues, keineswegs Friedliches.

Frankreichs Stellung, angesichts des neuen Deutschlands, mußte so oder so geklärt werden. Frankreich, ein Freund Hitler-Deutschlands, oder – Frankreich, ein Feind Hitler-Deutschlands? Das war die Schicksalsfrage anno 1938.

Die Hitlergegner, die aus Deutschland, zum Teil aus deutschen Konzentrationslagern, nach Frankreich geflüchtet waren, setzten sich mit allen Kräften für die Lösung: Frankreich, ein Feind Hitler-Deutschlands, ein.

Hitler brauchte und suchte Verbündete in seinem Vorhaben des Großen Krieges gegen die Sowjetunion. Die deutschen Emigranten in Paris, Feinde Hitlers, suchten mit allen Mitteln, Frankreich von dieser verderblichen Allianz abzubringen und es fest einzubinden in die sich bildende antifaschistische Weltfront.

VI

1935 war die Saar an das „Dritte Reich" angegliedert worden. Hitler hatte zum Sprung angesetzt. Die exilierten Deutschen in Paris warnten: das Raubtier nähert sich. Kommunisten, Sozialisten und Radikale, angesichts der drohenden Hitlergefahr, waren alarmiert. Nichts schien notwendiger, als der Zusammenschluß aller linken Kräfte, die Geschlossenheit der Demokratien.

Die Parlamentswahlen standen im Zeichen der Losung: Hitler vor der Tür. Im Mai 1936 errangen die Parteien der Volksfront, Sozialisten, Kommunisten, (bürgerliche) Radikale ihren historischen Sieg. Die Linke hatte sich formiert.

Es konnte nicht ausbleiben, daß auch die Rechte sich zum Sturm sammelte. Frankreich erlebte eine Zerreißprobe. Zwei Blöcke standen einander gegenüber.

Im gleichen Jahr war in Spanien, ausgelöst durch den Putsch des General Franco, der Bürgerkrieg ausgebrochen. Das beschleunigte den Prozeß der Aufspaltung des französischen Volkes in Rechte und Linke. Viele Hunderte Arbeiter und Intellektuelle eilten nach Spanien, um sich in die Internationalen Brigaden einzureihen.

Die mit Franco sympathisierenden Politiker der Rechten setzten ihre Hoffnungen auf dessen Sieg. Ihre Losung war: Nieder mit den Roten.

Drei Jahre lang kämpften die spanischen Republikaner – und an ihrer Seite die Interbrigaden – gegen den Verrätergeneral Franco.

In Frankreich regierte zu dieser Zeit bereits die Regierung der Volksfront unter dem Vorsitz des Sozialisten Leon Blum. Dieser Sozialist war vom kämpferischen Geist der Volksfront wenig berührt. Der aus tausend Wunden blutenden spanischen Republik zu Hilfe zu eilen, schien ihm nicht im Interesse Frankreichs zu liegen. Während Hitler und Mussolini mit Flugzeugen und Panzern Franco unterstützten, befolgte Leon Blum die „Politik der Nichteinmischung".

Die Nichteinmischung war in Wirklichkeit Einmischung zugunsten Francos. Das war ganz im Sinne der erbitterten Gegner der französischen Volksfront.

In dieser historischen Stunde trat ein neues Moment in Erscheinung, das sich als das entscheidende erweisen sollte: das Geld-, das Klasseninteresse. Bedrohte nicht ein Sieg der Roten, ein Sieg der Volksfront in Spanien und in Frankreich die Fundamente der Welt in der wir leben? Es ging nicht mehr um Parteien, es ging um die Gesellschaftsordnung.

Geweckt waren die Instinkte des Besitzes, Law and Order. In Frankreich war die Stahl- und Hüttenindustrie in einer mächtigen Dachorganisation zusammengeschlossen: das Comité des Forges, gegründet von dem mächtigen Stahlboß Schneider-Creuzot, Schutzpatron des Besitzbürgertums.

Dieser Großkonzern hatte Interessen in der CSSR (Skoda) und im polnisch-schlesischen Hüttengebiet.

Seit dem Ende des Ersten Weltkrieges träumten die Industriemächtigen, diesseits und jenseits des Rheins von einer Fusion zwischen lothringischem Erz und der Ruhrkohle. Lange Zeit hatte der Traum seinen Namen gehabt: Stinnes.

Dieser Traum war Programm des Comité des Forges. Hinter ihm trottete der Zug jener zweihundert Familien, die Frankreichs Großwirtschaft beherrschten. Was an reaktionärem Gelichter in Frankreich sein Wesen trieb, alter Adel und junge Finanz, vergatterte sich hinter dem Comité des Forges. Gemeinsam war dieser Kolonne der Wille, dem lebensgefährlichen Volksfrontgespenst den Garaus zu machen.

Die Politik der Nichteinmischung war ganz im Sinne der erbitterten Gegner der französischen Volksfront, der Herren des Comité des Forges.

Es entstand die perverse Situation, daß die Politik des hitlerfreundlichen Comité des Forges von dem Sozialisten Leon Blum durchgeführt wurde. Die Anführer jener Gruppierung, die sich zum Entscheidungskampf gegen die ,,Volksfrontgefahr'' sammelten, hatten aus der Niederlage der offen-faschistischen Cagoulards (Kapuzenmänner) gelernt. Nicht mit offenem Visier kämpfend, konnte man das Volk von der Verführung der Einheit abbringen. ,,Hoch oben'' war man entschlossen, den umgekehrten Weg zu gehen – der Tiger war mit einem patriotischen Lammfell getarnt.

Die neue Strategie hieß ,,Rapprochement'', deutsch-französische Annäherung. Von Berlin ferngelenkt, schossen aus dem Boden Komitees, Organisationen, Vorträge. Sie alle predigten ,,Frieden'', ,,Versöhnung''. Hitler wäre gar nicht so arg, wie ihn die Emigranten darstellten.

Die führenden Persönlichkeiten des Komitees ,,France-Allemagne!'' brüsteten sich ihres patriotischen Eifers. Heute wissen wir aus den deutschen Akten, daß Agenten Hitlers diese und ähnliche Organisationen auf die Beine stellten. Man sprach französisch, aber man dachte hitlerdeutsch. Hatte nicht Hitler selbst den ehemaligen Gauleiter von Danzig, Forster, belehrt, daß die beste Strategie darin besteht, den Feind von innen heraus zu vernichten, ihn zu zwingen, sich selbst aufzugeben?

VIII

Der entscheidende Mann, der diese Strategie in Frankreich durchzuset-
zen hatte, war der „Frankreich-Spezialist" Otto Abetz, von der „Dienst-
stelle Rippentrop". (Nach der Kapitulation Frankreichs wurde Abetz
deutscher Botschafter in Paris.) Seine Aufgabe war es, den französischen
Widerstand zu zersetzen, aus den Franzosen eine Nation von Defätisten
zu machen.

1934 war Abetz als Vorreiter der deutsch-französischen Verständigung
in Paris, um „Verbindungen" anzuknüpfen. Bald danach fuhren deutsche
und französische Frontkämpfer – und Jugenddelegationen – in beiden
Richtungen über den Rhein. Abetz organisierte Zusammenkünfte französischer Politiker und Journalisten mit Hitler. Abetz war nicht nur im
Comité des Forges hochgeehrter Gast, sondern auch bei französischen
Regierungsstellen.

Die Organisationen der deutsch-französischen Annäherung, des Rapprochements, waren die Fünfte Kolonne Hitlers. Der Begriff stammt be-
kanntlich aus dem spanischen Bürgerkrieg. Von vier Himmelsrichtungen
war Madrid, Hauptstadt der Republik, angegriffen, im Innern Madrids
aber wirkten die Agenten Francos, sie bereiteten die Kapitulation vor.
Man nannte sie die Fünfte Kolonne.

Die Politik des Rapprochements übte auf rechtsbürgerliche Politiker,
auf hochgestellte Beamte eine magische Wirkung aus: man brauchte nicht
mehr die Nazis zu hassen, es genügte, die antifaschistischen Emigranten
zu schikanieren, um höchsten Stellen genehm zu werden. Nicht der Nationalsozialismus sei Frankreichs Feind, sondern der Kommunismus.

Der neue Wind wehte auch in der Zitadelle des französischen Staatsap-
parates, in der Pariser Präfektur.

Der Verfasser dieses Buches lebte zu dieser Zeit in Paris, bemüht, die
französische Presse über die wahren Absichten Hitlers aufzuklären, die
französische Öffentlichkeit vor den Friedensschalmeien eines Otto Abetz
zu warnen. Aber schon war Abetz einflußreicher als die deutschen Antifaschisten, die unter dem Schutze der Gesetze stehend, trockenes Brot es-
send, unermüdlich ein freies Deutschland und damit ein freies Europa an-
strebten.

Es ereignete sich, daß eine große Zahl der in Paris lebenden Antifaschisten während eines Besuches von Ribbentrop in Schutzhaft genommen
wurden – Begründung: der hohe Gast müsse geschützt werden. Die deutschen Hitler-Gegner in Paris wurden in Schutzhaft genommen, zum
Schutze des Hitler-Emissärs Ribbentrop!

Das war ein Vorspiel zu Vernet.

Die französische Volksfront, von Haus aus unsicher gezimmert, bröckelte nach und nach ab, schließlich fiel sie auseinander.

Edouard Daladier, der Wegbereiter von ,,München'', wurde im April 1939 Ministerpräsident.

Im September 1938 waren die Westmächte übereingekommen, Hitler das Sudetenland zu schenken, in der Erwartung, er werde sich erkenntlich zeigen und die Speerspitze seiner hochgerüsteten Armee gegen den Osten kehren. Im Münchner Abkommen kapitulierten Frankreich und England vor Hitler.

Der Krieg stand bevor. Aber wessen Krieg?

Der Krieg gegen Hitler begann in Frankreich mit dem Krieg gegen die Hitlergegner. Massenverhaftungen unter den in Paris lebenden Emigranten haben eingesetzt. Man führte die Häftlinge in offenen Polizeiwagen durch die Straßen von Paris. Das Volk sollte ,,Kriegsgefangene'' sehen.

Haben die Pariser beim Anblick der gefangenen Deutschen geglaubt, diese seien die Fünfte Kolonne Hitlers? Madame Phillipine, die Concierge des Hauses, in dem der Verfasser dieser Zeilen lebte, glaubte es nicht. Sie steckte dem Mieter, den die Polizei abführte, einen Apfel in die Tasche, Zeichen ihrer Sympathie. War doch der Mieter von allen Hausparteien und Nachbarn geschätzt und seine Frau bei den Hausfrauen von Vanves beliebt. Dieser Mann ein Agent Hitlers? Madame Phillipine schüttelte den Kopf. Was geht da vor?

Gesehen aus der Distanz von vier Jahrzehnten, mit der Erfahrung von Krieg und Nachkrieg, muß der Schluß gezogen werden: am Vorabend des Krieges 1939/1940 hat die Fünfte Kolonne Hitlers die in Frankreich lebenden Partisanen gegen Hitler, als Fünfte Kolonne Hitlers verfolgt.

In der letzten Augustnacht des Jahres 1939 hatte es an meiner Wohnungstür in Paris – Vanves gepocht: ,,Polizei, aufmachen!'' Der Kommissar, einen Blick auf die Bücherregale werfend, sagte zu den bewaffneten Begleitern: ,,Voilà des journeaux allemands!'' In der Tat hatte ich in vier großen Bänden die Jahrgänge der von mir in Berlin herausgegebenen antifaschistischen Zeitung ,,Berlin am Morgen'' gesammelt. Der Dummkopf machte sich nicht die Mühe nachzusehen, welcher politischen Richtung die ,,journeaux allemands'' angehörten. Ich war überführt, ein Agent Hitlers zu sein!

Die Geschichte Frankreichs kennt solche Fälle von vertauschten Rollen. Während Paris 1871 von deutschen Truppen umzingelt war, beschleunigte der Führer der ,,Versailler'', Thiers, durch Verrat den Fall der

X

heldenhaften Commune. Dem Vertrauensmann der Pariser Banken stand Bismarck näher als die Arbeiter von Paris.

Gesehen aus der Distanz von vier Jahrzehnten, stand den Kapitulanten von Paris – Hitler näher als die in- und ausländischen „Kommunisten". (Wie leicht war diese Etikette im Klassenkampf verliehen, resp. erworben!!) In Vichy durften die politischen Kapitulanten nach der militärischen Kapitulation ein paar Jahre Regierung spielen. In Vernet aber hielten sie vor und nach der militärischen Kapitulation die Hitler-Gegner vieler Nationen gefangen.

Die Lehre von Vernet vier Jahrzehnte danach, ist in einfache Worte zu fassen: im Kampf der Armen gegen die Reichen – im Kampf der Reichen gegen die Armen, zählt nicht Nation, nicht Religion, sondern allein der kollektive Eigennutz, das Klasseninteresse.

Vernet war in diesem Kampf Kriegsschauplatz.

Die Männer von Vernet waren Kriegsgefangene!

DIE MÄNNER VON VERNET SIND NICHT VERGESSEN

Das intensive Gemeinschaftsgefühl, das die Männer von Vernet auszeichnete, hörte am Lagertor nicht auf. Verstreut in viele Länder, bildeten sie eine Art Orden. „Du warst doch in Vernet!" Auf internationalen Kongressen umarmten sie einander wie Brüder, die lange getrennt waren.

1971 war es soweit. Die Männer von Vernet schlossen sich zu einer internationalen Organisation zusammen. Einige Verneter hatten die Initiative ergriffen. In Pamiers, einer kleinen Stadt unweit von Vernet, bildeten sie die „Amicale des Anciens Internés Politiques et Resistants du Camp du Vernet d'Ariege".

In wenigen Jahren entwickelte sich die Amicale zu einer internationalen Organisation. Einer der Ehrenpräsidenten wurde der Deutsche Franz Dahem (SED).

Erstes Anliegen der Amicale war es, die verwahrloste Grabstätte des Lagers in Ordnung zu bringen. In der „New York Times" beschrieb bereits 1966 ein Mitarbeiter den verwahrlosten Zustand des ehemaligen Lagers und des dazugehörigen Friedhofs. Der Bericht stand unter der Überschrift „Geisterhaftes Gefangenenlager in Frankreich weckt die Erinnerung an die schlimme Ära von 1939/1945.

Auf einem Jahreskongress der „Amicale" wurde beschlossen, den Lagerfriedhof zu einer würdigen Erinnerungsstätte zu gestalten. Ein provisorisches Mahnmal wurde aufgestellt. Delegationen von Widerstandskämpfern aus vielen Ländern, vor allem Spanienkämpfer, Gäste des Kongresses der „Amicale", pilgern zu dem Mahnmal. Die Organisation der ehemaligen Verneter ist zu einem Zentrum der verstreuten EHEMALIGEN geworden.

Die Amicale ist damit beschäftigt, eine Liste der Männer von Vernet zusammenzustellen, teils aus den Archiven in Pamiers, teils aufgrund von Informationen der ehemaligen Lagerinsassen.

Die Leitung der Amicale ist entschlossen, eine Geschichte des Lagers von Vernet zu schreiben. Eine historische Kommission unter der Leitung des Geschichtsprofessors Claude Delpla, Mitglied der „Kommission für die Geschichte des 2. Weltkrieges", wurde einberufen. Die italienische Zeitschrift „Patria" (Rom) hat einen Aufruf erlassen zur Sammlung von Erinnerungsstücken an Vernet als Material für die zu schreibende Geschichte.

Eine internationale Gruppe für Forschung und historische Studien über das Lager Vernet besteht bereits. Ein Spanienkämpfer namens Ricardo Sanz hat über seine Erlebnisse im Lager von Vernet ein Buch veröffentlicht (spanisch).

In dem 1977 in Grenoble (Frankreich) erschienenen Buch „Les Barbelés de l'Exile" („Exiliert hinter Stacheldraht") wird geklagt: „Über Hitler und das 3. Reich erscheinen Bücher ohne Zahl. Auch in Frankreich. Über die mutigen und weitblickenden Gegner Hitlers dagegen – nichts; oder fast nichts." Es ist, als ob die öffentliche Meinung Frankreichs in einer Distanz von 40 Jahren, diese Exilierten und ihre Warnungen verleugnen wollte.

Die südfranzösischen Lager bilden kein Ruhmesblatt der neuzeitlichen Geschichte Frankreichs.

In jenem Buch berichtet ein Team von jungen Historikern über jene Lager im Süden Frankreichs, in denen 1938/44 Tausende, vor allem deutsche Hitler-Gegner hinter Stacheldraht gefangengehalten wurden.

Eine ausführliche Dokumentation ist dem Lager Vernet gewidmet. Vernet wird in allen Einzelheiten seiner Physiognomie dargestellt. Grundlage dieser Arbeit ist das Buch: „Die Männer von Vernet".

In mancher Hinsicht ist die französische Darstellung ausführlicher als die deutsche. So erfährt man aus diesem Buch, daß von den im Lager verbliebenen Männern, im Laufe des Krieges nicht wenige den Weg zum Maquis gefunden haben.

Besonders eindringlich rühmen die Verfasser die Solidarität unter den Vernetern. Das Lied von der Solidarität der Verneter ist in die deutsche

XII

Literatur eingegangen. Einer der „berühmten" Verneter war der deutsche Dichter Rudolf Leonhard. Er fiel in Vernet auf, da er, wo immer er sich befand, auf einem Zettel, oft nur ein Stück Toilettenpapier, ein Gedicht in deutscher oder französischer Sprache notierte.

Die Gedichte von Rudolf Leonhard über Vernet (mit einem Vorwort von Maximilian Scheer) sind gesammelt in der DDR erschienen.

WIR

Wir frieren und verdrecken im dürren Stroh.
Das ficht uns nicht an. Wir bleiben froh.
Wir wissen, warum.

Am Stacheldraht blitzen die Bajonette;
unsre Augen glitzern damit um die Wette.
Wir wissen, warum.

Wir können nur dreißig Schritte machen,
das hindert uns nicht, aus der Kehle zu lachen.
Wir wissen, warum.

Einer denkt an die Mutter, einer denkt an den Sohn,
und alle, alle kennen den Lohn:
Wir wissen, warum.

Wir heben die Stirn in den nassen Wind.
Wir wissen, warum wir gefangen sind.
Wir wissen, warum.

Uns schiert nicht Verleumdung, uns trifft nicht Hohn.
Wir werden nicht krumm, uns macht man nicht dumm.
Wir wissen, warum.

Ist der Tag auch lang, und die Nacht ist bitter,
wenn die Posten dann abziehn und aufgehn die Gitter.
Wir wissen, warum!

Dann geht's auf die Straße, wir heben die Schuh',
und du bist ich und ich bin du.
Wir wissen, warum
und wissen, wozu!

Wien, 20. 2. 1980

BRUNO FREI

DIE MÄNNER VON VERNET

EIN TATSACHENBERICHT

DIETZ VERLAG BERLIN

1.—20. Tausend

Copyright 1950 by Dietz Verlag GmbH, Berlin · Printed in Germany · Alle Rechte
vorbehalten · Gestaltung und Typographie: Dietz-Entwurf · Lizenz-Nummer 341 · Druck:
Leipziger Druckhaus, Leipzig (M 115) · 1002/48 - 50/83

VORWORT VON LION FEUCHTWANGER

Ich habe dieses Buch mit größter Spannung gelesen. Nicht nur, weil es von Dingen erzählt, wie ich sie ähnlich selber erlebt habe, sondern vor allem, weil aus den Erlebnissen Bruno Freis gleichnishaft klar wird, was an diesem Kriege Schein und was an ihm Wesen war, und wo die wahren Fronten liefen.

Der Spannungswert der Abenteuer eines Internierungslagers kann an sich den Vergleich nicht aushalten mit den Sensationen der zahllosen sehr farbigen Abenteuer der Front, wie wir sie täglich zu lesen bekamen. Aber wenn der graue, düstere Alltag eines solchen Internierungslagers durchlebt wird von einem Manne wie Bruno Frei, der weiß, warum und wieso er all dieses Bittere, Groteske, Sinnlose und Niederträchtige über sich ergehen lassen muß, dann wird die Darstellung dieses Lagerlebens aufregend wie der geschickteste Kriminalroman.

Bruno Frei dramatisiert das Lagerleben, er dramatisiert es auf legitime Art, die Spannung kommt nicht nur von außen, sie kommt vor allem von innen. Wenn die Internierten und die Gefangenenwächter, wenn die kleine Gruppe der Verräter und die große derjenigen, die um ihrer politischen Gesinnung willen hinterm Stacheldraht sind, aufeinanderprallen, dann ist dieser Kampf nicht minder mit innerer Spannung geladen als mit äußerer.

Freis Bericht trägt in jeder einzelnen Zeile das Gepräge der Wahrheit. Ich selber habe, als ich in Südfrankreich interniert war, mancherlei Ähnliches erlebt, offenbar war die Führung der französischen Konzentrationslager überall ungefähr die gleiche, obwohl Vernet von allen Lagern sicher das schlimmste war. Auch die Geschehnisse, welche das Anrücken der Nazitruppen auslöste, jene Geschehnisse, die das Lagerleben sehr gegen den Willen der Insassen dramatisierten, waren die gleichen, und die Wirkung auf die Internierten, wie Bruno Frei sie schildert, ist von frappanter Ähnlichkeit mit dem, was ich selber im gleichen Fall erfuhr. Aber es ist nicht nur die nachprüfbare äußere Zuverlässigkeit des Berichts, die Freis Buch überzeugend macht, es ist seine innere Wahrheit.

Freis Schilderung ist überaus plastisch. Vieles gewinnt in seiner Darstellung neues Licht selbst für den, der das gleiche erlebt hat. Dieses Buch ist ein Buch der Anklage, und mit Recht. Mich hat, solange ich im Lager Les Milles war, die Frage beschäftigt, wieweit trägt an der sinnlosen Internierung der Hitlergegner Dummheit und Schlamperei die Schuld, wieweit böser faschistischer Wille. Im Lager Vernet bestand, mit Recht, kein Zweifel, daß schiere faschistische Bosheit hinter der Maßnahme stak, und diese Überzeugung gibt Freis Darstellung die anklägerische Wucht.

Nicht nur für uns, auch für Spätere werden diese „Aufzeichnungen aus einem Totenhaus" ein Dokument von ungewöhnlichem Interesse sein. Man wird daraus erkennen, was für bittere und groteske Erlebnisse viele Millionen Menschen durchmachen mußten deshalb, weil die vorgetäuschten Fronten dieses Krieges so ganz anders liefen als seine wirklichen.

Daß diese Erlebnisse dargestellt sind von einem Mann, der erleben und darstellen kann, gibt dem Buche das hohe und solide menschliche, künstlerische und politische Fundament.

6

VORWORT DES VERFASSERS

Tagebuchaufzeichnungen sind vor allem Rohstoff für den Historiker. Die Chronik der Ereignisse, deren Schauplatz das südfranzösische Konzentrationslager Vernet in den ersten Kriegsjahren gewesen ist, kann nicht mehr als einen winzigen Fleck der finsteren Tragödie erhellen, in der das Frankreich der Dritten Republik unterging.

In den letzten Augusttagen des Jahres 1939 — der Krieg hatte noch nicht begonnen — ordnete die französische Regierung, mit dem Ministerpräsidenten Edouard Daladier an der Spitze, die Verhaftung von mehreren tausend Ausländern an, die unter dem Verdacht standen, Kommunisten zu sein oder der Kommunistischen Partei nahezustehen. So begann in Frankreich, so unlogisch dies auch schien, der Krieg gegen den Hitlerfaschismus als ein Krieg gegen Antifaschisten. Die französische Regierung hatte in dem Augenblick, da sie Hitlerdeutschland den Krieg erklärte, nicht die zahlreich in Paris herumlungernden deutschen Agenten, nicht die in deutschem Solde stehenden Cagoulards, nicht die offen für die Verständigung mit dem deutschen Nationalsozialismus werbenden Kapitulanten zur gefürchteten „Fünften Kolonne" erklärt — sondern die Kommunisten, die einheimischen und erst recht die fremden.

Damit war eigentlich der Charakter des Krieges, den Daladier und Chamberlain zu führen gedachten, vollkommen klargestellt. Alles, was nachher kam, vom „drolligen Krieg" an der Maginot-Linie über die verräterische Preisgabe von Paris

7

bis zur Kapitulation Pétains, war bereits im vorhinein entschieden. Jenes Frankreich, das aus Angst vor dem Volke sich Hitler in die Arme warf, hatte keine andere ideologische Plattform als den Antikommunismus. Die Fünfte Kolonne Hitlers saß in der Regierung, im Generalstab, in den Wirtschaftsverbänden, in den Bankpalästen. Sie hatte die Macht im Staate. Sie entfesselte gegen die selbstlosesten Verteidiger Frankreichs eine ruchlose Verfolgung. Die Fünfte Kolonne ließ die Patrioten einsperren — als „Fünfte Kolonne".

Der Zweck des Manövers war klar: Diesmal wollten die „Versailler" einem neuen 18. März zuvorkommen. Die Erben der Kommune mußten diffamiert und von der Masse des Volkes getrennt werden, das sich in tragischer Verwirrung nicht mehr auskannte. Die Patrioten wurden Verräter genannt und die Verräter, als Patrioten verkleidet, bereiteten die Kapitulation vor. Erst als die Schande von Compiègne das Werk des Verrats krönte, wurden die Fronten klar: die von der Daladierregierung verfolgten und in Konzentrationslager gepferchten Kommunisten erhoben am entschlossensten die Fahne des Widerstandes gegen die deutsche Besetzung. Das ganze Volk konnte nun sehen, wo die Patrioten und wo die Verräter zu finden waren.

Ist diese Geschichte ohne Bezug auf die Gegenwart? Zehn Jahre sind vergangen, der Hitlerfaschismus ist geschlagen. Aber gibt es nicht genug Erben Daladiers und keineswegs nur in Frankreich, die das Volk in seinem Kampf um nationale Unabhängigkeit mit dem gleichen schmutzigen Trick zu entwaffnen suchen, der 1939 in Frankreich mit so verhängnisvollem Erfolg angewandt wurde? Wer den Antikommunismus predigt, kann nur ein Wegbereiter des Faschismus sein, mag er noch soviel von Freiheit reden — das ist die unvergängliche Lehre der Ereignisse von 1939 in Frankreich.

Diese Aufzeichnungen eines Berichterstatters sind im Lager von Vernet in der Zeit vom Oktober 1939 bis Januar 1941 entstanden. Diese Blätter erzählen von Männern, die in der größten Verwirrung der Geister die Klarheit des Denkens, in der tiefsten Erniedrigung des Menschen den Glauben an den Menschen, vor den Karabinern der Garde Mobile den Mut zum Widerstand nicht verloren haben.

Ein kleiner Frontabschnitt des großen Kampfes soll der Vergessenheit entrissen werden. Auch die Männer von Vernet waren Partisanen der Freiheit.

Bruno Frei

ZELLE Nr. 15

Der Zug fährt durch die Nacht. Abgedunkeltes, blaues Deckenlicht breitet einen fahlen Schimmer auf die müden Gesichter der Reisenden. Seltsame Reisende — sie dürfen den Waggon nicht verlassen. Schwarzuniformierte Gendarmen mit Stahlhelm und aufgepflanztem Bajonett stehen im Mittelgang, müde auch sie. Vollgepfropft sind die Abteile mit Männern, acht lange Schnellzugwaggons hintereinander, sechshundertvierzig Gefangene, die von Paris in brausender Fahrt südwärts rasen. Wohin? Warum? Wozu?

Das gleichmäßige Hämmern der Räder schläfert mein müdes Gehirn ein. Wohin? Warum? Wozu? Wohin? Warum? Wozu?

*

Es war der 12. Oktober 1939 und es war Krieg im Lande. Seit der Nacht, da sie mich aus dem Bett geholt, fehlte mir der Anschluß an die Zeit. Ich war gewohnt, die Ereignisse mit der Stoppuhr in der Hand zu verfolgen, vom Morgenblatt bis zum Mittagblatt, von der Fünfuhrausgabe zur Achtuhrausgabe. Und nun klaffte ein Loch von mehreren Wochen. Innerhalb dieses unausgefüllten Zeitraums aber verlief die Grenzlinie zwischen Frieden und Krieg.

Jene Nacht war noch eine Friedensnacht gewesen. Freitag, den 31. August, war die Generalmobilisierung in Frankreich verkündet worden. Die Schutzleute der Stadt Paris hatten feldgrüne Taschen umgehängt, in denen Gasmasken steckten. Dicke Menschenknäuel standen vor schwarzgedruckten Anschlägen an den Straßenecken. Um Mitternacht sollte die Generalmobilisierung in Kraft treten. Es hatte eben zwölf geschlagen und ich hatte das Radio abgedreht, um einzuschlafen, als es heftig klingelte. Drei Männer standen in der Tür. „Polizei. Anziehen. Mitkommen." Während ich mich ankleidete, musterte der Anführer, ein breitnasiger Bursche, die hohen Bücherregale meines Arbeitszimmers. „So, so, deutsche Zeitungen haben Sie hier, sogar gebunden..."

Ich verstand nicht recht. „Natürlich deutsche, welche denn...?" „Das werden wir noch sehen. Sehr interessant", zischte er bösartig. „Wenn das so interessant ist, so gucken Sie doch mal rein." Im Ärger rissen mir die Schuhbänder und ich mußte in der Schublade nach neuen kramen. Jahrgänge antifaschistischer Zeitungen aus der Zeit vor und nach Hitlers Machtübernahme lagen verstaubt auf den obersten Brettern des Bücherregals, das Werk unzähliger Arbeitstage und Arbeitsnächte. Zweiundzwanzig Jahre Arbeit, man tat, was man konnte — und jetzt halten sie dich für einen Nazi! Der Breitnasige grinste ironisch, nahm ein Buch aus dem Fach und fragte im Tone eines drittrangigen Filmschauspielers, der den Untersuchungsrichter mimt: „So, und was ist das?" Ich mußte laut lachen. „Das, das ist eine schlechte Biographie von Stalin." Der Arme hatte den in fetten Lettern auf dem Rücken prangenden Namen gesehen und sich hungrig draufgestürzt. „Das Kommunistennest wird ausgehoben", wandte er sich an seine Kumpane. Auf dem Tisch lag ein eben fertiggestelltes Vortragsmanuskript; am nächsten Tage sollte es nach Österreich gefunkt werden. Sie nahmen es mit. Die Herren fangen ihren Krieg gegen Hitler drollig an, dachte ich, während ich den Polizeiwagen bestieg. Werde ich diese Räume je wiedersehen? Diese vertrauten Bücherreihen, diese helle, saubere Küche? Ein Glück, daß Mizzi mit den Kindern noch auf dem Land ist.

Als der plumpe Autobus, dessen einziger Passagier ich war, in den Hof der Polizeipräfektur einbog, war der letzte Zweifel geschwunden. Immer neue Polizeilastwagen kamen und entluden ihre Menschenfracht, übernächtige Gestalten, Männer und Frauen, die Fänge der nächtlichen Treibjagd.

Man brachte uns in einen Theatersaal, dessen Bankreihen sich nach und nach füllten; wären nicht Polizisten in fabrikneuer Kriegsausrüstung entlang der Wände und zwischen den Sitzreihen aufgestellt gewesen, man hätte glauben können, wir seien zu einer festlichen Veranstaltung verabredet. Jeden Augenblick konnte die Vorstellung beginnen. Viele kannten einander. Man stellte mit Befriedigung fest, wer da war, und mit Verständnis, wer fehlte. Willi hatte niemand gesehen. „Sicher hat er die Liste gemacht", zischte mir der alte D. zu, Verachtung um die dünnen Lippen. „Schweigen — oder ihr fliegt in den Bunker", schnauzte ein Polizist neben mir.

Ganz ruhig war ich nun, wie jemand, der gezwungen in eine fremde Gesellschaft geht und zu seiner angenehmen Überraschung alte Freunde vorfindet. Ich überblickte die Bankreihen: da saßen mit stillem Lächeln Männer und Frauen, die seit vielen Jahren gegen Hitler Krieg führten, viele von ihnen aus deutschen Konzentrationslagern und Gefängnissen geflohen, um in Frankreich Asyl zu finden — und nicht ein einziger Nazi. Mit Schrecken dachte ich daran, man hätte mich vergessen können.

Herr Louite, Chef der Fremdenpolizei, rannte mit Listen in der Hand geschäftig vorbei. Vorige Woche noch hatte er mich mit verzücktem Augenaufschlag zu der Veröffentlichung des Materials über Hitlers Emissär Otto Abetz beglückwünscht. Jetzt bemühte er sich ins Leere zu schauen und niemand zu sehen. „Guten Morgen, Herr Louite", rief ich den geschäftigen Direktor an, „eine nette Komödie haben Sie sich da ausgedacht." Ohne sich umzublicken war Herr Louite weiter gerannt. Drohend schwang der Polizist neben mir seinen Gummiknüppel.

Die Nacht zum Samstag war mit Warten vergangen. Aus dem Hof brach das Licht eines unbekannten Tages in den Saal, in dem immer noch die elektrischen Glühbirnen brannten. Das Leben hatte sich in diesen wenigen Stunden verändert. Man ist ein Gegenstand geworden, der hin und her gestoßen wird.

In dem Zwischendasein der Polizeistation, wo der Mensch aus-
gelöscht und in einen Akt verwandelt wird, wo die alltägliche
Wirklichkeit verfließt und das Bewußtsein keinen Halt findet
an den eingeübten Stützpunkten der Gewohnheit, da meldet
sich der Körper, brutal, von dem Wandel unberührt. Ich bekam Hunger.

Herr Louite begann Listen zu verlesen. In unbegreiflicher
Zusammenstellung wurden die Häftlinge nach und nach auf
Polizeiwagen verfrachtet. Niemand wußte wohin. Der Kollege W. Th. wurde mit Entschuldigungen entlassen, Herr
Louite reichte ihm übertrieben freundlich die Hand. Also, das
gibt es auch. Ein dünner Hoffnungsschimmer drängte sich dem
müden Gehirn auf.

Immer wieder fuhren leere Lastwagen vor, immer wieder
fuhren sie vollbeladen ab. Beim vierten- oder fünftenmal bin
ich dabei.

Vergeblich versuchte ich im Vorbeifahren die Zeitungsüber-
schriften zu erhaschen. Ist Krieg oder Frieden? Allzu schnell
flitzte der Wagen. Bald waren wir am Ziele: hinter uns schloß
sich das schwere Tor der „Santé", wie das Pariser Zentral-
gefängnis ironischerweise heißt. Wir befanden uns in einem
Lichthof, von hohen Mauern umgeben. „Anschließen", brüllte
eine Stimme. Die Polizisten waren verschwunden, Gefängnis-
aufseher hatten ihren Platz eingenommen. Eine Tür wurde
aufgeschlossen, ein fensterloser Raum wurde sichtbar, zwei
Meter lang und einen Meter breit. So standen wir nun nach
Luft japsend zu acht aneinandergepreßt. Nach einer Stunde
sackte ein weißbärtiger Armenier zusammen, aber er hatte
keinen Platz umzufallen, nur der Kopf sank auf die Schulter
und hilflos baumelten die Arme im Schultergelenk. Hunger,
Aufregung, Atemnot — auch ich fühlte, daß mir die Sinne
schwinden. Da öffnete sich die Türe und wir wurden zur
Aufnahme geführt.

Auf die Prozedur des Fingerabdrucks wartend, las ich hinter einer Glasscheibe unsere Haftbefehle:

Gouvernement Militaire de Paris
2 me Bureau — — Etat-Major
ORDRE D'INCARCERATION.

Der Beamte, der die Papiere ordnete, erklärte den Vorgang
einem Jüngling, der sich Notizen machte. Ob es viele sind?
„Tausende, Herr Redakteur. Die Arbeit ist unmenschlich. Wir
müssen Überstunden machen. Die Fünfte Kolonne, Herr Redakteur."
Ich wurde hin und her gestoßen, verstand nicht rasch genug,
was man von mir wollte, ließ mich anbrüllen, mit dem Gesicht
zur Wand stellen und schließlich in eine offene Tür hinein-
stoßen. Ich fand mich wieder in einer geräumigen Zelle, in
der außer der Pritsche noch ein Strohsack auf dem Fußboden
lag. Rasch hintereinander stolperten noch drei andere in die
Zelle, dann wurde die Tür von außen versperrt. Jeder von uns
vieren hielt einen halben Laib Brot in der Hand. Wir kauten
gierig, es war der erste Bissen seit gestern abend.

Endlos schlichen die Stunden dahin und kein Laut verriet,
daß menschliche Wesen in der Nähe seien. Mit Brotkrümeln
spielten wir Mühle, und um dem langsamen Verdämmern zu
entgehen, fingen wir an, englische Konversation zu machen.

So vergingen der Sonntag und der Montag. Was war „draußen" geschehen? Wir erörterten alle Möglichkeiten, aber niemand von uns glaubte an den Krieg. Die letzte Meldung, die
ich gelesen hatte, war eine unscheinbare Notiz, die zu verstehen gab, daß der europäische Friede gerettet werden könne,
da Mussolini wieder, wie vor einem Jahr, vermittelnde Vorschläge zur Lösung der polnischen Frage bereit halte; Außenminister Georges Bonnet, hieß es, stehe durch den Botschafter
François-Ponçet in enger und dauernder Verbindung mit Rom
einerseits und mit London andererseits. Wir glaubten nicht an
den Krieg, wir glaubten an ein neues München.

Dienstagmittag wurde endlich die Zellentür geöffnet und
nun ging es durch endlose Treppen und Gänge abwärts. Viel-

15

leicht lassen sie uns doch frei und alles war nur ein böser Traum? Aber wieder klirrten die Schlüssel der Gefängniswärter. Wir waren in einem Warteraum. Eine Stimme befahl, wir sollten uns ausziehen. Splitternackt stand ich vor drei Gefängnisbeamten, die dicke Bücher vor sich aufgeschlagen hatten und sich den Schweiß aus ihren Uniformkragen wischten. Hinter den Beamten stand ein Mann in Gefängnistracht, der mir mein Wäschebündel abnahm und auf einen Haufen ähnlicher Bündel stapelte. Ich flüsterte fragend: „Ist der Krieg erklärt?" Abwehrend hob der Kalfaktor den Zeigefinger zum Mund, aber sein Kopf nickte: ja. Also doch Krieg. Tausend Fragen stürmten in diesem Augenblick auf mich ein und ich gab verkehrte Antworten auf die, die man mir stellte. Wie verläuft die Front? Wo steht Italien? Was macht die Sowjetunion? Wie ist die Haltung der französischen Kommunisten? Wo wird gekämpft? Ist Paris heute morgen bombardiert worden? Aber der Kalfaktor hielt den Zeigefinger an den Mund: verboten, ein Wort zu sprechen. Dies ist das Haus des Schweigens. Ich wurde weiter geschubst zur Dusche. Stumm drückte man mir ein paar Wäschestücke in die Hand, weiter ging es, immer weiter, ohne Worte, die Parade der nackten Stummen. An jeder Korridorecke stand ein Beamter und wies mit der Hand die Richtung. So kam ich zu einem breiten Korridor, auf dessen Eingangsgewölbe die Worte standen: DIVISION I. Auch hier stand ein uniformierter Wärter. „Aber die werden ja krepieren da unten", rief er einem andern zu. Es waren die ersten Worte, die ich in diesem Hause hörte; sie klangen nicht sehr ermutigend.

Die Zellentür trug die Nummer 15. Zweimal knarrte das Schloß und dann war es wieder still. Ich war allein.

Der erste Eindruck war eher komisch. So malen Theaterdekorateure „Gefängnis", mußte ich denken. Dieses vergitterte Oberlicht, diese dicken Spinnweben, diese schmutzstarrenden Wände, dieses rostige Klosettloch, dieser irdene Wasserkrug, diese dicke Staubschicht auf dem Tisch, diese blutigen Wanzenspuren, dieser angekettete Stuhl ohne Lehne, dies an die Wand geklappte Bettgestell — wer hat das nicht schon gesehen? In illustrierten Schundromanen, in Witzblättern, in Provinzopern. Das gibt es also in Wirklichkeit? Irgendwo draußen müssen ja doch noch die Steinharmonien der Concorde in die violette Pariser Luft streben.

Ist die Zeituhr hundert Jahre zurückgestellt? Ist eine Lithographie aus der Zeit Blanquis lebendig geworden? Bin ich in ein Wachsfigurenkabinett geraten, wo man Hannes vom Dorfe das Gruseln beibringt?

Lautlos öffnete sich das Schiebefensterchen in der Türe und der Kalfaktor von vorhin zwinkerte vertraulich durch die Öffnung. Ob ich Zigaretten habe? Ich würde gerne welche kaufen, sagte ich, aber man hat mir mein Geld abgenommen. Er steckte mir eine Zigarette durchs Loch; das werde sich alles regeln. Ab morgen könnten wir in der Kantine bestellen, was wir wollten, solange das uns abgenommene Geld reichte; bezahlt werde von der Buchhaltung. Er wolle mir aber einen freundschaftlichen Rat geben: es empfehle sich, den Wasserkrug während der Nacht auf den Latrinendeckel zu stellen, damit die Ratten nicht herauskriechen. Die Erdgeschoßzellen seien schon lange für unbewohnbar erklärt, aber das Haus sei übervoll und so müsse jedes Loch belegt werden.

Vor einiger Zeit hätten Ratten hier einen Gefangenen getötet...

*

Mein Gegenüber im Eisenbahnabteil lacht mir ins Gesicht. „Sie lagen doch auch in DIVISION I", sagt er, „ich habe Sie beim Friseur gesehen." „Kann sein", sage ich. „Erlauben Sie mal, was haben Sie gegen die Ratten unternommen", sagt er. „Ich hab' den Wasserkrug auf den Abortdeckel gestellt." „So, Sie auch", sagt er. „Wieso auch", sag ich. „Ja, mir hat der Kalfaktor diesen Rat gegeben", sagt er. „Ich habe ihm öfters ein paar Zigaretten zugesteckt." „So? Sie auch", sag ich. „Wieso auch", sagt er. „Ja, ich auch", sag ich. Nun platzen wir beide los, so komisch kommt uns das vor, die Ratten und der Kalfaktor und der Abortdeckel und der Friseur. Der Zug rast durch die Nacht, die uns dunkler scheint als irgendeine gewöhnliche Nacht. Die Räder summen den reisenden Gefangenen ihr Schlummerlied: Wohin, warum, wozu? Wohin, warum, wozu?

*

In der Einzelzelle, diese siebenunddreißig Tage, da waren die Abende noch dunkler als die Nacht. Der Tag war vergangen mit Auf- und Abgehen, zweieinhalb Meter vom Fenster zur Tür und zweieinhalb Meter von der Tür zum Fenster. Man müsse sich müde gehen, stundenlang, sagte ich mir. Morgens um neun Uhr gab es hier und da einen schiefen Streifen Sonne, den ich, eng an die Wand gepreßt, gerade noch erhaschen konnte. Die Strahlen ließen den dicken Staub in der Luft silbrig flimmern, aber es tat wohl, die warme Sonne im Gesicht zu spüren. Dann kam die Leere. Nichts war geschehen, kein Brief, kein Besuch. Mizzi und die Kinder waren in den savoyischen Bergen, vom Krieg überrascht. Wer weiß, wo sie sind. Vielleicht hatten sie versucht, nach Paris zu fahren, vielleicht wurde der Bahnhof bombardiert, wo sie unterwegs warten mußten. Vielleicht sind sie tot. Ein finsteres Loch tat sich auf jeden Abend, wenn die Dämmerung hereinbrach und die Zelle sich mit langen Schatten füllte. Finsterer als die Nacht.

Mitunter aber waren die Abende in rosiges Licht getaucht. Endlich war die Entscheidung getroffen: Hitler hatte die Flucht in den Krieg gewagt. Er wird zerschlagen werden, dies schien mir sicher, wenn nicht gleich, so später, vielleicht bald. Der Anfang vom Ende war dies, der letzte Akt des Dramas. Irgendwo weit in einer nebligen Zukunft lag die Freiheit, die echte, nicht die Scheinfreiheit des Exils. Wenn man nur wüßte, ob man lebendig durchkommt. Man muß durchkommen.

Ich meldete mich jeden zweiten Tag zum Friseur; nicht aus

18

übertriebener Sorge um mein Äußeres, sondern in der Hoffnung, auf diese Weise irgend etwas zu erfahren. Ich kaufte Zigaretten und rauchte sie nicht, um sie an Kalfaktor und Friseur zu verschenken. Der Friseur, selbst ein Gefangener, aber mit mehr Bewegungsfreiheit als ein Zelleninsasse, nahm die Zigaretten und flüsterte mir beim Rasieren gewichtig einen halben Satz ins Ohr. Saarbrücken sei von den französischen Truppen eingenommen, in Prag sei die Revolution ausgebrochen, die Russen hätten Frankreich den Krieg erklärt. Je mehr Zigaretten ich ihm schenkte, mit desto dickeren Lügen seifte er mich ein.

Nach drei Wochen totaler Isolierung wurde bekanntgegeben, daß wir das Recht hätten, für 5 Francs das Magazin „L'ILLUSTRATION" zu bestellen. Vier Tage zitterte ich dem großen Erlebnis entgegen. Als die Zeitschrift schließlich kam, war sie vierzehn Tage alt, aber für mich neu wie eine Extraausgabe: die erste Zeitung seit Kriegsbeginn.

Was mir als erstes in die Augen fiel, war eine Landkarte, auf der die Stellung der Truppen im Osten eingezeichnet war: die Rote Armee stand an der slowakischen Grenze.

In diesem Augenblick begannen die Sirenen zu heulen. Jeder hatte die Gasmaske anzulegen und in der doppelt versperrten Zelle auf den Einschlag der Bomben zu warten, während die Wache unterdes im Kellergewölbe Zuflucht suchte. So bestimmte es die Gefängnisordnung. Ich saß auf meinem angeketteten Stuhl, die Gasmaske vorgebunden, und las durch die Schutzgläser hindurch die ersten, einige Wochen alten Kriegsberichte.

Dieser Abend war mehr als rosarot. Irgendwo pfiff jemand die Internationale. Bald darauf gab es Alarm, gelle Pfiffe auf den Korridoren. Ich stand hinter der Zellentür, das Ohr an das Guckloch gepreßt, und war glücklich. Sie hatten den Pfeifer nicht entdeckt.

*

Der Zug rast durch die Nacht. Immer noch singen die Räder ihr monotones Schlummerlied: Wohin? Warum? Wozu? Aber an Schlafen ist nicht zu denken. Wohin bringt man uns? Warum hält man uns, Hitlergegner, gefangen? Ist nicht Krieg gegen Hitler? Tagelang hatte ich mir in der Zelle das Gehirn über den Sinn dieses Unsinns zermartert. Den größten Teil des Tages verbrachte ich in der Haltung des Horchers am Schlüsselloch, das Ohr an die Zellentür gepreßt, in der vagen Hoffnung, aus den Zufallsgeräuschen des Korridors mir ein Bild über die Welt im Kriege bauen zu können. Da erhaschte ich einen Gesprächsfetzen der Wärter, da hörte ich, wer zum Besuch geführt wurde, wer einen Brief bekam; dann richtete ich es ein, daß ich beim nächsten Spaziergang neben den Glücklichen zu stehen kam. Ein winziges Bruchstück fügte sich zu dem andern. Es gab Löcher, ungeheure Löcher, die ausgefüllt werden mußten mit dem eigenen Denken. Da waren die schwarzen und die rosaroten Gedanken, die die Schatten färbten, wenn in der Zelle die Dämmerstunde anbrach.

Führten sie Krieg gegen Hitler oder gegen die Hitlergegner? Beides zugleich schien undenkbar. Ob sie gegen Hitler Krieg führten, wußte ich nicht, aber daß sie gegen die Hitlergegner Krieg führten, das wußte ich nur zu gut. Wer, „sie"? Das Volk von Frankreich? Es war wehrlos gemacht, besiegt, ehe der Krieg noch recht begonnen hatte. War am Ende dies der Sinn des Krieges? Das französische Volk Opfer seiner Herrenschicht, wie das deutsche, und Daladiers „Krieg gegen Hitler" ein ungeheurer Betrug, ausgedacht von den französischen Hitlerfreunden, Verrätern an ihrer Nation? Alles, was in den letzten Jahren geschehen war, schien so seinen Sinn und zureichenden Grund zu bekommen. Nein, daß ich hier in dieser Zelle saß, war kein „Irrtum".

Schlimm war, daß man nichts zu lesen bekam, um die endlos langen Tage auszufüllen, das ruhelos und ziellos arbeitende Gehirn zu ordentlichem Tagewerk zu zwingen. Die Stunden schleppten sich ohne Ende, nur unterbrochen von dem Glockenschlag der Turmuhr im Gefängnishof. Als man mir schließlich erlaubte, wöchentlich ein Buch zu kaufen, bestellte ich eine französische Grammatik, erhielt sie aber nicht. Geschäftstüchtig verkaufte man den Schutzhäftlingen Restbestände. Ich erhielt einen Montherlant, „Die Insel der Glückseligen", ein numeriertes Exemplar auf Bütten für 20 Francs. Ich fluchte, als ich sah, wie dünn das Bändchen war; bei sparsamster Einteilung konnte es nicht länger reichen als für einen Nachmittag. Und dann wieder eine Woche nichts.

Endlich war Mizzi mit den Kindern nach Paris zurückgekehrt. Die blauen Briefbogen waren mit großen, ruhigen Schriftzügen angefüllt, wie nun seit mehr als zwanzig Jahren. „Es war schwer, diese Reise zu machen, aber nun bin ich da, um Dir zu helfen." Ich bekam frische Wäsche und warme Sachen, so daß ich nicht mehr frieren mußte. Es begann kalt zu werden. Aus den Briefen der Frau erfuhr ich zum erstenmal, daß Befreiung aus der „Santé" nur Überführung in ein Lager bedeuten könne.

Am 9. Oktober in früher Morgenstunde schloß sich das schwere Gefängnistor hinter dem Polizeilastwagen, in dem ich neben andern Kameraden saß, mein Köfferchen auf dem Knie. Das Gefängnis mußte von den Ausländern geräumt werden, da man ihre ungastlichen Zellen für die täglich wachsende Zahl französischer Deserteure nötig hatte.

Zehn Minuten später stand ich in Begleitung von drei Detektiven an meiner Wohnungstür. „Sie haben eine Viertelstunde Zeit. Packen Sie einen Koffer mit Wintersachen", sagte einer der Beamten. Dann begann die Haussuchung. Im Fensterrahmen stand Lisa, das Kind, die Augen aufgerissen, die Lippen zusammengebissen. Kein Laut kam aus ihrem vor Schreck erstarrten Mund. Der Junge begann zu packen, sachlich, überlegt. Wochenlang hatte ich mich auf diesen Augenblick vorbereitet, jetzt aber brachte ich nur Belanglosigkeiten hervor. Ob ich eine Tasse Kaffee möchte? Ja, gewiß, eine ausgezeichnete Idee. Damit erreichte ich aber nur, daß Mizzi sich anschickte, das Zimmer zu verlassen, um den Kaffee zuzubereiten. Nein, keinen Kaffee, ich denke, ich habe keinen Appetit. Die Sache war nicht so leicht aus der Welt zu schaffen, denn Mizzi hielt an der guten Idee von der Schale heißen Kaffee fest. Es sind die letzten Minuten, wer weiß für wie lange, dachte ich angstvoll, aber ich konnte keinen Entschluß fassen. In meiner Verlegenheit wühlte ich den Koffer durcheinander, den der Junge gerade sorgfältig geordnet hatte. Die fremden Männer wichen nicht aus dem Zimmer. Sie hatten eine Nummer der Zeitschrift „La Pensée" entdeckt, in der mein Essay über die Wirkung der Französischen Revolution auf die deutschen Zeitgenossen abgedruckt war. Ist das nun ein belastendes oder ein entlastendes Dokument? „Beeilen Sie sich", drängten die Beamten. Ich würgte doch noch die Schale Kaffee herunter und blickte noch einmal in die Augen der Frau, die zwanzig Jahre mein Leben geteilt hatte. Noch einmal die Wärme ihrer Wangen und dann fiel die Tür hinter mir zu. Wer konnte ahnen, daß es die Tür war, die die Toten von den Lebenden trennt?

Wir stiegen die Treppe herab, die drei Beamten mit ihrem Päckchen beschlagnahmter Papiere und ich mit Koffer und Decke. Im Hausflur stand Madame Philippine, die Hausbesorgerin, und wischte sich die Augen mit der Schürze. „Lassen Sie gut sein, Madame, es wird sich wohl als Irrtum herausstellen", winkte ich ab. „Ach, Monsieur, alles ist ein Irrtum", sagte Madame Philippine, „alles, der ganze Krieg ist ein Irrtum." Die Detektive schoben mich unterdes weiter, zum Tor hinaus, rasch hinein in den Wagen. Die Straße aber war voll von Frauen. Hatte Madame Philippine die Nachbarn verständigt? Jemand hatte mir eine Hand voll Äpfel in die Manteltasche gesteckt, ehe die Türe des Polizeiwagens zugeschlagen wurde. Einige Beamte sind drohend vom Auto gesprungen; lautlos zerstreute sich die Menge.

Das ist danebengeglückt. Ein angenehmes und lehrreiches Schauspiel sollte es werden für die Bevölkerung: seht, wie die

Polizei über die Sicherheit der Bürger wacht. Die gefährlichen Ruhestörer, die Spione, Saboteure, Verräter werden hinter Schloß und Riegel gesetzt. Danebengeglückt. Die braven Hausfrauen der Pariser Vorstadt Vanves kannten den gefährlichen Ruhestörer seit vielen Jahren und nie hatte er ihre Ruhe gestört. Sie wußten, was er zu Abend ißt, denn sie hatten beim morgendlichen Einholen auf dem Markte mit seiner Frau saftige Bemerkungen über die steigenden Preise ausgetauscht. Auch über Politik hatte man sich unterhalten und man war sich einig, daß Hitler ein Fallott sei. Als am 30. November — es war im vergangenen Jahre — die Arbeiter in den Flugzeugfabriken unten am Manövergelände in den großen Streik traten, da hatte die Frau des Ruhestörers wie alle anständigen Frauen des Bezirks für die Streikenden gesammelt, und nachdem der Streik niedergeschlagen worden war, war man sich einig, daß auch Daladier ein Fallott sei. Und alljährlich bei der feierlichen Preisverteilung im großen Festsaal des Lycée Michelet hatte man sich gegenseitig beglückwünscht, gemischt mit ein wenig Neid, zu dem „Ersten Preis" der Söhne und Töchter und mit weniger Neid zu den zahlreicheren „Zweiten Preisen" und mit ein wenig Schadenfreude zu den „belobenden Erwähnungen", die so gewöhnlich waren, wie die Metaphern in der Festrede des Rektors im violetten Talar und der silbernen Kette um den Hals. Caroline und Pierre, an diesem Tag in blanken Plisseekleidchen und weißen Handschuhen, hatten während des ganzen Schuljahres mit Hans und Lisa teils gerauft, teils Ball gespielt, unbeschadet der nationalen Unterschiede. Und so rollte das ganze Leben vor den Augen der Nachbarn ab und es war ein Leben, wie das aller andern Bewohner der Rue Gabrielle d'Estrée, die trotz der amourösen Reminiszenzen ihres Namens eine ehrsame Vorstadtgasse war, bewohnt von Arbeitern und Kleinbürgern, wie alle ringsum in den Quartieren von Issy und Vanves, bis hinunter zu der Porte de Versailles, wo die große Stadt Paris mit zwei grell beleuchteten Eck-Cafés ihren Anfang nahm. Dies Volk war nicht so dumm, wie seine Polizei glaubte. Es wußte vielleicht in diesem Augenblick noch nicht, wo die Fünfte Kolonne steckte, aber daß sie nicht in den Gefängnissen der Politischen Polizei saß, ahnte es.

*

Kräftig biß ich in den von Freundeshand geschenkten Apfel. Wann war dies alles geschehen? Sind es wirklich erst drei Tage her? Am Bahnhof gestern abend hätte ich in aller Ruhe zur Untergrundbahnstation gehen und nach Hause fahren können. So groß war die Verwirrung, daß keiner der Gendarmen etwas gemerkt hätte. Warum ist eigentlich niemand geflohen? Ordnungsliebe ist mitunter eine politische Schwäche. Hätte ich mich illegal in Paris halten können? Sicher nicht lange. Aber ich hatte es ja nicht einmal versucht. Allerdings besaß ich keine Vorstellung von dem, was mich erwartete. Wort und Begriff Vernet waren noch inhaltslos...

Als der schwere Polizeiwagen in den Hof der Polizeipräfektur einbog, dachte jeder, jetzt werde endlich ein Verhör stattfinden. Aber wir waren ungehört gerichtet. Es hieß in der Sammelzelle warten, nichts als warten.

Da das Polizeigefängnis überfüllt war, wurden abends die überzähligen Häftlinge mit Koffern und Decken in kriegerischer Eskorte über die Straße geleitet, bis zu dem am Quai des Orphelins gelegenen Gebäude der Conciergerie, ungefähr dreihundert Meter weit. Hier war zu ihrer Zeit Marie Antoinette bewacht worden, ehe sie zur Guillotine geführt wurde. Der Keller der Conciergerie diente als Kohlenmagazin für das Fernheizwerk der Präfektur. Wir stiegen die Kellertreppen hinunter, voran ein Polizist mit Taschenlaterne, und dann hieß es, wir seien angelangt.

Es war ein weitläufiger Raum, in dessen Mitte ein mächtiger Koksberg aufgetürmt war; alles, was man anfaßte, war schwarz von Kohlenstaub. Das war das Nachtquartier für sechzig Häftlinge, Männer und Frauen. Bald spuckten wir schwarzen

Schleim wie alte Bergarbeiter. Eine Frau begann zu heulen, ein junger Bursche verlangte Brot. Stumpf ließ ich alles über mich ergehen, ich war müde. Eine elektrische Birne verbreitete von der feuchten Kellerdecke ein schmutziges Licht über die verfallenen Gestalten dieses Nachtasyls. „Die Lichtstadt", sagte ich zum dicken K., um etwas zu sagen, was wie ein Witz klingen sollte. „Was wollen Sie, das ist ein englisch-russischer Krieg", schoß er mit schwerstem Geschütz zurück, „und die Franzosen sind ebensosehr Opfer wie die Deutschen." „Welche Franzosen?" fragte ich, „die uns einsperren?" Er gab keine Antwort. „Les pisseurs", brüllte eine Bullenstimme vom Eingang her. Die es nötig hatten und die es nicht nötig hatten, stellten sich vor dem Treppenaufgang an. Jeder hatte das Bedürfnis, für einige Minuten hinaufzusteigen in die Oberwelt und einige Happen Luft zu erhaschen. Flöhe sprangen uns zu Hunderten an. Wir dachten mit neugieriger Sehnsucht an das Konzentrationslager; wird man sich dort ausstrecken, schlafen können?

Auch diese Nacht ging vorüber. Erneut von waffenstarrenden Polizisten eskortiert, schleppten wir uns mit Koffern und Decken zurück in den vierten Stock der Präfektur. Mit offenem Mund begafften die Passanten den Marsch der Gefangenen. Es waren andere Gesichter als in Vanves. Was sie wohl denken? Denken sie überhaupt? Sicher halten sie uns für Verbrecher, die Brücken sprengen oder Daladier ermorden wollten. Begeistert rief ein Verkehrspolizist an der Straßenkreuzung: „Da sind die Gefangenen." Befriedigt versicherte ein Spießbürger seiner Frau, daß es im Krieg Gefangene geben müsse. Daß diese nicht in der Schlacht gefangen wurden, sondern im Schlaf, kam ihm in seinem hurrapatriotischem Eifer nicht zum Bewußtsein. Besser Zivilgefangene als gar keine, dachten die Führer des Krieges. Irgendwo muß man schließlich siegen, wenn nicht in der Siegfried-Linie, dann in der Vorstadt.

Ist das noch unsere liebe Stadt Paris? Die grünen Busse sind dicht besetzt, die Geschäftsleute haben es eilig wie immer. Schöne Frauen lehnen in offenen Taxis. Am Seine-Quai sitzt ein Liebespaar; er hält sie um die Taille gefaßt, sie blinzelt in die Sonne, einer ausgeruhten Katze gleich. In der Ferne verschwimmen die Konturen von Notre-Dame in der violetten Luft.

Es gab einen kurzen stechenden Schmerz, einmal, aber intensiv, wie mit einer langen stählernen Nadel tief ins Herz getroffen.

Wieder bestiegen wir einen offenen Polizeiautobus, jede Bankreihe von zwei Detektiven eingesäumt. An der Concorde vorbei, Porte d'Auteuil, die herbstlich gefärbten Alleen des Bois de Boulogne. „Vater“, höre ich plötzlich eine dünne Stimme rufen, gerade als der Wagen einbiegt in den Hof des Sportplatzes Roland Garros, an dessen Eingangstor eine große Tafel anzeigt: „Camp des indésirables“ (Lager der Unerwünschten). Hans, der Junge, steht da und winkt. Neben ihm lehnt sein Fahrrad. Ich springe auf, aber eine schwere Hand drückt mich nieder. „Sitzenbleiben...“ „Mutti ist...“, höre ich noch den Jungen rufen, während der Wagen das breite Gittertor passierte, aber den Rest des Satzes verstand ich nicht mehr.

Aus der Einsamkeit der Einzelzelle in den Trubel des Sammellagers gestellt, fühlte ich mich wie ein Kranker, der zum erstenmal das Bett verläßt. Rufe, Begrüßungen, Bekannte von allen Seiten, wie auf einem Meeting im Sportpalast. Gustav eilte vorbei, einen Schwarm von Leuten abwehrend, von denen jeder etwas wissen wollte. Vertrauensmann des Kommandanten, hielt er beim Mittagessen eine Ansprache an die Neuen, gab gewichtig Anordnungen, war sehr beschäftigt. Hugo nahm sich meiner mit derber Herzlichkeit an, zeigte mir, wie man den Schlafplatz mit Brettern gegen die Bodennässe sichert und wie man das Stroh sauberhält.

Daß man wieder sprechen durfte, war das große Erlebnis. Alle sprachen und zu gleicher Zeit. Alle hatten etwas Besonderes zu erzählen, wie sie verhaftet wurden, was sie erlebt hatten, aber in dem Wirbel konnte ich nichts behalten. Kollege Arthur, der sich für einen großen Mann hielt, ging auf dem weiten Spielplatz mit verbissenem Gesicht spazieren. Sicher war es eine Ungerechtigkeit, ihn einzusperren, ein administrativer Fehler, der bald gutgemacht werden sollte. Polizeilisten werden offenbar nicht so rasch geändert wie die Gesinnung mancher Schriftsteller. Irgendwo war eine Schlägerei entstanden.

In meinem Kopf bohrte es die ganze Nacht hindurch. „Mutti ist..." Was ist Mutti? Ist sie krank? Ist sie verhaftet? Das muß es sein. Sicher ist sie verhaftet. Was geschieht dann mit den Kindern? Ich muß ihnen helfen, aber wie? Ich hatte versucht herauszubekommen, was mit Hans los sei, aber alles, was ich erfuhr, war, daß der blonde Junge, der zwei Tage lang vor dem Tor des Lagers herumgelungert, schließlich von der Wache vertrieben wurde. Ich suchte jemand, der mir raten konnte, was ich tun sollte, aber alle waren beschäftigt. Die Gesichterfülle nach der Leere der Zelle verwirrte mich. Gustav versprach, einen Brief hinauszubefördern, aber nach einigen Stunden hatte er es vergessen. Es war mir schwer, ruhig zu denken. „Mutti ist..." Was ist mit Mutti?

Da erblickte ich in einiger Entfernung Gerhart. Stämmig spazierte der untersetzte Mann im Oval der Arena auf und ab, die Hände in den Hosentaschen, ein breites Schmunzeln um den Mund. Ich stürzte auf ihn zu.

Gerhart fand ruhige, beruhigende Worte. Wenn die Frau wirklich verhaftet sei, werden sich Freunde und Nachbarn um die Kinder kümmern. Aber es sei noch gar nicht sicher. Vielleicht sei der Junge nur gekommen, um seinen Vater noch einmal zu sehen, ehe er hinter dem Gitter des Lagers verschwindet. Für alle Fälle müsse man sofort einen Brief an Anna schreiben, sie werde nach den Kindern sehen.

Noch in der gleichen Nacht sollte das Lager abtransportiert werden. Befehle überstürzten sich, widersprachen einander,

27

hoben einander auf. Listen wurden verlesen und gleichzeitig für ungültig erklärt. Während es hieß, alles bleibe beim alten, der Aufbruch sei verschoben, begann die Rückgabe der bei der Einlieferung konfiszierten Gegenstände. Das französische Wort pagaille ist unübersetzbar, weil es das eben nur in Frankreich gibt. Alles, was fest schien, löste sich auf, verwischte sich und wurde wesenlos. Was gestern noch ein Schlafsaal war, war jetzt ein Loch unter den Sitzgerüsten der Sportarena. Inzwischen hatte es begonnen dunkel zu werden, dicker Herbstregen strömte in die offenen Gänge und rieselte in alle Räume, wo die Gefangenen auf ihren gepackten Sachen hockten, wartend ohne Ziel, geschüttelt von Nässe und abgrundtiefer Traurigkeit, während der weißhaarige Oberst zwischen den Trümmern seines Lagers ratlos umherging.

Dies war mein Abschied von Paris.

Wann war dies geschehen? War es wirklich erst gestern abend? Nein, heute. Vor wenigen Stunden war es, daß wir im strömenden Regen, bepackt mit Koffern und Decken und Rucksäcken, in Autobusse verladen wurden, die uns durch die verdunkelte Stadt zum Bahnhof brachten.

*

Die Räder singen weiter ihr monotones Schlummerlied: Wohin? Warum? Wozu?

QUARTIER A

Jemand stieß mich derb an. „Kaffee gibt's nicht, aber ein Sardinenbrot kannst du haben." Kräftig strahlte die Sonne über friedliche Felder. Ich versuchte meine steifen Glieder auszustrecken; der Schlaf war also doch stärker gewesen als der Wille, sich Rechenschaft zu geben. Ein Garten war das Land; der Wein wuchs auf den Feldern, wie bei uns in Österreich das Getreide. Sommerlich grünte noch alles, nur hier und da leuchteten auf den vorüberjagenden Hügeln gelbe, herbstliche Flecken.

Der Zug hielt in einer winzigen Station, einer Ausweichstelle. Auf dem Gegengleis stand ein Güterzug, vollbepackt mit Arbeitern, die irgendwohin oder irgendwoher geschoben wurden. Nicht mehr junge Männer, hockten sie mürrisch auf dem Boden der Güterwagen; 40 Mann oder 6 Pferde war auf den Eisenträgern zu lesen. Die Männer waren in Arbeitskleidung, aber blauweißrote Armbinden mit dem Buchstaben M zeigten an, daß sie unter militärischem Kommando standen.

Dicht nebeneinander hielten die beiden Züge und die Männer von da und von drüben schauten einander ins Gesicht.

Die von drüben sahen aus, wie alle Arbeiter aussehen, ein wenig müder, als es zur frühen Morgenstunde paßte; wahrscheinlich kamen sie von der Nachtschicht. Ob sie uns Wasser besorgen würden, fragte einer von den Unsrigen. Jene deuteten unlustig auf die Garde-Mobile-Männer, die zwischen den beiden Zügen auf und ab gingen. Wir hätten Durst, sagten die Unsrigen, wer weiß, wie lange wir noch so fahren müßten. Mit deutschen Spionen wollten sie nichts zu tun haben, antwortete ein älterer Mann, die Gendarmen hätten sie bereits aufgeklärt, wer die Reisenden seien.

Deutsche Spione... Im Nu waren einige Dutzend Gespräche im Gange, von Zug zu Zug. Hier dieser „deutsche Spion" saß drei Jahre in einem Hitlerkerker, dieser Österreicher kämpfte in Spanien für Frankreichs Sicherheit, dieser Italiener lebt seit fünfzehn Jahren in Paris, dieser Tscheche verlor sein Auge in den Folterkellern der Gestapo.

Also Lüge auch das... Sie sprangen von den Waggons, holten Eimer, schleppten Wasserkrüge herbei; andere liefen in die Felder und brachten Weintrauben, manche boten Zigaretten an. Aufgeregt rannten die Männer der Garde Mobile hin und her. „Fenster schließen", hieß es, aber es war zu spät. Wir hatten uns bereits verständigt, hatten uns bereits verstanden. Die Lokomotive pfiff und der Zug setzte sich ruckartig in Bewegung. Die mobilisierten Arbeiter grüßten die „deutschen Spione" mit der geballten Faust.

In den frühen Nachmittagsstunden blieb die Lokomotive endgültig stehen. Auf dem niedrigen Stationsgebäude stand in roten Lettern auf weißem Grund: Le Vernet. Der Bahnsteig war von einer Abteilung Soldaten mit aufgepflanztem Seitengewehr abgesperrt. Offiziere mit Bambusknüppel am Handgelenk erteilten lässig Befehle. Die Soldaten schwärmten aus, umringten die Gefangenen und dann hieß es in Zweierreihen geformt, marsch, marsch hinaus auf die staubige Landstraße. Ich hatte einen Koffer und ein Bündel Decken zu schleppen. Der Schweiß rann von der Stirne in die Augen und ich mußte für einen Augenblick ausruhen. Immer wieder stockte der lange Zug. Vorwärts marsch, drängten die Soldaten und weiter schleppten wir uns einige Meter, um wieder abzusetzen.

Die Sonne strahlte trotz der späten Nachmittagsstunde mit südlicher Kraft. Majestätisch erhob sich in der Ferne die Kette der Pyrenäen. Vor uns, in trostloser Öde — das Barackenlager.

Eine hölzerne Pforte erhob sich breit und hoch über einen

Fahrweg, der von der Landstraße links abbog. An einem Fahnenmast flatterte lustig die Trikolore. Davor war ein Schilderhäuschen in den Farben der Republik aufgebaut. Auf dem bogenartigen Mittelstück der Pforte stand in großen Lettern: CAMP VERNET ARIEGE.

Man stellte die Gefangenen unter freiem Himmel auf, zog einen Kordon um die Reihen. Nun hieß es warten. Auf Koffern und Rucksäcken hockend warteten wir.

Der Tag rückte vor und wir standen immer noch sinnlos herum, als sich am Himmel dunkle Wolken zusammenzuziehen begannen. Nun schien es Ernst zu werden mit der Gepäckdurchsuchung. Die Koffer wurden im Staub der Straße aufgemacht und die Taschen im beginnenden Regen ausgeleert. Man nahm mir alles weg, was aus Papier war, gleichgültig, ob gedruckt, beschrieben oder leer. Unter meinen Legitimationspapieren befand sich ein Ausweis der Association des amis de la République Française" (Gesellschaft der Freunde der Französischen Republik), deren deutschsprachige Sektion ich gemeinsam mit Rudolf Leonhard begründet hatte. Diese Karte hielt ich dem Beamten unter die Nase. Er staunte sie an, dann steckte er sie wortlos zu den beschlagnahmten Papieren. Der Boden war bedeckt mit Papieren, herrenlosen Krawatten, zerbrochenen Mundwasserflaschen. Viele konnten in der Eile ihre Koffer nicht wieder schließen und mußten ihren Kram offen fortschleppen.

Nun ging es zur Registratur, die in einem Schuppen untergebracht war. Die Beamten hatten Listen vor sich und strichen die Namen ab. Dann sagten sie B oder C. Dementsprechend bildeten sich zwei Gruppen, die Gruppe B und die Gruppe C, die zu je dreißig immer wieder abgeführt wurden.

Zu mir sagte der Beamte: A. In der Tat konnte ich sehen, daß hinter meinem Namen auf der schreibmaschinengeschriebenen Liste der Buchstabe A stand. Nachdem ich einige Zeit allein gewartet hatte, gesellte sich ein verwahrlost aussehender Dickwanst zu mir. Wir zwei bildeten nun die Gruppe A. Mein

Nachbar sprach mich an — er konnte nur Russisch und ein paar Brocken Französisch. Er sei Landstreicher, sagte er ohne Scheu, er lebte als Bettelmusikant vom Fiedeln. Was meine Spezialität sei, wollte er wissen. Dies war nicht sehr ermutigend.

Inzwischen war die Dämmerung hereingebrochen. Wir zwei A-er standen immer noch wartend auf Zuzug. Endlich kam ein Gendarm; nachdem er uns mitleidig gemustert, befahl er „Garde à vous, allez hop..." (Achtung, los los).

Ich hatte Zeit genug, mich umzusehen. In langen Reihen standen die Baracken, teils aus Holz, teils aus getünchten Ziegeln. Man konnte das Ende gar nicht übersehen. Rund um das Lager war ein dreifacher Stacheldraht gespannt, wie man ihn im Feld verwendet. Es schien, daß auch innerhalb des Lagers Drahtverhaue gezogen waren, die das Lager unterteilten. A, B, C waren offenbar Bezeichnungen für verschiedene Abteilungen des Lagers. Diese Unterscheidung war ebenso überraschend wie beunruhigend. Es konnte einen Vorteil oder einen Nachteil bedeuten. Auf dem Weg ins Quartier versuchte ich, den uns begleitenden Gendarmen zu einer Auskunft zu bewegen: was bedeute Quartier A? Er zuckte die Achseln. Wußte er es nicht, oder war es verboten, darüber zu sprechen?

Wir bogen links ab, und nachdem wir ein weiteres Gittertor passiert hatten, fanden wir uns einem Sergeanten gegenüber. Wo wir solange blieben, brüllte dieser, die andern seien alle schon da. Wie ich heiße und ob ich besondere Kennzeichen hätte. Er füllte ein gelbes Formular aus und führte mich schließlich zu einer Holzbaracke, deren roh gezimmerte Tür offen stand. „Melde dich beim Barackenchef, er wird dir einen Platz anweisen."

Im ersten Augenblick war ich blind und taub, unfähig irgend etwas zu erkennen. Ich hatte das Gefühl, in ein tiefes, finsteres Loch gefallen zu sein, das ausgefüllt war von dickem Strohstaub und höllischem Lärm. Es war ein Johlen und Kreischen, ein Hämmern und Klopfen, wie in einem Bergwerksstollen. Mich in dem Halbdunkel langsam vorwärts tastend, fand ich mich in einem schmalen Korridor, zu dessen beiden Seiten Bretterkojen in zwei Etagen in die Höhe ragten. Einige Männer waren damit beschäftigt, kleine Querleisten an die Tragpfosten zu zimmern, um für die obere Etage eine Art Hühnerleiter zu bauen, wobei sie statt eines Hammers klobige Kieselsteine benutzten. In dem schmalen Mittelgang stand ein Gendarm und riß einen Strohballen in Stücke, während verwegene Gestalten mit verzerrten Gesichtern fluchend sich um jedes Stück Stroh balgten, das der Gendarm losriß. Wenn ich noch mein Stroh haben wolle, so möge ich mich sputen, schrie mir jemand ins Ohr. Ich wußte nicht, was ich tun sollte. Im Grunde wollte ich gar nichts tun, nur mich hinlegen und alles über mich ergehen lassen.

In diesem Augenblick umarmte mich jemand und eine leise, feste Stimme flüsterte mir ins Ohr: „Daß du da bist, Genosse..." Ich blickte in die Augen Marios. Tränen kullerten unter seiner Brille hervor und rannten über das zerfurchte, faltige Gesicht. Ich fühlte, wie mich alle Beherrschung verließ. Wir hielten einander fest. „Das ist das Quartier der Kriminellen", flüsterte Mario. „Ich glaubte, ich sei allein — ...aber so wird alles leichter zu ertragen sein." Ich drückte den Freund an mich. Aus dieser Gerührtheit riß mich jäh die heisere Stimme des Gendarmen, der mit der Strohverteilung beschäftigt war. „Hier, nehmt dies", gröhlte die Stimme. Das Bündel Stroh wurde von einem breitschultrigen blonden Burschen, den ich bisher nicht beachtet hatte, in Empfang genommen. „Euer Platz ist oben", schrie der Gendarm in den Trubel. Im Nu war der Blonde mit dem Stroh verschwunden. „Wirst du dich sputen", wandte sich nun der Uniformierte an mich. „Allez marche hop hinauf." Der Bambusknüppel in seiner Hand war schlagbereit erhoben. Ich kletterte so schnell ich konnte in die Höhe, bestrebt, aus der Reichweite des Knüppels zu kommen.

Aus einer breiten Öffnung in der Wand drang etwas Licht.

Ich sah, wie der Blonde das Stroh auf seine Better ausbreitete. „Und ich", fragte ich. Es sei eben nur wenig Stroh da, antwortete jener in gebrochenem Französisch und dabei schob er mir eine Handvoll Stroh zu. In jäher Wut griff ich in das ausgebreitete Stroh und begann es zu mir herüberzuziehen. Er zog zurück und im Nu waren wir auf allen vieren krauchend in ein Handgemenge um das Stroh verwickelt. „Verfluchter Hund", brüllte der Blonde auf deutsch. Ich hielt inne. Es war zu komisch, dieses Gebalge auf den Brettern in der Höhe, wobei die kostbaren Halme unablässig auf den Mittelgang hinunterkullerten. „Ach so", sagte ich, „dann können wir uns ja deutsch weiter unterhalten." Auch er ließ los. Also Frieden? Ich hielt ihm die Hand entgegen. Wir lagen noch auf dem Boden, jeder ein Bündel Stroh in der Hand, und dann lachten wir beide laut los. Von diesem Augenblick an war zwischen uns eine Art Nichtangriffspakt geschlossen. Der Mann war ein Saarländer, der sich als Sozialdemokrat ausgab, aber unter dem Verdacht stand, in Spanien für die Gestapo gearbeitet zu haben. Fest stand, daß er desertiert war. Ich stellte meinen Koffer an das Kopfende der Bretter, wobei es schwer war, zu verhindern, daß er beim Fensterloch hinausfiel. Auf das Stroh breitete ich meine Decke. Damit war die Einrichtung beendet. Unterdes befestigte mein Nachbar einige Querleisten an dem Pfosten, damit wir von unserer luftigen Höhe hinuntersteigen konnten. Um das Stroh vor dem Herunterfallen zu bewahren, nagelte er ein Brett an das Fußende unseres Schlafplatzes. Zu meiner Rechten hatte sich ein dicker Italiener niedergelassen, der mir aber keinerlei Beachtung schenkte. Ich war so zerschlagen, daß ich es vorläufig aufgab, mich weiter zu orientieren. Ich wollte schlafen, nur schlafen.

Es war nicht der Lärm, der mich daran hinderte, sondern die Kälte, die von unten durch die Ritzen der Bretter aufstieg, Eingang fand unter der Decke und trotz Wintermantel und Anzug den Körper entlangkroch. Feindlich und finster drohte die Baracke, wie ein großes Grab. Ratten krochen über die

Decke, Flöhe hüpften in nie erlebter Zahl. Während ich vor Kälte klapperte, bohrte in mir eine Frage: Werde ich die Kraft haben, dieses Leben zu ertragen?

Die nächsten Tage belehrten mich, daß die menschliche Natur geschaffen ist, Hindernisse zu überwinden und sich neuen Verhältnissen anzupassen. Eine weitere Erfahrung von unendlichem Wert kam hinzu: in diesem Kampf um Selbstbehauptung gab es keine stärkere Waffe als die Kameradschaft, die die Kräfte des einzelnen vervielfacht.

*

Ich stand zeitig morgens auf, während die andern noch schliefen, fest entschlossen, meine Schwäche von gestern zu überwinden. Ich stellte mich unter das eisige Wasser, das in den Holztrögen floß, die zwischen den Baracken aufgestellt waren, und während die Haut dampfte, fühlte ich, wie meine Kräfte wiederkehrten.

Die Baracke trug die Nummer 10. Mario hatte festgestellt, daß es unter den hundert Mann, die in unserer Baracke lebten, einige gute Kerle gab. Das Wort „Kriminelle" war ein Sammelname für Vorbestrafte. Als bestraft galt auch, wer wegen Paßvergehens oder Nichtbeachtung der Ausweisung gerichtlich verurteilt war. Warum ich hierherkam, blieb mir ein Rätsel, da meine Papiere in Ordnung waren und ich mir keiner Vorstrafe bewußt war. Im Augenblick aber war dies nicht wichtig. Man mußte sich einrichten, mußte sich gegen Zuhälter, Taschendiebe, Totschläger, Mörder, Spione, Defraudanten, Betrüger behaupten, die in Banden organisiert waren. Wehe den Einzelgängern...

Mario hatte sich mit einigen Italienern zusammengetan. Zu viert lebten sie in einer der unteren Kojen und bildeten eine Wohn- und Eßgemeinschaft. Zu ihnen gehörte auch Giuseppe.

Auf den ersten Blick verriet Giuseppe den Offizier: er sprach nicht, er gab Befehle. Dennoch war sein Blick unsicher.

Ruhelos flackerten helle wässerige Augen, ruhelos sog er an der Zigarette und die Worte kamen allzu nachdrücklich aus seinem breiten Munde. Er sprach von seiner Familie, die einen guten Namen in Italien hatte, von seinem Vater, der Konteradmiral gewesen, und seiner Schwester, die mit einem Grafen verheiratet sei. Im Weltkrieg Offizier der berühmten Division „Garibaldi", wurde er in den Jahren des Bürgerkriegs Anarchist; Kommunisten und Faschisten erschienen seinem Verstand gleich verächtlich, gehorchten sie doch derselben Disziplin, die er verabscheute. Ein Mann des Abenteuers, stürzte er sich in den spanischen Bürgerkrieg, wurde Fliegeroffizier. Hier begann ihm zu dämmern, daß Disziplin im Kampfe gegen die Faschisten ebenso notwendig sei wie Tanks und Bomber. Dies alles sprudelte aus ihm hervor mit einem Feuer, das ihn bald liebenswürdig und lebhaft, bald eitel und geschwätzig erscheinen ließ. Seine Haupteigenschaft war, zu übertreiben. Entweder war er zu freundlich oder zu unfreundlich, zu stürmisch oder zu niedergeschlagen, immer in einer Welt von Superlativen lebend. Alles war entweder das Größte oder das Dümmste, das Herrlichste oder das Schuftigste. Diesen Mann zu einem ruhigen Urteil zu bewegen war so gut wie unmöglich. Er brauste sofort auf und entschied sich für ein leidenschaftliches Ja oder für ein leidenschaftliches Nein. Dabei blieb er dann mit der geradlinigen Beharrlichkeit eines Stieres in der Arena. Dies war Giuseppe. Ich war ihm kaum vorgestellt, als er mich bereits seinen besten Freund nannte, mir die Bilder seiner Frau und seines Kindes zeigte und mich mit Sardinen und Weintrauben beschenkte. Keine Möglichkeit der Abwehr, der Distanzierung: er wäre sofort bereit gewesen, mich als seinen schlimmsten Feind zu hassen.

Es wurde beschlossen, daß ich zu den Italienern übersiedeln sollte, sobald sich eine Gelegenheit ergäbe.

Um acht Uhr morgens wurde zum Appell gepfiffen. Unser Barackenchef war ein Fremdenlegionär deutscher Herkunft, der nach fünfzehn Jahren Dienst in Afrika als Korporal heimkehrte, seine Frau totschlug und uns jetzt die Anfangsgründe militärischer Disziplin beizubringen hatte. Fünfzehn Minuten vor acht mußten wir in Sektionen gegliedert vor der Baracke bereitstehen. Punkt acht Uhr trat der Sergeant, der die Kommandogewalt über die Baracke innehatte, durch das Lagertor, Bambusknüppel um das Handgelenk, ein „General", der die Meldung entgegennimmt. Die Zeremonie, die folgte, war den Regeln der französischen Armee nachgebildet: Garde à vous (Achtung), Strammstehen, Meldung erstatten, Namenaufruf, Befehlsentgegennahme. Das Komische war nur, daß wir keine Soldaten waren, sondern zerlumpte Internierte; jeder in einer andern schäbigen Phantasietracht, wir sahen mehr einer Räuberbande gleich, als einer Truppe.

Der Sergeant, ein schwarzhaariger dunkelhäutiger Bretone, hielt eine kurze Ansprache, deren Inhalt auf die Formel zu bringen war, daß er zu befehlen und wir zu gehorchen hätten. Der erste konkrete Befehl, der uns erteilt wurde, lautete: Bis mittags müssen alle Köpfe kahl geschoren sein. Vorher aber wurde die Arbeit aufgeteilt, die sogenannten corvées (Arbeitskommandos) gebildet. Die gefürchtetste corvée war die Latrinenreinigung. Jeden Tag hatte ein anderer Zug acht Mann zu stellen, die die riesigen Blechkübel aus ihrem Versteck unter den überhöhten Löchern der Latrine herausholen und auf langen Trägerstangen bis zur Ladestation der Latrinenbahn, eine Strecke von etwa fünfhundert Meter, schleppen mußten. So übelriechend dies Geschäft war, es war immerhin unser eigener Dreck, den wir fortschafften. Weit schlimmer war, daß jeden Tag abwechselnd eine Baracke des Lagers vierzig bis fünfzig Mann stellen mußte, um die Kübel der Wachmannschaft, der Offiziere, der Küchen, des Hospitals, des Gefängnisses zu reinigen. Diese sogenannten Außenlatrinen machten viel böses Blut, denn den Dreck unserer Gefängniswärter zu putzen schien uns nicht nur eine schmutzige, sondern auch eine entehrende Arbeit.

Die Latrinenbahn bestand aus kleinen Karren, die die kostbare Fracht über eine Strecke von zwei Kilometer bis in die Nähe des Flusses Ariège rollten, wo die schwergefüllten Kübel in eine riesige Jauchegrube von mehreren Metern Tiefe zu schütten und hernach im wildströmenden Flusse zu waschen waren.

In Viererreihen ging es hinaus zu den Werkstättenbaracken, die außerhalb des Quartiers lagen; nachdem wir Spaten oder Spitzhacke geschultert hatten, marschierten wir in der gleichen Weise wieder zurück ins Quartier, un deux, un deux, Moorsoldaten der Dritten Republik. In Arbeitsgruppen aufgeteilt, zerstreuten wir uns über das weite Gelände, um Unterstände zu graben, Kanäle anzulegen, Erdwälle zu bauen.

Mit der Spitzhacke die Erde bearbeiten, schwere Steine von einem Ort zum andern werfen oder mit dem Steinhammer zerklopfen, das war eine Arbeit, zu der ich wenig Kraft und Geschicklichkeit mitbrachte. Ich faßte den Stiel der Spitzhacke entweder zu kurz oder zu lang, brachte keinen richtigen Schwung heraus, und wenn ich mit der Schaufel Erde bewegen sollte, so verlor ich den größten Teil, ehe ich am Bestimmungsort ankam. Von Ehrgeiz geplagt, bemühte ich mich, meine Ungeschicklichkeit zu verbergen, aber mit geringem Erfolg; ich erntete meist den Spott, seltener das Mitleid meiner besser vorgebildeten Kameraden. Um zehn Uhr morgens erreichte die Sonne eine ungewohnte Kraft und mittags glühte sie bereits afrikanisch. Ich arbeitete in einem alten hellblauen Trainingsanzug, aber in Schweiß geraten, legte ich schließlich alles ab und lief wie die andern halbnackt umher.

Der Adjutant hatte mich schließlich dazu bestimmt, den Maurern, die den Kanalgraben auslegten, Steine zu reichen. Das tat ich sechs Stunden lang, drei Stunden vormittags, drei Stunden nachmittags, mit einer Rauchpause von je fünf Minuten. Einige Sergeanten, unter dem Befehl des Adjutanten, hatten die Aufgabe, unsere Arbeit zu überwachen. Mit bösartigen Glotzaugen und einem stets rotangelaufenen Trinkergesicht schlich der Adjutant zwischen den Baracken und Gräben in der Absicht, Drückeberger zu überraschen. Er hatte die Gewohnheit, hinter einer Baracke zu lauern, um sich dann wie ein Jagdhund auf sein Opfer zu stürzen.

In unserem Ehrenkodex stand als erstes Gebot: so wenig wie möglich arbeiten und jede unbewachte Sekunde zum süßen Nichtstun ausnutzen. Als besonders rühmlich galt es, die Sergeanten durch Scheintätigkeit zu täuschen und alle Arbeit so langsam wie möglich zu machen. Da ich den Maurern Steine zu reichen hatte, mußte ich vermeiden, daß genügend Steine bereitlagen. Die Aufgabe war, die Arbeit so einzurichten, daß die Maurer auf Steine warten mußten. Das war gar nicht einfach. Steine lagen genügend herum, man brauchte sie nur an den Arbeitsplatz heranzuschaffen, und die Bulldogge paßte scharf auf, daß die Kette von Steinträgern zwischen Steinhaufen und Arbeitsplätzen nicht abriß. So blieb kein anderer Ausweg, als kleine Steine dorthin zu bringen, wo große gebraucht wurden, und große aufzustapeln, wo man auf kleine wartete. Auf diese Weise gelang es, die stumpfsinnige Arbeit des Steineschleppens amüsanter zu machen.

Am Eingang der Baracke stand Giuseppe; in seiner erhobenen Rechten blitzte eine Haarschneidemaschine, die hurtig lockige Häupter in kahle Schädel verwandelte. Beim Abendappell lüfteten wir die Mützen zum Garde à vous. Der Adjutant ging durch die Reihen, um sich alles genau anzusehen, aber es schien, daß er mit dem Werk Giuseppes zufrieden war: wir hatten das Aussehen von Zuchthäuslern.

Es war um die Mittagsstunde des ersten Tages, als ein Geklingel die Luft erfüllte, als ob himmlische Sphären sich über die armseligen Holzbaracken unseres Lagers niedergelassen hätten. Alles rannte in den Hof. Auch in den anderen Quartieren sahen wir die Leute durcheinanderlaufen. Gegenüber dem Verbrecherviertel, nur durch eine Straße getrennt, breitete sich das Quartier B aus, in dem die meisten der mit mir gekommenen Freunde untergebracht waren. Eine entfernte Ecke unseres Quartiers grenzte, nur durch ein Gitter getrennt, an einen Zipfel des Quartiers C, in dem gleichfalls gute

Freunde lebten. In der Mitte der drei Quartiere waren auf hohen Masten schwarze Lautsprechertrichter angebracht; aus ihnen kam das sphärische Geklingel.

In den Höfen aller drei Quartiere standen die Männer von Vernet und lauschten. „Achtung, Achtung, an alle Internierte. Hier spricht das Informationsbüro des Lagers von Vernet." Nun kam es teils drohend, teils versprechend aus den Trichtern: In Vernet befehle die Militärbehörde. Die Internierten unterstehen dem Kriegsrecht. Militärischer Gehorsam werde gefordert. Befehlsverweigerer kommen vor das Kriegsgericht. Fluchtversuche seien zwecklos. Wer sich nach Anbruch der Dämmerung dem inneren Drahtverhau auf zehn Meter nähere, wird von der Außenwache ohne Warnung angeschossen.

Dies waren die Drohungen, denen die Versprechungen folgten. Die Regierung habe Vorsorge getroffen, daß durch besondere Kommissionen jeder Fall nachgeprüft werde.

In Französisch, Spanisch, Italienisch, Deutsch, Russisch, Polnisch hörten wir die Ankündigung, die Rechtsgrundlage unseres neuen Lebens. Wir erfuhren, daß wir das Recht hätten, in all diesen Sprachen Briefe zu schreiben und zu empfangen — allerdings sei die Zahl der Briefe, die wir absenden dürften, auf zwei in der Woche beschränkt. Pakete wären erlaubt, Besuche ausnahmslos verboten.

Inzwischen war die Suppe aus der Feldküche, die im Quartier untergebracht war, in alten Benzinkannen herangeschleppt worden. Die Kannen wurden im Hof aufgestellt. Wir faßten einen Liter heißer, brauner Flüssigkeit, die als Linsensuppe angekündigt war.

Nachdem wir den letzten Appell überstanden hatten — viermal im Tag traten wir zum Appell an —, waren wir uns selbst überlassen. Die Sergeanten verließen das Quartier, schlossen das Tor, stellten spanische Reiter davor und nur noch die Außenposten marschierten in der einbrechenden Dunkelheit mit schweren Schritten auf und ab.

Mehr als alles fürchtete ich die Nacht in der Baracke, mit

ihrer Kälte und ihren schrecklichen Geräuschen und Gerüchen. Ich hatte nachgedacht, wie ich Mizzi trotz der Zensur andeuten konnte, wo ich mich befinde und wie es hier aussehe. Ich schilderte die wunderschöne Umgebung, die leider unerreichbaren Berge in der Ferne, berichtete, wie die frische Luft und die ungewohnte körperliche Arbeit den Appetit anregten, und nachdem ich die Tageseinteilung wiedergegeben hatte, erwähnte ich, daß die Kameraden der beiden anderen Quartiere des Morgens zum Fahnengruß hinausgeführt wurden, abwechselnd jeden Tag eine andere Gruppe, um gemeinsam mit einem Zug Soldaten vor dem Lagertor den „salut au drapeau" (Ehrung der Trikolore) zu erweisen. „Wir in diesem Quartier sind von dieser Ehre ausgeschlossen", schrieb ich. Ich pfiff auf diese Ehre, aber ich mußte mir den Weg bahnen zu meinen Kameraden. Nur weg aus diesem Quartier — das wurde mir zur wichtigsten Aufgabe.

Ich schlich mich an jene entfernte Ecke, wo das Quartier C an das unsere grenzte. Über den Stacheldraht hinweg waren eifrige Unterhaltungen im Gange, von Quartier zu Quartier, von Freund zu Freund. Tabakpäckchen flogen hinüber und herüber, gelegentlich auch ein Brot oder ein Buch. Ich bat einen der C-Männer, Rudi oder Gerhart an den Zaun zu rufen. Nach wenigen Minuten erschienen sie. Nebeneinander sahen sie aus wie Pat und Patachon, der Lange und der Kurze. Das erste Wort, das mir Rudi zurief, war: „Hast du Hunger?" „Ja", sagte ich. „Nimm für heute dies", gab er zurück, „wir haben alles zusammengelegt und du gehörst zu unserer Gruppe; der Zaun zählt nicht." Es war eine Schachtel Sardinen, die er mir zuwarf. Was der Zaun zu bedeuten habe, fragte ich. „Das haben wir noch nicht so genau herausbekommen, aber darüber brauchst du dir keine grauen Haare wachsen lassen; irgendein Polizeitrick. Erzähle rasch, wie es drüben bei euch aussieht, und sag', was dir besonders am Herzen liegt." Ich berichtete kurz über die Lage bei uns und erfuhr, daß sie nirgends wesentlich besser sei. Die Information, wonach A das Lager der Vorbestraften sei, wurde bestätigt, aber welchen Unterschied es zwischen B und C gäbe, konnte man nicht genau feststellen. Der Kleine trat an den Zaun. „Ohren aufmachen", rief er, „und sich gut einprägen." Die Hauptsache ist, die Isolierung durchbrechen, die die Sûreté um dies Lager zu legen beabsichtigt. Briefe schreiben, überall hin, nicht nur an die Familie. Jede Briefgelegenheit ausnutzen. Vernet werde die Dritte Republik so teuer zu stehen kommen wie die Bastille das Königreich. Vernet werde als das französische Dachau in die Geschichte eingehen. Vernet entlarve aber auch den wahren Charakter dieses Krieges. Die schärfsten, erbittertsten, unversöhnlichsten Hitlergegner, Schriftsteller und Publizisten, die gegen Hitler mutig aufgetreten sind, Ärzte, Juristen, Wissenschaftler, Ingenieure, Dichter, werden in lichtlosen Ställen zusammengepfercht und wie Verbrecher behandelt. Mit allen Kameraden, ob vorbestraft oder nicht, diese Fragen besprechen. Man muß ihrer Unzufriedenheit Richtung und Sinn geben.

Ich war also nicht allein — trotz des diffamierenden Zaunes. Ich war eingebettet in eine Gemeinschaft. Es gab eine Aufgabe, auch hier, hier erst recht. Es gab eine Perspektive des Widerstandes gegen die Macht, die uns wehrlos gemacht zu haben glaubte. Vor allem dies: es gab eine Aufgabe.

„Um eines bitte ich euch", sagte ich zum Abschied. „Kommt jeden Tag um sechs Uhr an diesen Zaun und laßt uns über vernünftige Dinge reden — jeden Tag eine halbe Stunde."

„Geht in Ordnung", rief der Lange. Der Kurze nickte nur.

Und die beiden hielten Wort. Ob Regen, Schnee, Frost, Sturm, ob Sonderpatrouillen oder Sonderverbote — sie kamen jeden Tag um sechs Uhr an den Zaun, und wir sprachen über vernünftige Dinge eine halbe Stunde.

Todmüde, aber guter Laune legte ich mich auf mein Strohlager. Ein Kamerad hatte mich gelehrt, aus der Decke und einem Riemen einen Schlafsack zu machen, der die Körperwärme beisammenhält. Kleine Ölflämmchen, in alten Konservenbüchsen schwimmend, flackerten und rußten über den Lumpen. Seltsame Figuren hockten in Gruppen um den dünnen Lichtschein einer Kerze. Ich schlief ein, ehe noch das Hornsignal „couvre feux" (Lichter aus) ertönte.

Vier Schüsse, hintereinander abgefeuert, weckten mich. Ich hörte von draußen einen Schrei, dann Stimmen durcheinander. Mit angehaltenem Atem horchte ich. Mein saarländischer Nachbar hatte sich gleich mir aufgesetzt. „Die Hunde machen Ernst." Jemand hatte ein Streichholz angezündet; es war drei Uhr morgens. Nach der Richtung der Stimmen zu schließen mußte es einer aus unserer Baracke gewesen sein, der bei einem Fluchtversuch angeschossen wurde. Ob er tot ist? Da wird plötzlich das Barackentor aufgerissen, Taschenlampen blitzen auf, Stahlhelm und Karabiner werden in Umrissen sichtbar. „Wer hat hier Licht gemacht", brüllt eine Stimme. „Wir werden euch zeigen, was eine Harke ist." Die Gendarmen blieben im vorderen Teil des Mittelgangs stehen. „Herunter mit dir, du Hund, du hast geraucht, hier war der Lichtschein." Püffe, Klatschen, Schreien. „Laß ihn laufen, genug für heute", ließ sich eine andere Stimme vernehmen und mit Gepolter zogen sie ab.

Für einen Augenblick war es totenstill in der Baracke. An Schlafen war nicht mehr zu denken. Ich rollte mich tiefer in meine Decke und lauschte auf die schrecklichen Geräusche der Nacht. Hundert Männer lagen aneinandergepfercht wie in einem Massengrab. Aber sie lebten. Und die Äußerungen des Lebens, Geräusche und Gerüche, waren gleich grauenhaft. Es war ein Wimmern und Weinen, Schnarchen und Stöhnen, Furzen und Fluchen ohne Ende. Männer gab es, die, man konnte es in der Dunkelheit hören und riechen, ihre Notdurft in der Baracke verrichteten, weil sie den Weg in die kalte Nacht hinaus zur Latrine scheuten. Im flackernden Scheine einer Kerze zog einer aus einem Sack Fett, Brot und Fleisch und aus dem Schatten tauchten Kunden der nächtlichen Geheimläden auf. Wie wagten sie, Licht anzuzünden, konnte nicht jeden Augenblick die Patrouille wiederkommen? Voller Rätsel war die Baracke, voller unbekannter Gefahren.

Man mußte so rasch wie möglich zu Mario übersiedeln, gemeinsam den Kampf aufnehmen gegen die prügelnden Wächter, gegen die Schweine, die ihre Notdurft in der Baracke verrichteten, gegen die Bandenchefs, die gestohlenes Küchengut an ihre Kameraden verkaufen.

*

Den einen der nächtlichen Schwarzhändler hatte ich erkannt: es war mein „Abteilungschef".

In seinem Zivilberuf war er Taschendieb. Welcher Nation er angehörte, war unbekannt. Seine engeren Freunde, die mit ihm eine Bande bildeten, nannten ihn den „König der Taschendiebe". Die Zuhälter von der Place Pigalle, die eine Konkurrenzbande gebildet hatten, meinten verächtlich, dieser Titel sei Reklame und Anmaßung, keine wirkliche Macht stehe dahinter.

Louis war kaum dreißig Jahre alt, eher jünger, aber niemand konnte ihn an Schnelligkeit und Treffsicherheit des Urteils übertreffen. Er hatte die Gabe, jede Situation blitzschnell zu erfassen, entschlossen aus ihr ein Höchstmaß an Vorteil zu ziehen. Vom ersten Tage an ging er mit einer Militärmütze herum; wo er sie her hatte, blieb sein Geheimnis, aber sie verlieh ihm einen Schein von Autorität, so daß nichts natürlicher war als seine Erhebung zum Range eines Abteilungschefs. Einige der Gendarmen duzte er. Man erzählte, daß Louis, von einer Geschäftsreise zu den Krönungsfeierlichkeiten in London zurückgekehrt, einem Detektiv in die Arme lief, der ihn kannte. Man konnte ihm nicht viel nachweisen, aber die Vorstrafen reichten aus, ihn bei Kriegsbeginn nach Vernet zu schicken.

Sofort hatte Louis eine Bande um sich gebildet. Zweck des Unternehmens war, nach Gelegenheiten Ausschau zu halten und sie so vorteilhaft wie möglich auszuwerten. Als erstes besetzte die Bande von Louis die Küche. Von dem wenigen, was die Intendanz hergab, stahl sie die Hälfte. Bald fand Louis auch diejenigen Garde-Mobile-Männer heraus, die einem vorteilhaften Schmuggelverkehr nicht abgeneigt waren. Weitere Mengen von Schmuggelware kamen über das angrenzende Hospital ins Quartier, schließlich lieferten benachbarte spanische Soldaten, die zwar interniert, aber nicht dem Straflager Vernet unterstellt waren, kleinere Warenmengen. Nachdem die Bande von Louis alle Möglichkeiten ausgekundschaftet hatte, begann sie den schwarzen Handel zu organisieren. Wer kein Geld hatte, konnte auch seine Uhr loswerden, oder einen Füllfederhalter, oder ein Paar Schuhe.

Zum Unglück von Louis und zum Glück der Konsumenten gelang es seiner Bande nicht, den Markt monopolistisch zu beherrschen; es gab eine scharfe Konkurrenz, die mehr oder minder „normale" Marktbedingungen schuf. Zwischen den verschiedenen Banden hatte sich ein wilder Kampf, vor allem um die strategische Schlüsselstellung der Küche, entwickelt. Jede Woche war eine neue Mannschaft dran, die, nachdem sie die alte des gemeinsten Kameradendiebstahls bezichtigt hatte, keine Sekunde verlor, um Fleisch, Hülsenfrüchte, Fett, Zucker, Kaffee zu stehlen, in der Voraussicht, daß in spätestens acht Tagen sich neue Anwärter einfinden würden, die den Kampf um eine saubere Küchenverwaltung bis zum Messer auszutragen bereit waren.

Es gab auch einige Prominente in unserem Nachtasyl. Kein echter Baron sah jemals so baronhaft aus wie unser „Baron", der selbst beim Schippen das Monokel nicht ablegte, als ob es ihm angewachsen wäre. Eine breitschultrige, hohe Erscheinung, blieb er selbst bei der Latrinenreinigung Edelmann vom Scheitel bis zur Sohle, der Adelstitel, den er sich selbst verliehen hatte, war der eines „Barons von Andorra". Mit Stolz zeigte er die Zeitungsausschnitte, die über seine Taten berichteten. Obwohl er kein Geld hatte, fehlte es ihm an nichts; er korrespondierte mit fünfzehn Bräuten, die draußen für ihren einzigen Geliebten sorgten.

Für diese Menschen war Politik das verächtlichste, unsauberste, unehrenhafteste Geschäft, das mit Recht von den Behörden schwer bestraft wurde. Zu einem Neuankömmling sagte Louis tröstend: „Sei froh, daß du in A bist; stell dir vor, was dir hätte blühen können, wenn sie dich nach B gebracht hätten — dort sind die Politischen..."

Ich hatte meinen Platz neben dem verdächtigen Saarländer aufgegeben und war hinuntergezogen in die niedrige Koje von Mario, wo man nur liegen konnte, nicht aber sitzen. Mit vier Personen war sie voll belegt, und es hieß auf Leibesbreite zusammenrücken, um für mich fünften einen Platz zu schaffen.

Das erste, was ich mit offenem Mund bestaunte, war unser Gegenüber. Dieser Etagenplatz war von drei russischen Weißgardisten besetzt: einem Ingenieur, einem Arzt (vorbestraft wegen Bilderfälschung) und einem Kunsthändler (vorbestraft wegen Abtreibung). Die drei Männer saßen um ein kleines rundes Tischchen; in der rechten Nische hing ein Heiliger, in der linken eine nackte Frau, beide in Buntdruck, von der Decke baumelte ein Öllämpchen. Die Herren spielten Karten, während auf dem Boden der Knecht hockte und den Tee im Samowar servierte. Auch er war ein internierter russischer Weißgardist. Die alten gesellschaftlichen Verhältnisse waren auf dem Bretterboden der Lagerbaracke getreulich wiederhergestellt und alles hatte seinen Platz gefunden, wie es sich gehörte.

Es gab aber in dieser Baracke auch einige Antifaschisten, die ihre Zuweisung in die Verbrecherkolonie dem Umstand verdankten, daß sie ohne Papiere gelebt hatten, nachdem sie ausgewiesen worden waren. Da war Leo, ein jüdischer Schneider, der seine Familie in Lodz verlassen hatte, um die spanische Republik zu verteidigen. Sein christlicher Landsmann Jan, ein Tischler, kannte seine Heimat hauptsächlich aus dem Innern ihrer Gefängnisse; er war es, der mir den Holzlöffel schnitzte und mir zeigte, wie man sich gegen den Nachtfrost schützt.

Unser Plan war recht einfach: wir wollten die guten Elemente der Baracke um uns sammeln. Aus der von der Louis-Bande besetzten Küche holten wir allabendlich etwas heißes Wasser; das war eine Frage des Preises, der schwankte, je nach der Höhe des Risikokoeffizienten. Dann luden wir bald den einen, bald den andern ringfreien Internierten zu einer Tasse Tee ein. Nach und nach versammelte sich vor unserem Schlafloch allabendlich ein Kreis von Kameraden, mit denen man über die Fragen sprechen konnte, die uns alle angingen: die unzureichende Ernährung, die offenkundigen Diebstähle, die Mißbräuche der Gendarmen, die Arbeitsdisziplin des Kommandos. Wir saßen auf unserem Stroh und ließen die Beine über den Rand der Bretter baumeln, während unsere Gäste im Quergang vor unserer Koje standen, die nun auch ihre Ölbeleuchtung hatte.

Louis hatte die Gefahr erfaßt: eine Gegenbande war im Entstehen. Nicht eine Konkurrenzbande, sondern eine Bande gegen das Bandenwesen. Mit den bisherigen Bandenführern konnte man sich nach Austragung der üblichen Kämpfe um die Jagdgefilde und um die Beute verständigen — mit diesen hier gab es nur Kampf auf Leben und Tod.

Louis war nicht der Mann, um lange zu zögern, wenn es um ernste Dinge ging. Wir merkten bald, daß die Sergeanten, vor allem der Adjutant, uns schärfer anfaßten als die andern. Eines Morgens erschien der Leutnant, der sich sonst nie sehen ließ, wiewohl er Quartierskommandant war, und ließ die Baracke antreten. Es war ein blutjunges Bürschchen, in einer eleganten Uniform mit hellen Wickelgamaschen. Während er sein Bambusstöckchen liebevoll betrachtete, näselte er etwas von „kommunistischer Propaganda", die exemplarisch bestraft werden würde. Für solche Fälle sei ein besonderes Loch vorgesehen und er persönlich würde niemand empfehlen, mit dieser Institution nähere Bekanntschaft zu machen.

Dies war Louis' Werk. Er steckte den ganzen Tag im Büro beim Leutnant; seine Ringfreunde ließen keinen Zweifel, daß etwas bevorstand. Es hieß vorsichtig sein. Am meisten Kopfzerbrechen machte mir mein Tagebuch. Ich hatte den Beschluß gefaßt, die Ereignisse jedes Tages in ein Schulheft einzutragen, aber ich war vorsichtig genug, eine Sprache zu gebrauchen, die nur mir verständlich war. Es war ein System von Stichworten, die dem fremden Leser einen teils sinnlosen, teils harmlosen Text vortäuschten.

Es waren kaum drei Tage vergangen, da ließ uns der Leutnant erneut antreten: Haussuchung. Wir nahmen vor der Baracke Aufstellung, während der Leutnant und der Adjutant die Schlafplätze durchsuchten. Unsere Koffer wurden ausgeräumt, das Stroh durcheinandergeworfen, Mäntel und Decken durchwühlt. Es war nicht herauszubekommen, was gesucht wurde; gefunden wurde nichts. Nur meine Taschenlampe, mit einer verstellbaren blauen und roten Glasscheibe, wie man sie in den fiebrigen Augusttagen in Paris verkaufte, fiel der Haussuchung zum Opfer.

Wütend über die Blamage, ließ der Leutnant alle Öllämpchen sowie alle von den Internierten aus Holz angefertigten „Einrichtungsgegenstände", als da waren: kleine Tischchen, Bänkchen, Stühlchen, Kleiderhaken, konfiszieren. Begründung: all dies konnte nur aus gestohlenem Holz hergestellt worden sein. Unseren mühsam erworbenen „Komfort", alles, was unser Leben von dem des Tieres unterschieden hatte und dem nicht ertötbaren Drang des Menschen, sich Werkzeuge zur Erleichterung des Lebens zu schaffen, sein Entstehen verdankte, alles, was unser selbst erkämpfter Anteil an der Zivilisation war, wurde auf einen Haufen geworfen. Dann befahl der Leutnant, alles in Stücke zu schlagen und unbrauchbar zu machen. Eine volle Stunde dauerte das Zerstörungswerk; wir mußten ohnmächtig zusehen, wie es krachte und splitterte und Stühle, Tische, Lampen in einen Scherbenhaufen verwandelt wurden. Damals stieg zum erstenmal schwarzer, bitterer Haß in mir auf. Der Leutnant hieß Poirier und war der Sohn eines lothringischen Großindustriellen.

Wieder lagen wir in der Finsternis unseres Stalles auf dem schmutzigen Stroh und ordneten unsere zerwühlten Sachen. Bald wußte die ganze Baracke, daß eine Denunziation von Louis Anlaß der Haussuchung gewesen war. An diesem Abend hatten wir keinen Tee und kein Licht, aber es schien uns, als ob mehr Kameraden als sonst vorbeikamen, uns „Gute Nacht" zu wünschen, und als ob ihr Händedruck fester als sonst gewesen wäre.

*

Die Nacht war pechschwarz und ich mußte mit Schmerzen im Leib hinuntersteigen und mich durch den langen Schlauch des Mittelganges zur Tür tasten. Der Hof lag öde im matten Schein einer blauen Luftschutzlampe, die von hohem Mast in den Nachtnebel blinkte. Endlos schien mir der Weg zur Latrine; ich hatte einen Kanalgraben zu überspringen, der noch nicht überbrückt war. Kaum war ich fröstelnd auf meinen Platz zurückgekehrt und hatte mich in die wärmende Decke gehüllt, als ich mit einem neuen Anfall von Krämpfen hinuntersteigen mußte. Ich weiß nicht, wie oft ich die Hühnerleiter hinunterkletterte, von einer immer größer werdenden Schwäche gelähmt, von Schmerzen gepeinigt, von Kälte geschüttelt. Das blaue Lämpchen auf dem hohen Mast oberhalb der Latrine schien mir zu einer riesigen Taschenlampe zu gehören, und ich strengte mich an, herauszubekommen, wie sie daherkam, nachdem doch alle Taschenlampen vom Leutnant konfisziert waren. Der Leutnant war ein schlechter Mensch; er war an allem schuld. Jemand rüttelte mich, zog mich hoch, aber seine Taschenlampe war nicht abgedunkelt, sondern leuchtete mir roh in die Augen, so daß ich sie schließen mußte. „Mensch, was ist denn mit dir los?" Ich konnte aber nicht antworten, sondern röhrte einfach vor mich hin. Auf dem

Wege von der Latrine zur Baracke war ich zusammengebrochen, Mario und Giuseppe kamen und betteten mich in einer abgesonderten, noch unbesetzten Ecke der Baracke. Am Morgen schaffte man mich ins Hospital, denn ich hatte über vierzig Grad Fieber und die Dysenterie ging um im Lager.

Unbeschreiblich wohlig war das Gefühl, wieder in einem Bett zu liegen, den Körper in Kissen und Laken zu strecken, statt in schmutziges Stroh. Als ich mich in das Bett legte, hüpfte gerade eine Ratte aus dem Strohsack, die sich dort wohl gefühlt zu haben schien; mich störte das gar nicht, jede Kreatur will leben, und ach, wie sehr wollte auch ich leben. Eifrig nahm ich Tee und Opium, das mir der Pfleger reichte. Der Arzt besah mich kaum, der Fall war zu gewöhnlich, fast alle der dreißig Patienten im Saal litten an fiebriger Dysenterie. Mir gegenüber lag ein junger Deutscher aus dem Quartier C, der nicht aufhörte zu erbrechen, bis er am dritten Tag starb. Der Arzt hatte Belladonna verordnet, aber es gab zu dieser Zeit keine Medikamente im Hospital, nur Opium. Als am fünften Tag der Arzt meine Fiebertabelle besah, die auf einem Brett markiert war, brummte er „sortant" und ich war entlassen. Am gleichen Tag noch wankte ich in das Quartier zurück, ohne auch nur eine einzige Mahlzeit im Lazarett eingenommen zu haben.

Im Quartier herrschte freudige Erregung: eine Kantine war in der Zwischenzeit eröffnet worden und wer Geld hatte, konnte nun einkaufen: Butter, Sardinen, Schokolade, Obst, Keks — das war ein Schwelgen und Aufholen. Hatten wir fünf bisher die Pakete zusammengelegt, so legten wir jetzt auch das Geld zusammen. Mizzi hatte gute Nachrichten geschickt. Der unvollendete Satz des Jungen vor dem Lagertor, der mir soviel Kummer bereitet hatte, klärte sich auf. „Mutti ist freigelassen", wollte er seinem Vater sagen, nichts weiter. Die Frau hatte begonnen, meine Transferierung in das Quartier der Politischen zu betreiben. Die Aussichten seien günstig, schrieb sie, nur noch ein wenig Geduld. Die Kinder könnten weiter zur Schule gehen und eine kleine Unterstützung vom Hilfskomitee ermögliche das Leben.

Es war ein sonniger Spätherbsttag, die Baumkronen waren sattgelb gefärbt, die Wolken bildeten wunderliche Formen, in starke Farben getaucht: indigoblau, violett, kupfergelb.

Ich war noch für einige Tage von der Arbeit befreit und durfte im Lagerhof spazierengehen. Man suchte Freiwillige zum Einsammeln von Weiden, aus denen man Besen machte. In Zweierreihen zogen wir aus dem Tor, sechs Mann und zwei Gendarmen, einer vorne und einer hinten. Nachdem wir das Dorf Vernet im Gleichschritt passiert hatten, einen armseligen Flecken, dessen Einwohner, meist Frauen und Kinder, uns neugierig, keineswegs feindselig anstarrten, überquerten wir die eiserne Brücke über die flinke, wirblige Ariège. Dann ging es den breiten Rücken des Hügels hinauf, den wir aus der Ferne hinter dem Drahtzaun mit Sehnsucht zu betrachten pflegten. Der Blick umfaßte das Flußtal, streifte die weite Ebene mit Dörfern und Gehöften und stieß sich in der Ferne an der Pyrenäenkette, deren Gipfel bereits im Schnee glitzerten. Alles war so friedlich wie auf einem Spaziergang zur Jausenstation der Sommerfrische in Kärnten, in jenen verschollenen Jahren, da man das Butterbrot als eine Naturerscheinung hinnahm, so selbstverständlich wie den Apfelbaum, den Frieden, die Freiheit.

Mit den Sergeanten hatte sich ein Gespräch entsponnen über Landschaft und Heimat; es zeigte sich, daß diese Bauernsöhne ihren Dienst versahen und nichts weiter, ohne Glauben, ohne Überzeugung, ohne Haß, ohne Liebe. Das einzige Gefühl, das sie bewegte und zusammenhielt, war die Angst vor ihren Offizieren. Als wir auf der Höhe angelangt waren, sahen wir in einem verwilderten Garten ein Bauernhaus freundlich hervorlugen. Nachdem wir feierlich geschworen hatten dichtzuhalten, nahmen unsere Wächter die Einladung auf ein Glas Rotwein mit freudigem Augenaufschlag an. Unter solchen Begleitumständen ging das Schneiden und Bündeln der Weiden

flott vor sich und wir kehrten mit unserer Ernte auf dem
Rücken singend heim, als ob wir Bauern wären, die nach getaner Feldarbeit ins Dorf zurückkehren.

*

Die arbeitsfreien Tage gingen allzu rasch vorbei. Die Kieselsteinvorräte waren endlich ausgegangen, aber das war noch
kein Grund für die Maurer, zu feiern. Wir Steinschlepper wurden auf einen Lastwagen geladen, der uns vor einem alten
Damm absetzte, dessen aufgebrochene Seiten wie offene Wunden klafften. Wir hatten die Steine, Stücke von zehn bis zwanzig Kilogramm Gewicht, aufzulesen und auf den Wagen zu
werfen. Das Ergebnis waren neue Kieselsteinvorräte für die
Maurer und ein Leistenbruch für mich. Nach den Erfahrungen
der eben überstandenen Dysenterie zog ich es vor, den Lager-
ärzten aus dem Wege zu gehen und lieber einen der gefangenen
Ärzte zu konsultieren. Doktor H. kannte ich von Paris, ich
wußte, daß er sich im Quartier C befand. Am Zaun vollzog
sich, vor einer wohlmeinend zuschauenden Menge über die
zwei Meter breite Stacheldrahtbarriere hinweg, die notwen-
digerweise sich auf den optischen Befund beschränkende Untersuchung. Nach der Meinung meines ärztlichen Freundes brauchte
ich eine Bandage — aber woher nehmen? Bis aus Paris ein solches Instrument herankam, konnten vierzehn Tage vergehen.
Aber ein Ausweg wurde gefunden. Wir konstruierten eine
künstliche Bandage, deren Hauptbestandteile ein Handtuch und
ein Kieselstein waren; so wurde die mitschuldige Materie gezwungen, den Schaden vorübergehend wiedergutzumachen.
Das Zeug hielt, so komisch es war, ganz gut. Allerdings kam
der gute Doktor, anstatt seine Erfindung der Akademie der
Wissenschaften vorzulegen, ins Gefängnis; er hatte zu vielen
geholfen und das war verboten.

Mit dem Steineschleppen war es nun aus; nicht aber mit
dem sechsstündigen Zeittotschlagen. Unter den erbarmungs-
losen Glotzaugen des Adjutanten mußte die verachtete und

52

beneidete Krüppelmannschaft den Hof sauber kehren. Aber so sehr man die Arbeit streckte, die Bewegungen verlangsamte, behäbige Pausen einschaltete, die Mistkübel auf Umwegen leerte, es half alles nichts, in einer Stunde war der Hof so sauber, wie ein Kasernenhof zu sein hatte. Wären unsere Schlafplätze nur halb so sauber gewesen wie der Hof, wir wären sehr zufrieden gewesen. Zu viele waren wir für dieses Werk, zuviel Dienstuntaugliche, zuviel Drückeberger. Der dicke Adjutant bemerkte aber mit seinen Glotzaugen gar nicht die Blankheit des Hofes, er sah nur auf unsere Beine und Hände; er war in dem Irrwahn befangen, daß Beine und Hände dazu da seien, sich pausenlos zu bewegen. So mußten wir kehren, den ganzen Vormittag und den ganzen Nachmittag, sechs Stunden kehren, ohne Sinn und Zweck, nur einfach den Besen hin- und herschieben und wenn man Glück hatte, einen Zigarettenstummel auflesen und feierlich zum Eimer tragen. Das war schlimmer als Steine schleppen.

Natürlich kehrten wir nicht, denn es gab ja nichts zu kehren. Wir standen herum, Besen und Eimer einsatzbereit, in der Haltung, als ob wir eben begonnen hätten, und unterhielten uns über vergangene Kalbsschnitzel mit Gurkensalat und über zukünftige Bräute, manches Mal auch über vergangene Bräute und zukünftige Kalbsschnitzel mit Gurkensalat. Einer hatte Schmiere zu stehen und die Bewegungen des Feindes zu beobachten. Wehe, wenn das Manöver mißlang! Hinter einer Ecke lauerte der dicke Adjutant und fiel über den Unglücklichen her, der sich erwischen ließ, schleppte ihn ins Büro, und acht Tage finsteres Loch waren ein teurer Preis für ein paar gestohlene Minuten.

Später kam uns der Herbstwind zu Hilfe, der die trockenen Blätter von den Bäumen rüttelte; wir nannten das Arbeitsbeschaffung. Nun hatten wir alle Hände voll zu tun, um den lustig im Winde flatternden Blättern nachzulaufen und sie einzeln aufzulesen, den ganzen lieben langen Tag. Wie Kinder Schmetterlingen nachlaufen, liefen wir den gelben trockenen

53

Blättern nach. Ein Erfinder unter uns konstruierte ein Instrument, eine zugespitzte Stange, mit der man die Blätter auflesen konnte, ohne sich zu bücken.

Eines Tages kam ein General zur Inspektion, um die Lagerarbeiten zu besichtigen. Als wir erfuhren, daß ein solcher General 800 Francs tägliche Sonderzulage für eine Inspektion im Hinterland erhielt, kamen wir uns äußerst wichtig vor; denn schließlich waren wir das Objekt der militärischen Besichtigung, und wären wir nicht gewesen, um besichtigt zu werden, was würde der General machen und wie würde er 800 Francs im Tag verdienen?

Unser Leutnant hatte sich kriegerisch einen Stahlhelm aufgesetzt; dazu trug er weiße Wickelgamaschen. Offenbar hielt er diese Mischung von Feiertags- und Feldausrüstung für das Richtige zum Empfang des Generals. Vierundzwanzig Stunden vorher mußten wir Sandhaufen von einer Stelle zur andern schaufeln, nur um sie nach getaner Arbeit wieder zurückzuschaufeln. Unser Sergeant rannte aufgeregt herum, denn der Adjutant schrie ihn an. Der Adjutant rannte aufgeregt umher, denn der Leutnant schrie ihn an. Der Leutnant rannte aufgeregt umher, obwohl ihn niemand anschrie, aber es war nicht schwer zu erraten, warum auch der Leutnant aufgeregt war: er hatte Angst, ins Feld geschickt zu werden, und so ruhig auch die Maginot-Linie war, es schlief sich besser in dem zum Offiziersquartier eingerichteten Gutshaus als im friedlichsten Unterstand.

Eine Stunde bevor der hohe Besuch kam, wurden alle Kranken und Arbeitsunfähigen in einer abseits liegenden leeren Baracke eingesperrt, damit sie das Auge des inspizierenden Generals nicht beleidigen. Als Seine Exzellenz erschien, waren nur muntere Arbeitsmänner zu sehen, die entweder die Spitzhacke oder den Besen schwangen. Den Mannschaftsbestand nachzuprüfen war dem General nicht eingefallen.

Von den Laubblättern allein konnte man auf die Dauer auch nicht leben. Eines Tages befahl der Adjutant, eine Arbeitskompanie zu bilden, deren Aufgabe es war, das Gras zwischen den Pfählen des Drahtverhaus rings um das ganze Quartier auszuzupfen.

Die Graszupfergruppe bestand aus Mario, mir und zwei ehemaligen Kaufleuten, die wegen betrügerischen Bankrotts vorbestraft waren. Es war die Nachmittagstour. Müde der monotonen Arbeit, schauten wir alle fünf Minuten auf die Uhr, ob unsere Zeit nicht endlich um sei und das erlösende Pfeifsignal nicht bald ertöne. Da wir mit unserem Werk ziemlich weit bei den rückwärtigen Baracken angelangt waren, glaubten wir uns verhältnismäßig sicher; Zeit und Ort sprachen dafür, daß der Adjutant nicht in Reichweite sei.

Plötzlich kam Giuseppe herangestürmt. Sein Gesicht drückte Freude aus. Wir wußten, daß er in diesen Tagen auf Nachricht von seiner Frau gewartet hatte, einer Französin, mit der er erst seit kurzem verheiratet war. Man hatte ihn ins Büro gerufen und ihm ein Telegramm gezeigt, das die Frau an den Kommandanten gerichtet hatte und in dem sie sich besorgt nach ihrem Mann erkundigte. Glückstrahlend erzählte uns, seinen Freunden, Giuseppe die Geschichte des Telegramms, und zufrieden auf unsere Spaten und Hacken gelehnt hörten wir zu.

Plötzlich sah ich, wie hinter der Ecke der leeren Baracke, in deren Schatten wir standen, das rot aufgequollene Gesicht des Adjutanten hervorlugte. Da verließ er bereits sein Versteck, schob seinen plumpen, untersetzten Körper Schritt für Schritt vor, wie eine fette Bulldogge, die Mühe hat, sich zu bewegen. Er hielt den Kopf schief zur Seite geneigt, als ob er sein Opfer vorerst näher in Augenschein nehmen wollte. „Das nenn' ich arbeiten", sagte er fast leise. „Und du", wandte er sich zu Giuseppe, der in Habt-acht-Stellung erstarrt war, „was hast du hier zu suchen? Hältst du es für eine ausreichende Beschäftigung, andere Leute von der Arbeit aufzuhalten?" Mit jeder Sekunde steigerte sich die Lautstärke seiner Stimme, so daß er mit den letzten Worten bereits beim Brüllen angelangt war. „Ich wurde ins Büro gerufen..." begann Giuseppe. „Hier ist nicht das Büro, lüg' mir nichts vor", unterbrach ihn der Adjutant; die Glotzaugen quollen aus den Höhlen, die Halsmuskeln spannten sich und die ganze Figur nahm eine geduckte, sprungbereite Haltung an.

„Ich lüge nicht, ich spreche die Wahrheit, Herr Adjutant", ließ sich Giuseppe vernehmen, jedes Wort scharf betonend. „Frecher Lümmel", kam es heiser aus dem Munde des Adjutanten. Den Oberkörper vornübergeneigt, stürzte sich der klotzige Mann auf den Italiener und schlug ihn mit der Faust ins Gesicht, einmal, zweimal, dreimal. Ich stand zwei Schritte davor, bewegungslos. So standen alle. Auch Giuseppe, obwohl ihm das Blut aus Nase und Mund floß, rührte sich nicht. Der rasende Dicke zischte heiser: „Ich werde dir beibringen, wie man zu einem Vorgesetzten spricht." Ich sah, wie Giuseppe zur Antwort ansetzte, und wollte ihm zurufen: „Schweig, Mensch!" Solche Angst hatte ich, der jähzornige Italiener werde sich hinreißen lassen und zurückschlagen, und das wäre dann das Kriegsgericht. In dieser halben Sekunde ging es auf Leben und Tod.

Aber Giuseppe in strammer Haltung sagte laut, jedes Wort scharf betonend: „Ich bin mindestens so sehr Soldat wie Sie, Herr Adjutant. Sie sind bewaffnet, ich bin gefangen." Die Hände fest an der Hosennaht, hielt er sein Gesicht hin. „So schlagen Sie doch weiter, dazu gehört nicht viel Mut."

Mit einem tiefen Gurgellaut stürzte sich der Adjutant auf Giuseppe, packte ihn am Halse, schleuderte ihn an die Holzwand der Baracke und trampelte mit Füßen und Fäusten auf den am Boden liegenden Gefangenen, brüllend, kreischend, ächzend, ohne Worte.

Dann zog er langsam ab.

Wir beugten uns über unseren Kameraden. Sein Gesicht war blutüberströmt, aber er konnte gehen. Als Giuseppe die Augen aufschlug und mich erkannte, war sein erstes Wort: „Wie habe ich mich benommen, Bruno?" Es war unmöglich, über so viel Kindlichkeit nicht zu lachen. „Sehr gut hast du dich benommen, Giuseppe", gab ich zurück, „wie ein disziplinierter Kämpfer hast du dich benommen." Ich zog meinen silbernen Bleistift aus der Tasche und setzte hinzu: „Dies ist ein Andenken, das mir teuer ist, Giuseppe, du mußt es annehmen." Wir umarmten uns. (Giuseppe blieb leider kein disziplinierter Kämpfer, wie er es in diesen Tagen zu werden schien. Er wollte seine anarchistischen Kameraden von der Notwendigkeit des Zusammenwirkens aller Antifaschisten überzeugen, aber am Ende überzeugten ihn seine anarchistischen Freunde, daß er auf dem Wege sei, „Kommunist" zu werden. Schroff wandte er sich eines Tages wieder von seinen neuen Freunden ab.)

*

Als wir in die Baracke zurückkehrten, wurden wir von einer aufgeregten Menge umringt. „Was ist geschehen?" In dem Gesicht Louis' sah ich ein höhnisches Feuer aufleuchten. „Vernet ist kein Sportpalast", zischte er und begann vor sich hinzupfeifen. „Tout va très bien, Madame la Marquise..." „Halt's Maul", schrien einige, die nichts mit uns zu tun hatten, „siehst du denn nicht, daß Giuseppe blutet?"

Als wir an diesem Abend den Tee reichten, war unsere Koje dicht belagert. Viele wollten Giuseppe die Hand drücken. Wir zündeten ein neues Öllämpchen an, in dessen Schein wir einen Brief aufsetzten, gerichtet an den Kommandanten des Lagers; wir schilderten den Vorgang und fragten, ob Mißhandlungen im Lagerreglement vorgesehen seien. Die vier Augenzeugen, auch die beiden Bankrotteure, die sich sonst nicht gerade durch Mut auszeichneten, setzten ihre Unterschrift neben die von Giuseppe.

Dem Kommandanten Briefe zu schreiben war damals noch verboten. Jedenfalls mußte der Brief den Dienstweg gehen, das heißt, er mußte beim Morgenappell vor der angetretenen Mannschaft dem Sergeanten offen übergeben werden. Der Sergeant hatte ihn an den Leutnant weiterzugeben, nachdem er dem Adjutanten Meldung erstattet hatte. Der Leutnant allein hatte Zutritt zum Obersten, der das Quartier befehligte.

„Was gibt es?" fragte der Sergeant erstaunt, als beim Morgenappell nach dem Namensaufruf Giuseppe aus den Reihen trat.

„Ein Brief an den Obersten, Herr Sergeant."

„Der Bretone nahm das Kuvert, öffnete es, las es bedächtig, steckte das Schreiben langsam ins Kuvert zurück, schob dieses in den Ärmelaufschlag seines Waffenrocks und sagte schließlich mit einer gewissen Heiterkeit im Ausdruck: „Nun, es ist gut; es wird weiter nichts dabei herauskommen, als daß du bestraft wirst."

Den ganzen Tag geschah nichts. Die Bulldogge schlich durch den Hof wie sonst. Der Leutnant ließ sich nicht blicken. Wir warteten auf die Vorladung zum Obersten, aber nichts ereignete sich. Was war mit dem Brief geschehen? Giuseppe meinte, „nun haben wir begonnen, nun müssen wir bis zu Ende gehen". Am übernächsten Tag ging er ins Büro und bat, den Leutnant sprechen zu dürfen. „Ach so, der Beschwerdebrief", sagte der Leutnant gelangweilt. „Richtig, ich hatte es vergessen." Er nahm den Brief, der vor ihm auf dem Tisch lag und zerriß ihn vor den Augen Giuseppes.

„Du berufst dich auf die Lagerordnung", betonte der Leutnant scharf, „ich werde dir sagen, was die Lagerordnung ist. Die Lagerordnung bin ich, verstanden? Abtreten."

Dennoch hatte das Ereignis bedeutende Folgen. Der Ring um uns war gebrochen, der Respekt vor den Politischen gewachsen, Louis vorübergehend geschlagen.

In mein Tagebuch schrieb ich nur die Worte: „Donnerstag, den 2. November: Giuseppe Bleistift geschenkt."

Am 7. November, während der Mittagspause, saßen wir, fünf Politische, im Schatten einer abseits gelegenen Baracke. Wir brauchten keine Denunziation zu fürchten, denn wir waren von einem Schutzwall von Sympathie umgeben. Mario konnte ruhig seine Gedenkrede auf die Oktoberrevolution zu Ende sprechen.

*

Einige Tage nach diesem Ereignis wurde ich zum Informationsoffizier gerufen. In einem winzigen Büro saß ein Hauptmann in tadelloser Uniform, eine schwarzgeränderte Brille im scharf geschnittenen Intellektuellengesicht. Capitaine d'Information – das war die Sûreté, die Behörde, deren Gefangene wir waren. Zum erstenmal, seitdem ich in Haft war, hörte ich mich wieder mit „Sie" ansprechen. Es begann ein weit ausholendes Verhör, das bis auf meine Tätigkeit im Jahre 1920 in Wien zurückging. Von Zeit zu Zeit sagte der Hauptmann gemessen: „Das stimmt." Einige Male erinnerte er mich an Details, die ich unterlassen hatte zu erwähnen, weil ich sie für unwesentlich hielt. „Da Sie meine Geschichte so gut kennen", sagte ich schließlich, „ist es Ihnen nicht unbekannt, daß ich Hitlergegner bin." „Gewiß", antwortete er höflich, „nur in der Interpretation dessen, was ein Hitlergegner ist, gehen unsere Meinungen auseinander." Ob ich vorbestraft sei? Niemals. Ob ich dessen ganz sicher sei? Ganz sicher. Ob es vielleicht einen andern meines Namens gäbe, mit dem eine Verwechselung vorgekommen sein könnte? Das zu eruieren sei nicht meine Aufgabe, gab ich zurück. Er schloß den Aktendeckel. „Lassen Sie mich alles nachprüfen. In Paris ist für Sie interveniert worden. Vielleicht liegt ein Irrtum vor. Wir werden sehen." Ich war entlassen.

„Mizzi" – durchströmte es mich warm.

Bereits am nächsten Tage bekam ich den Befehl, ins Quartier B zu übersiedeln. Papiere und Bücher wurden mir zurückgegeben. Das Verhör war eine Finte gewesen; der Befehl aus Paris hatte bereits vorgelegen, als der Hauptmann noch von „Nachprüfung" sprach.

Es hieß Abschied nehmen von der Baracke 10, vom Quartier A, von allem, was für einige ereignisreiche Wochen mein Leben war. Vor allem bedrückte mich der Gedanke an Mario. Warum ich und nicht er auch? Ich hatte vor dem Informationsoffizier eine Schwäche gezeigt: wäre es nicht meine Pflicht gewesen, seine Aufmerksamkeit auf Mario zu lenken? Hätte ich nicht die Gelegenheit benutzen müssen, um über die Zustände im Quartier zu sprechen? Über die Mißhandlung Giuseppes? Ich schämte mich und wagte den ganzen Tag nicht, meinen Freunden die Wahrheit zu sagen.

Ein zweites kam dazu. So unerträglich mir dies Leben in den ersten Tagen erschienen war, nach und nach hatte ich mich daran gewöhnt. An die Kameraden, an den schwarzhaarigen Bretonen, an meine Bretterecke, an die Teestunde am Abend, an die Gespräche im Schein des Öllämpchens, die manchmal keinen anderen Inhalt hatten als die Frage, ob der Provinz Bergamo oder der Stadt Turin der Vorzug zu geben sei. Darüber konnten Mario und Giuseppe stundenlang streiten.

In zweiunddreißig Tagen war mir die Baracke zu einer Art Heimat geworden und der Weg über die fünf Meter breite Lagerstraße bis zum Tor des gegenüberliegenden Quartiers schien mir wie die Reise in eine fremde, unbekannte Welt.

Ich erwirkte einen Aufschub von vierundzwanzig Stunden für meine Übersiedlung. Der Sergeant staunte nicht wenig über mein Begehren, aber schließlich sprach er das rituelle Wort für solche Entscheidungen: „Je m'en fous." (Das ist mir wurscht.) Ich kaufte in der Kantine einige Flaschen Bier, und an diesem letzten Abend wurde die Teestunde zur Abschiedsfeier. Man drückte unzählige Hände und man versprach, sich am Zaun wiederzusehen.

Diese Nacht blieb ich freiwillig im Quartier A.

Mario und Giuseppe wurden auch ins Quartier B transferiert, aber dies geschah viele Monate später. Meine Erwartung war zutreffend: die fünf Meter breite Lagerstraße trennte zwei Welten.

SIEG ÜBER NAPOLEON

Vor dem Eingang zur Baracke 6 stand ein kleiner Alter mit zerfurchtem, bärtigem Gesicht und einer formlosen Baskenmütze auf dem grauen Schädel. „Wir haben Sie schon gestern erwartet", sagte er ein wenig verlegen, während er mir auf eine besondere Art die Hand drückte. „So, Sie sind also der Kamerad aus A", trat ein großer breitschultriger Mann mit einem Mondscheingesicht hinzu und schüttelte mir auf die gleiche besondere Art die Hand. Beide Männer waren, wie ich an ihrer Aussprache des Französischen merkte, Spanier. „Ihr Platz ist nicht gerade der beste, aber die Baracke ist nahezu voll. Vorübergehend werden Sie unten hausen müssen. Mit der Zeit wird sich schon etwas finden." Ich stammelte Dankesworte und begann, meinen Kram auf dem mir zugewiesenen Platz auszubreiten. Es war ein unterer Platz wie der, den ich bisher an der Seite Marios bewohnt hatte. Die Baracke war aus verputzten Ziegeln gebaut, im übrigen aber genau so eingeteilt wie die Holzbaracke in A.

Während ich das Stroh in den Sack stopfte, den Mizzi mir geschickt hatte, sah ich, wie ein junger Mensch mit einem unschönen, von zahllosen Äderchen durchzogenen Gesicht sich neben mir zu schaffen machte. Soweit ich es im Halbdunkel erkennen konnte, arbeitete er an einer Konservenbüchse, die sich in seiner Hand nach und nach in ein Öllämpchen verwandelte. Er ließ sich durch meine ungeschickten Bemühungen, Nägel einzuschlagen, nicht stören. Als das Lämpchen fertig war, betrachtete er liebevoll sein Werk; dann wandte er sich an mich: „Ich soll dir diese Lampe übergeben." „Wieso mir?" fragte ich erstaunt. „Du bist doch Kamerad Bruno? Nicht wahr? Mein Name ist Filippo. Ich bin Italiener." Auf meine

Dankesworte ging er nicht weiter ein. „Ich hoffe, daß Villa und der alte Ponz dich anständig empfangen haben", setzte Filippo fort. Villa, der große mondscheingesichtige Spanier, war Barackenchef. Er wurde mit seinem achtzehnjährigen Sohn Pedro interniert, nachdem er zwanzig Jahre als Metallarbeiter in Lille gelebt, geheiratet, Kinder gezeugt hatte. Ponz, der zerfurchte Alte, war unser „Abteilungschef". Die Bauarbeiter von Lyon hatten ihn zum Vorsitzenden ihrer Gewerkschaft gemacht. Da er seit sechsunddreißig Jahren im Lande lebte, hatte niemand daran gedacht, daß er eigentlich Ausländer sei, am wenigsten er selbst — bis im Augenblick der Kriegserklärung die Sûreté zugriff. Was die beiden verbrochen hätten? Nun, sie waren ganz gewiß nicht für Franco.

Ich wollte eben meinen neuen Freund Filippo fragen, wieso man von meiner Ankunft wußte und warum mir die beiden „Chefs" auf besondere Art die Hand drückten, als ein kleiner zierlicher Mann mit feurigen, verschmitzt lächelnden Augen und einem sinnlosen Vollbart auf mich zukam. „Essen können Sie hier unten nicht, Frei. Sie werden mit uns essen. Wir wohnen nämlich zusammen, Otto, Paul und ich. Ach so, Sie wollen wissen, wer ich bin. Nun ich bin Cesare, wie geht es übrigens Mario?" Ich hatte Lust, allen diesen Menschen um den Hals zu fallen, aber das wäre sehr dumm gewesen, denn sie bewegten sich so gelassen und natürlich, als ob sich die Begegnung auf dem Korridor eines Miethauses im 15. Bezirk von Paris abspielen würde.

Vor allem wunderte ich mich, daß die Baracke am Tage voller Menschen war, die anscheinend nichts weiter zu tun hatten als zu schwatzen. Ob es hier keinen Adjutanten gäbe, fragte ich vorsichtig. Lachend klärte mich Cesare auf, daß die Insassen des politischen Quartiers zu keinerlei Außenarbeiten geführt würden. „Dazu sind wir zu gefährlich." Nur einige Innenarbeiten wurden ausgeführt, und auch dies nur von Freiwilligen. Mit Ausnahme des Latrinendienstes gäbe es nur eine regelmäßige Arbeit: das Auskehren. „Um Gottes willen", rief

ich, „also auch hier." Cesare beruhigte mich. Dies sei eine
Arbeit von einer Viertelstunde; nachher könne jeder machen,
was er wolle.

„Man habe also praktisch den ganzen Tag für sich?"

„Den ganzen Tag", bestätigte Cesare.

Inzwischen war die Zeit der Suppe gekommen. Ich wurde
mit meinem brennheißen Blechnapf in der Hand hinaufgeleitet
in die „Wohnung". Cesare, Otto und Paul saßen um einen
viereckigen Tisch auf der oberen Etage, wo man sich in voller
Manneshöhe aufstellen konnte. Der Tisch war ein roh zusam-
mengehauenes Brettergestell, aber immerhin, man konnte sich
dransetzen, wie an einen richtigen Tisch. Sogar ein Fenster
war da, ein viereckiges Loch in die Mauer geschnitten und
mit einer Glasscheibe verdeckt. An der Wand war ein Bücher-
regal befestigt, und ich las im Halbdunkel die Titel einiger
Wörterbücher, Geschichtswerke und Balzacromane. Otto schien
Hausherr zu sein, denn er war es, der mich im freundlichsten
Tone, dessen er fähig war, begrüßte: „Setz dich und iß."
Dabei drückte er mir die Hand, daß ich ernstlich befürchtete,
sie nie wieder benutzen zu können. Er war ein Ungar von
Riesendimensionen, Lederstiefel und Lederjoppe, spärlichem
Haar und selbst ohne langgezogenen Schnurrbart Kavallerie-
offizier vom Scheitel bis zur Sohle. In Spanien hatte er die
11. Brigade der Internationalen befehligt. Paul, Ottos Waffen-
gefährte in Krieg und Gefangenschaft, war ein blonder, hell-
blauer Sachse, der trotz seiner vier Durchschüsse und 45 Jahre
in die Höhe kletterte wie ein Schuljunge in der Turnstunde.
Auch Paul war kein Freund langer Reden. Das einzige Ad-
jektiv, dessen er sich mit ziemlicher Regelmäßigkeit bediente,
hieß: „lausig". Das Wort bezeichnete sowohl sehr stark wie
sehr schwach, sehr brav wie sehr schlecht, sehr klug wie
sehr dumm, sehr schön wie sehr häßlich. Lausig war seine
Vokabel für den Superlativ schlechthin.

Otto und Paul hatten gemeinsam den Ebro-Übergang mitgemacht, waren gemeinsam über die Grenze gekommen, wurden

gemeinsam im Lager Argelès-sur-Mer interniert, gemeinsam vor Beginn des Krieges als besonders gefährliche Elemente in die Festung Collioure gesperrt, gemeinsam von der Garde Mobile blutig geprügelt und schließlich gemeinsam in Ketten nach Vernet gebracht.

Im gleichen Eisenbahnabteil mit ihnen fuhr ein anderer Gefährlicher, den die Gendarmen aus Gurs nach Vernet transportierten. Die beiden Riesen betrachteten verächtlich den kleinen, zierlichen Mann in Handschellen. „Ist ganz sicher Intellektueller", sagte Otto wegwerfend. Beim Aussteigen ergab sich, daß der Kleine unfähig war, seine Koffer über die zwei Kilometer der Landstraße zu tragen. Ratlos blickte er um sich. Da sagte Paul zu Otto: „Du nimmst den braunen Koffer und ich nehme den schwarzen." Als sie im Lager ankamen, sagte der Kleine: „Danke, Genossen." Paul aber knurrte böse: „Haben ein lausiges Gewicht deine Klamotten." „Sind Bücher", entschuldigte sich der Besitzer der Koffer. „Hob ich gleich gesagt, ist Intellektueller", brummte Otto. „Nicht jeder hat das Vorrecht, Soldat zu sein", lächelte bescheiden der Fremde. Bald darauf mußten alle drei bei der Leibesvisitation ihre Papiere abgeben. Einer nach dem andern legte als letztes das feierliche Dankschreiben der spanischen Republik an die Mitglieder der Interbrigaden auf den Tisch.

Cesare war italienischer Sprecher am Radio von Barcelona gewesen, nachdem er fünf Jahre in Gefängnissen und auf Verbannungsinseln verlebt hatte. Elternhaus, Studien, Illegalität, Gefangenschaft, Emigration und Bürgerkrieg — das alles ergab erst achtundzwanzig Jahre. Ironische Heiterkeit war das hervorstechendste Merkmal dieses Mannes: er liebte die Weisheit der Bücher und für die allerschlimmsten Stunden hatte er die Schönheit Dantescher Verse in Bereitschaft. Dennoch war Cesare kein Bücherwurm. Bescheiden und unpathetisch, liebenswürdig und hilfsbereit, verstand er es, die Gunst der Menschen zu gewinnen.

Otto der Ungar, Paul der Deutsche, Cesare der Italiener

lebten im Lager zusammen; sie bildeten eine Familie, Abbild jener Freiwilligenschar, deren Ruhm weiterleben wird in allen Völkern, wie eine Legende. Sie waren aus fernen Ländern dem spanischen Volk zu Hilfe geeilt, als es, verraten von seinen Generalen, gegen deutsche und italienische Armeen kämpfte.

Das Leben einsetzen, wenn es nötig ist gehorchen, wenn es nötig ist befehlen, schweigen, lernen, durchhalten, glauben — unerschütterlich glauben an den Sieg der guten und gerechten Sache — lachend, zotenreißend, fluchend, Soldaten des Volkes, Ritter der Freiheit — so wollten sie noch viele Jahre weiterleben. Die Baracke war für sie die seltsam veränderte, aber im Grunde immer gleichbleibende Welt des Schützengrabens. In nichts änderten sie ihre Denk- und Lebensgewohnheiten. Es galt materielle Schwierigkeiten überwinden, sich über den Mangel an Nadel, Faden, Werkzeug, Stoff hinweghelfen und durch Einfälle ersetzen, was an Technik fehlte. Es galt, den Freunden mit Treue, den Feinden mit Härte begegnen. Kamen Zeiten der Gefangenschaft, so mußte man sie hinnehmen wie Unterbrechungen des Krieges, dessen Dauer ungewiß, dessen Ausgang jedoch sicher war. Dann galt es die Zeit ausnutzen, Geist und Körper zusammenhalten für den nächsten Einsatz. Vielleicht morgen, vielleicht erst in Jahren. Aber bereit sein mußte man jeden Tag, jede Stunde. Den Tod nicht fürchten, das Leben lieben, gut essen, wenn es etwas gibt, Zähne zusammenbeißen, wenn es nichts gibt, viel lachen, auf gute Verdauung bedacht sein, nicht zu viel an Frauen denken — das war das Daseinsrezept dieser Männer, für die das Leben auf dem Bretterboden sich nur dadurch vom Leben im Felde unterschied, daß hier nicht geschossen wurde. „Gefangener Soldat ist nicht Gefangener, ist Soldat", pflegte Otto zu sagen. Sie wohnten in der oberen Etage rechts in der Mitte der Baracke 6, und was sie hatten, teilten sie brüderlich: Geld, Tabak, Pakete, gute und schlechte Laune, Hunger, Kälte, Freude, Hoffnung.

Als vierten nahmen sie mich in ihre Lebensgemeinschaft auf.

Eigenartig feierlich war es, wieder an einem Tisch zu sitzen. Die schief abgeschrägte Decke beschnitt den zur Verfügung stehenden Raum derart, daß man auf Schemeln sitzen mußte, deren Niedrigkeit die Tischhöhe bestimmte. Man saß nicht, man hockte. Dennoch erschien mir nach dem Stalldasein in der Baracke 10 die Tischrunde in der Baracke 6 wie ein Leben im Wohlstand. Jeder hatte ein Besteck und man konnte das Fleisch zerschneiden und mußte es nicht mit den Zähnen zerreißen. Otto verteilte rohe Zwiebel, die wir uns in die Suppe schnitten. „Ist gut für Verdauung", fügt er nahezu gesprächig hinzu. Auf das Brot strichen wir Fett und nachher gab es ein Stück Käse. Paul rannte zur Küche und kam mit heißem Tee wieder. Als Cesare getrocknete Apfelsinenschalen verteilte und Pfeifen- und Zigarettenrauch ineinanderkräuselten, wurde es geradezu behaglich.

„Das Elefantenbaby trotzt immer noch", lachte Cesare. „Laß ihn trotzen", meinte Paul, „der wird sich noch lausig ändern." „Putzi", dröhnte Ottos Baß, „hat der Onkel geschrieben?"

In der Nebenkoje saß ein noch junger Mensch in Mantel und Hut auf seinem Koffer und strich sich mit dem Taschenmesser ein Butterbrot. Die Butter hielt er in der Hand, was das Geschäft des Butterbrotstreichens nicht erleichterte. Sein Platz war leer; weder Tisch noch Stuhl, noch Fenster, noch auch nur ein Nagel. Aus einem gedunsenen Gesicht blickten kleine Schweinsaugen melancholisch auf das Butterbrot. Der plumpe, unverhältnismäßig große Mensch war bekleidet, als ob er auf dem Wege zu einem Sonntagsbesuch Rast gemacht hätte: blauer Anzug, modische Krawatte, geputzte Schuhe. Ein Neuankömmling, dachte ich, Putzi war aber bereits seit zehn Tagen im Lager. Hartnäckig weigerte er sich, seinen Koffer auszupacken oder auch nur Hut und Mantel abzulegen. Jede Stunde konnte der Onkel kommen, um Putzi abzuholen, und deshalb lohnte es sich nicht auszupacken. Der Onkel war ein reicher Mann, naturalisierter Franzose, der seinen Neffen aus Deutschland kommen ließ, als dort die Novemberpogrome 1938 das Leben für Juden unmöglich machten. In Frankreich angelangt, kaufte der gute Onkel eine Hühnerfarm in der Nähe von Paris und machte den neunzehnjährigen Neffen zu ihrem Leiter. Als der Krieg ausbrach, kamen die Gendarmen von Melun und verlangten die Papiere von Putzi zu sehen. Da ihnen irgend etwas nicht gefiel, führten sie ihn nach Roland Garros, ins Sammellager der „Unerwünschten". Am nächsten Tag schon kam der Onkel, zeigte seine guten und feinen Papiere und, nachdem man mit dem Kommandanten einige Höflichkeiten ausgetauscht, zog der Neffe mit dem Onkel zum Tor hinaus, wo schon das Auto wartete. Einige Wochen später kamen wieder die Gendarmen zur Hühnerfarm und verlangten neuerdings die Papiere Putzis zu sehen. Da ihnen wieder irgend etwas nicht gefiel, brachten sie ihn wieder nach Roland Garros ins Sammellager der „Unerwünschten". Wieder kam der Onkel und wieder führte er den Neffen zum Tor hinaus, wo das Auto schon wartete. Als die Gendarmen zum drittenmal kamen, um Putzi nach Roland Garros ins Sammellager der „Unerwünschten" abzuführen, ließ er sich in einem Anfall von jugendlichem Ungestüm und in völliger Verkennung der Machtverhältnisse zu dem Ausruf hinreißen, „der Herr Präfekt von Seine-et-Oise könne ihm sonstwo…" Diese nicht ganz einwandfreie Ausdrucksweise wurde zum Wendepunkt im Leben des Neunzehnjährigen. Denn der Herr Präfekt von Seine-et-Oise, dem die Äußerung des jugendlichen Missetäters in amtlicher Form berichtet wurde, verordnete die Internierung des Ausländers für die Dauer des Krieges. Als „besonders gefährlicher Extremist", der sich gegen die Staatsgewalt vergriffen hatte, saß nun Putzi, genannt das Elefantenbaby, im politischen Quartier des Straflagers von Vernet und wartete auf den Onkel, der ihn durchs Tor hinaus zum wartenden Auto führen würde.

Aber der Onkel kam nicht. Zehn Tage hatte Putzi bereits getrotzt, die Lagerkost nicht angerührt, Mantel und Hut nicht ausgezogen, den Koffer nicht ausgepackt. Er nährte sich ausschließlich von Butterbrot und beschäftigte sich mit Briefeschreiben. Was man ihm von zu Hause schrieb, war nicht ermutigend. Der Präfekt hatte erklärt, er werde dafür sorgen, daß der freche Bengel, solange der Krieg und die außerordentlichen Vollmachten währten, nicht aus Vernet herausgelassen werde. Onkel, Tante und Mutter waren geneigt, dem Herrn Präfekten recht zu geben, vertrat er doch die Staatsautorität. Daß es zwischen der Staatsautorität und einem Familienmitglied zu einem ernsten Zerwürfnis kommen könnte, war in der Tradition der Familie nicht vorgesehen. „Am Ende werden wir noch alle Unannehmlichkeiten haben durch Deine freche Schnauze", schrieb der Onkel wütend. So war Putzi der Privatgefangene des Herrn Präfekten von Seine-et-Oise, dessen Befehle der Lagerkommandant ohne Nachprüfung auszuführen hatte. Eine Berufung gab es nicht. Verstoßen, wenn auch nur in moralischer Hinsicht, von der Familie, blieb Putzi am elften Tage nach seiner Einlieferung nichts weiter übrig, als den Koffer auszupacken.

Dabei half ich ihm ein wenig. Dies genügte, um in dem jungen Menschen den Wunsch aufkommen zu lassen, die Freundschaft des grauhaarigen Fremden zu gewinnen. Es fügte sich, daß Putzis Schlafnachbar die Baracke verließ. Nach wenigen Tagen ebenerdigen Daseins, das die übliche Briefformel „Kopf hoch" als eine übel angebrachte Herausforderung empfinden ließ, stieg ich endgültig in die Aristokratie des ersten Stocks auf, wo auch Villa, der spanische Barackenchef, und sein Sohn Pedro wohnten.

Am Tag nach meiner Übersiedlung kamen der lange August und Willi B., zwei deutsche Interbrigadisten, aus der Baracke 8, ausgerüstet mit Hammer, Zange, Stemmeisen und, was noch erstaunlicher war, mit einem Sortiment Bretter, angerückt. Ohne viel zu reden, begannen sie meinen neuen Schlafplatz einzurichten. Sie schufen im Gebälk der Baracke durch einige Trägbretter Raum für den Koffer. Bei Tag rollten wir die Schlafsäcke ein und stellten Tisch und Schemel auf. Bei Nacht wurden die „Möbel" heruntergeschafft und unter dem Bretterboden des Parterre, sozusagen im Souterrain eingelagert; so konnten wir die Schlafsäcke ausbreiten. Bald hatten wir auch ein Fenster, das zuerst mit Zellophanpapier, später aber mit richtigem Glas verdeckt war. Eine besondere Vorrichtung machte sogar das Lüften möglich. Der lange August und Willi B. gehörten zur Tischlereibelegschaft. Viel Werkzeug gab es auch in der Werkstatt nicht; lachend zeigten die Tischler eine vernickelte Operationssäge aus dem Hospital, die zum Bretterschneiden verwendet wurde.

Es hätte genügt, von Entgelt oder Gegenleistung auch nur zu sprechen, um die beiden Helfer unversöhnlich zu beleidigen. Dieses Eingebettetsein in Freundschaft und Kameradschaft war für mich ein neuartiges Erlebnis, es ersetzte mir Heim, Frau und Kinder.

*

Serbische Nationalisten, deutsche Kommunisten, italienische Antifaschisten, spanische Armeekommandeure, katalanische Anarchisten, russische Monarchisten, rumänische Bauernführer, ungarische, österreichische, tschechische, polnische Spanienkämpfer, griechische Republikaner, albanische Bandenführer, freiheitliche Schriftsteller und Journalisten aller Zungen — und dazwischen eingestreut einzelne Nazis, Berufsspione, Hochstapler, Trotzkisten, Provokateure — die ganze politische Dynamik Europas auf einem winzigen Raum konzentriert, in wenige Baracken zusammengepreßt — dies war das Quartier B. Keine nationale, keine politische Gruppierung war erlaubt. Wie es der Zufall wollte, lag ein ukrainischer Kommunist neben einem zaristischen Baron, ein deutscher Dichter neben einem mazedonischen Revolutionär, ein jüdischer Hausierer neben einem katalanischen Minister. Diese Zusammenballung politischen Explosivstoffes auf engem Raum sollte sich bald als eine Dummheit der Behörde erweisen, die geglaubt hatte, besonders schlau zu sein. Mit Bajonetten und Maschinengewehren konnte man eine äußerliche Lagerdisziplin erzwingen, solange die Staatsmacht unbeschädigt war, aber Blindheit gehörte dazu, nicht zu sehen, daß unter der Oberfläche der erzwungenen Ruhe, in dem Dunkel der Baracken, ein Kampf um die Seele der Menschen entbrennen würde. Wer wird es verstehen, ihrem natürlichen Streben nach einem menschenwürdigen Leben, ihrem Willen zur Selbsterhaltung am wirksamsten Ausdruck zu geben?

Vielleicht hatte die Sûreté, deren Erfindung das Lager von Vernet war, gehofft, daß gerade die Vielfalt der feindlichen Elemente ihre Niederhaltung erleichtern werde. Nationalitäten und politische Gruppen gegeneinanderhetzen, das schien raffiniert ausgedacht. Vor allem sollten die Kommunisten isoliert und unter den moralischen Druck aller anderen Gefangenen gestellt werden. Auf die Frage, warum es keine oder fast keine Nazis in Vernet gäbe, antwortete die Lagerleitung stereotyp: die Kommunisten seien ja da. Wer mithelfe, sie unschädlich zu machen, könne auf die Großmut der Behörden rechnen. Einige Internierte machten sich zu Wortführern dieser amtlichen Richtlinie. Ihre Aufgabe bestand darin, Internierte, deren Parteizugehörigkeit unbekannt war, politisch zu kennzeichnen, die Kommunisten unter ihnen herauszufinden und das antikommunistische Feuer warm zu halten.

Diese Männer machten keinen Hehl daraus, daß sie Beauftragte des Informationsoffiziers seien. Sie besaßen amtliche Passierscheine, die ihnen das Verlassen des Quartiers jederzeit ermöglichten, später bekamen sie besondere Wohnräume zugewiesen; mit ihren Vertrauensleuten besetzten sie alle Lagerämter: Dolmetscher, Bibliothek, Zensur, Kulturbaracke, Hospital, Sanitätsstation. Die Internierten nannten die Organisation des Informationsoffiziers im Lager: BIM, Bureau international de mouchardage (Internationales Spitzelbüro). Anführer war die Ratte.

1500 „Politische" spazierten abends auf dem „Boulevard

International", dem Raum zwischen den Baracken, wo alle Sprachen der Erde durcheinanderschwirrten. Immer gab es irgendein Gerücht abzuschätzen, zu irgendeiner Neuigkeit Stellung zu nehmen. Die BIM sorgte für Stoff. Da hieß es, nächstens würden die Kommunisten weggebracht, dann kam die ergänzende Meldung, eine Kommission sei unterwegs, um die Reinen von den Unreinen zu trennen. In ständigem Fluß war die öffentliche Meinung, bald dahin, bald dorthin schwankend, je nach dem Stand der Kräfte, die einander gegenüberstanden. Ein Fünftel der B-Insassen bildete die Gefolgschaft der BIM: antikommunistische Splittergruppen, russische Weißgardisten, Kriminelle. Ein Fünftel konnte man als unpolitisch oder uninteressiert ansehen: von ihren Konkurrenten denunzierte Kaufleute, jüdische Schneider und Kürschner, Typen wie Putzi, Menschen, die mehr oder minder zufällig in die Maschen der Sûreté geraten waren. Für diese Leute war Vernet eine Schule, und nicht wenige von ihnen wurden hier, was zu sein man ihnen vorwarf: Antifaschisten. Drei Fünftel der Quartiersbewohner hatten in der Illegalität, in der Emigration, im spanischen Bürgerkrieg für ihre kämpferische Gesinnung Proben abgelegt. Die Kommunisten bildeten eine Minderheit.

*

Unzweifelhaft war die wichtigste Persönlichkeit des Quartiers Napoleon.

Irgendwo im Himmel thronte ein Oberst, aber niemand hatte ihn noch gesehen, vielleicht war er auch nur in der Form eines Gummistempels vorhanden, der den Befehlen ihre Kraft erteilte. Es gab einen Leutnant, den Quartierskommandanten, der hinter der Küchenbaracke sein Büro hatte. Der Leutnant existierte zweifellos, denn einige hatten ihn persönlich gesehen. Es bedurfte allerdings eines wichtigen Anlasses, um Leutnant Clerc ins Quartier zu locken. Offenbar waren wir ihm viel zu schmutzig und zu langweilig. Die Langeweile gähnte aus seinem müden Gesicht, so oft es in Erscheinung trat. Leutnant Clerc irgend etwas vorzulegen, was das Leben dieser 1500 Menschen anging, wäre einem vermessenen Angriff auf die göttliche Ordnung der Natur gleichgekommen. Er war der Leutnant und wir waren die Internierten; die einzige Beziehung, die zwischen uns bestehen konnte, war die Grußpflicht. Alle acht Tage wurde uns in einem besonderen Befehl eingeschärft, daß wir die Offiziere durch Abnehmen der Mütze zu grüßen hätten. Die meisten zogen es jedoch vor, dem Leutnant in einem weiten Bogen auszuweichen. Er gab es auf und überließ das Kommando Napoleon.

Napoleon war seinem militärischen Range nach nur ein Sergeant der Gendarmerie, aber für uns war er der oberste Heerführer. Wie Napoleon wirklich hieß, wußte niemand. Ein langer, blonder, ganz und gar germanisch aussehender Franzose italienischer Herkunft, war Napoleon ein Hohn auf die Rassentheorie. Der einzige Mann in der bewaffneten Macht Frankreichs und zugleich der einzige Beamte der Republik, der niemals „je m'en fous" sagte, war er im Gegenteil diensteifrig, beflissen, rührig, immer in Bewegung, mit langen Schritten ausschreitend, um irgendwelche Regelwidrigkeit abzustellen. Das Besondere an Napoleon war, daß er in der Überzeugung lebte, der Sieg Frankreichs hänge von der Erfüllung des gerade in Ausführung begriffenen Befehls ab und beträfe er nur die Reihenfolge des Latrinendienstes. Weniger erfreulich war, daß er die gleiche Überzeugung bei jedem andern als selbstverständlich voraussetzte. In dem Augenblick, da er eine Sache in die Hand nahm, wurde sie zu einem wesentlichen Bestandteil des Feldzugs, für den er die Verantwortung vor der Weltgeschichte zu tragen hatte.

Wir gaben ihm den Spitznamen Napoleon, bald riefen ihn seine Waffengefährten nicht anders und schließlich nannte er sich selbst so. Er wäre sehr beleidigt gewesen, hätte ihm jemand gesagt, er betreibe das Geschäft eines Gefängnisaufsehers. Die Internierten waren für ihn keine Internierten, sondern Mannschaft; sie hatten, wer konnte wissen warum, ihre militärische Dienstpflicht hinter Stacheldraht zu erfüllen. Das „warum" interessierte Napoleon überhaupt nicht, dazu waren die Minister da. Ihn berauschte die in anderen Dienstzweigen für ihn unerreichbare Chance, 1500 Mann zu kommandieren. Die Front der vier vorderen Baracken abschreitend, wo 600 bis 800 Mann in Zügen formiert aufgestellt waren, glaubte er, eine Armee in die Schlacht zu führen, mit Adlerblick die kleinste Unregelmäßigkeit erspähend. Als ich einmal vorübergehend einen Abteilungsführer unserer Baracke vertrat und an der Spitze meiner kleinen Gruppe dem inspizierenden Napoleon auf die Frage „Wieviel Mann?" die Formel herunterleierte: „36 in den Reihen, 4 im Lazarett, 2 in der Küche, Gesamtbestand 42", ließ er mich vortreten. Zu der gesamten Mannschaft gewandt, sagte er mit erhobener Stimme: „Hier seht ihr, wie man melden muß. Kein Schwanken, kein Irren, rasch und sicher. So ist es recht. Dieser Mann weiß, was militärischer Dienst ist." „Wo haben Sie gedient?" wandte er sich an mich. „Ich war nie beim Militär, Herr Sergeant", gab ich zurück. „Das macht nichts", setzte er unerschüttert fort, „Sie werden Karriere machen beim Regiment."

Napoleon liebte es, kernige Ansprachen an uns zu halten. Das war der einzige Grund, warum wir ihm manches Mal böse wurden, denn durch seine Ansprachen verlängerte sich der Appell, den wir verabscheuten. Sobald er daranging, die Arbeiten des Tages zu verteilen, sammelte er die Barackenchefs um sich, bei besonders feierlichen Anlässen auch die Abteilungschefs, um ihnen seine Pläne mit weit übers Gelände ausholenden Gesten zu erklären. Dann sagten wir: Napoleon auf dem Feldherrnhügel. Kam er mit dem Fahrrad an und fuhr die Reihen lang, dann sagten wir: Napoleon auf dem Schimmel. Aber man muß es zu Napoleons Ehre sagen, niemals mißbrauchte er die Macht, die er über uns hatte; im Gegenteil, wie es sich für einen großen Heerführer geziemt, war er uns ein Soldatenvater. Napoleon war sicher der einzige glückliche

Mensch in Vernet; er hatte eine seiner würdige militärische Aufgabe gefunden; da diese ohne uns unmöglich gewesen wäre, war er uns dankbar.

An einem klaren, sonnigen Dezembermorgen schritt Napoleon feierlicher als sonst die Front der angetretenen Abteilungen entlang, sichtlich mit einem großen Gedanken beschäftigt. Nachdem er sich so aufgestellt hatte, daß er von allen gesehen werden konnte, kommandierte er: Garde à vous! „Wieder eine Ansprache", dachten wir, aber es wurde eine Rede. Die Arbeiten zur Fertigstellung der Kanalisierung rührten sich nicht vom Fleck, man könne überhaupt nicht sagen, daß seit Oktober irgendein Fortschritt zu verzeichnen sei. Er verstehe, daß der Arbeitseifer der Männer nicht übertrieben groß sei, aber wir müßten verstehen, welche Verantwortung auf ihm, Napoleon, laste. Der Oberst habe ihm den Befehl erteilt, bis Weihnachten alle Lagerarbeiten zu beenden. Er könnte sich damit begnügen, den Befehl einfach weiterzugeben; er aber wisse, daß ein militärischer Führer mehr erreiche, wenn er sich an die Einsicht der Truppe wende. Er appelliere an den guten Willen der Internierten, an ihre Opferfreudigkeit — er wollte Patriotismus sagen, verbesserte sich aber rasch —, um mit dem Einsatz aller Kräfte die gestellte Aufgabe zu erfüllen. In dieser schweren Zeit müsse jeder sein Bestes tun. Nach einer Kunstpause, die er benutzte, um sich von der Wirkung seiner Worte zu überzeugen, setzte er fort:

„Ich bin in der Lage, einige besonders wichtige Informationen, die alle angehen, hinzuzufügen." Der Kommandant habe beschlossen, eine besondere Gesellschaftsbaracke einzurichten, wo Theateraufführungen, Konzerte und Vorträge stattfinden werden. Ja sogar Kinovorführungen und Radioübertragungen seien vorgesehen. Das gesellschaftliche Leben werde seinen Anfang nehmen mit einer künstlerischen Weihnachtsfeier, zu der der Oberst mit dem ganzen Offizierskorps erscheinen werden. Jetzt würde jeder begreifen, warum alle Lagerarbeiten bis Weihnachten unbedingt fertiggestellt sein müssen. „Tout le monde au boulot — rompez les rangs!" (Alles zur Arbeit — wegtreten!)

Das war ein wenig unbeholfen, aber sympathisch, mit einem rührenden Stolz auf die Größe der militärischen Aufgabe vorgebracht. Rührend war auch die Naivität, man könne die Männer von Vernet mit Kino und Oberstenvisite zur Preisgabe ihres passiven Widerstandes bewegen.

Gesellschaftsbaracke, Weihnachtsfeier, Vorträge — diese Worte weckten allerdings unsere Neugierde. Noch am gleichen Tage kam durch den Lautsprecher die Aufforderung, Vortragsthemen einzureichen, die vom Informationsoffizier geprüft würden. Politische Themen sowie jede weltanschauliche Propaganda seien natürlich ausgeschlossen. „Es scheint doch etwas daran zu sein", sagte Cesare. Dennoch war das Mißtrauen groß. Die Erfahrung hatte gelehrt, daß von der Sûreté und ihren Organen nichts Gutes kommen könne, und der Informationsoffizier war der Beauftragte der Sûreté. War die Aufforderung, Vortragsthemen einzureichen, eine Falle? Bisher hatte man die Intellektuellen weniger freundlich behandelt; man begnügte sich damit, sie zu Loyalitätsbeteuerungen für die Politik Daladiers und zu Erklärungen gegen den deutsch-sowjetischen Pakt zu pressen. Die Ware, die die BIM anbot, war von der gleichen Beschaffenheit: wer sich von den Kommunisten lossage, könne auf milde Beurteilung, vielleicht sogar auf materielle Verbesserung, ja auf Befreiung in absehbarer Zeit rechnen. Wer weiter bei seiner staatsfeindlichen Gesinnung beharre, werde verrecken. Die ganze Ernte der BIM bis zu diesem Tag war ein Überläufer.

Bald erfuhren wir, daß die Ratte der Urheber des Kulturplanes sei. Geschäftig sah man den kleinen zerknitterten Mann zwischen den verschiedenen Kommandostellen umherlaufen. Die spärlichen kulturellen Einrichtungen des Lagers waren der BIM unterstellt: Spiele und Bücher, die das Internationale Rote Kreuz und die Quäker gespendet hatten. Die BIM sollte auch das Programm für die Weihnachtsfeier zusammenstellen, die ausführenden Künstler bestimmen, die Vortragspläne kontrollieren. So wurde klar, daß Kulturbaracke und Vortragsserie, Kino und Radio nichts weiter waren als der Versuch, die Daladiersche Kriegspropaganda ins Lager zu schmuggeln. Gelang dieser Plan, dann war der politische Inhalt dieser Gefangenschaft gefährdet, ja in ihr Gegenteil verkehrt. Wir waren da, weil wir gegen Hitler gekämpft hatten und weiter gegen Hitler kämpfen wollten. Die französische Reaktion aber sabotierte den Kampf gegen Hitler, sie bereitete das Land auf die Kapitulation vor. Was uns diese Gefangenschaft erträglich machte, war das Bewußtsein, daß auch Vernet einen Teilabschnitt des weltweiten Kampfes gegen den Faschismus darstellte.

Geistige Entwaffnungsaktion war der sogenannte Kulturplan der BIM. Über diese Aussichten unterhielt ich mich mit den deutschen Schriftstellern Friedrich Wolf und Rudolf Leonhard. Wir beschlossen, den BIM-Plan abzuwehren. Eine Weihnachtsfeier in Vernet? Warum nicht? Aber wir wollten selbst ihren geistigen Inhalt gestalten. Eine Weihnachtsfeier, die auf dem Umweg über die BIM von der Lagerleitung veranstaltet wird, zur Verwischung des Kriegszustandes, der zwischen ihr und uns besteht — nein!

Mögen die Herren unter sich Weihnachten feiern.

Eine schlimme Botschaft erreichte uns an diesem Tage. Gustav R., der im Quartier C Chef der von Antifaschisten bewohnten Baracke 33 war, ist zur BIM übergelaufen. „Wie konnte er das tun, er war doch in Spanien...", sagte Paul, der Sachse, und seine hellblauen Kinderaugen funkelten zornig.

Die Kanalisation machte kaum merkbare Fortschritte. Man stolperte über aufgerissene Gräben und stieß sich an gewaltigen Steinhaufen. Die Gesellschaftsbaracke blieb ein Traum Napoleons. Die Tischler hatten entweder kein Holz oder keine Nägel; fanden sich Holz und Nägel, dann war es zu kalt, um zu tischlern. Leutnant Clerc tänzelte einige Male durchs Quartier, aber man wich ihm aus; in dem leeren Raum, in dem er sich bewegte, ließ er sein Bambusstöckchen melancholisch schaukeln. Napoleon raste durch die Gräben, erteilte pausenlos Befehle, ohne auf Widerstand zu stoßen, aber auch nicht auf Eifer; was er vor sich hatte, war Gleichgültigkeit.

Die Gesellschaftsbaracke sei nicht unsere Angelegenheit, gab ihm einmal Rudolf Leonhard zu verstehen. Wieso nicht? fragte Napoleon ehrlich erstaunt. Weil die Internierten sie nicht in ihre eigene Verwaltung bekommen. „Wer denn sonst?" gab Napoleon zurück. „Werde nicht die Ratte Chef der Gesellschaftsbaracke?" „Das ist es eben", erwiderte Rudolf. „Die Ratte ist doch interniert wie alle anderen", staunte treuherzig Napoleon. „Keineswegs", beharrte Rudolf, „die Ratte und ihre Kumpane seien zwar interniert, aber keineswegs wie alle anderen. Ihr Geschäft sei vielmehr, die Kameraden beim Informationsoffizier zu denunzieren; als Soldat müsse Napoleon zugeben, daß es kein schmutzigeres Gewerbe gebe als das des Denunzianten."

An diesem Tage fand dieses Gespräch keine Fortsetzung; Napoleon war wortlos abgezogen.

Die BIM hatte eine neue Flüsterparole gefunden: die Kommunisten würden nach Afrika geschickt zum Bahnbau in der Wüste. Nur wer durch die Tat beweise, daß er gegen die Kommunisten sei, könne auf Befreiung rechnen. Den Reuigen biete sich eine besondere Gelegenheit zur sühnenden Tat: die freiwillige Meldung zum Krieg in Finnland. „Ob das ins Unterhaltungsprogramm kommt", fragte höhnisch jemand die Ratte, „einen besseren Witz werdet ihr nicht finden."

Das Programm für die Weihnachtsfeier bestand vorläufig aus einem einzigen Punkt: die BIM-Chefs hatten eine Revue ausgebrütet, deren Titel geheimnisvoll lautete: „Das Braunbuch von Vernet." Die Chöre, die ein folkloristisches Liederprogramm vortragen sollten, weigerten sich zu proben. „Die ganze Sache hat keinen Schwung", sagte Leutnant Clerc, dessen Bambusstöckchen in permanenter Bewegung war. Am Schwarzen Brett erschien eine Ankündigung, wonach der Kommandant am 24., abends, anläßlich einer von den Internierten veranstalteten Weihnachtsfeier dem Quartier einen offiziellen Besuch abstatten werde. An diesem Tage ging Napoleon durch die offenen Gräben wie sein großer Vorgänger nach der verlorenen Völkerschlacht.

*

Die Tagwache hatte das Quartier bereits verlassen, Dunkel herrschte in den Wohnhöhlen, armselig zitterten da und dort dünne Ölflämmchen aus alten Sardinenbüchsen, da spielten welche Karten, dort hockte einer über einem Buch. Fast unbemerkt war Napoleon durch die Tür der Baracke 8 getreten. „Wo wohnt Leonhard?" fragte er den ersten, der ihm entgegenkam. Jeder dachte: eine Verhaftung. Der Angerufene selbst war auf das Schlimmste gefaßt. „Ich möchte mit Ihnen sprechen, kommen Sie herunter." Rudolf wickelte sich in sämtliche Pullover und Schneehauben, die er besaß, und kletterte vorsichtig die Hühnerleiter herunter. Napoleon wiederholte aufgeregt: „Ich muß nämlich mit Ihnen sprechen, aber vertraulich." Rudolf wies auf die Tür. Draußen in der dunklen Winternacht gingen sie auf und ab, der kommandierende französische Unteroffizier und der gefangene Antifaschist, in ein geheimnisvolles Gespräch vertieft.

„Sie sind Dichter?" fragte Napoleon. „Ich kann's nicht leugnen", bestätigte der Gefangene. „Sind Sie bereit, mir zu helfen?" „Ihnen persönlich gerne." Der Uniformierte atmete erleichtert auf. Verlegen, fast stotternd brachte er die Bitte vor, der Dichter möge eine Rede aufsetzen, die er als rangältester Unteroffizier zu Weihnachten halten müsse und zwar im Beisein des Obersten. Das sei nicht schwer, meinte Rudolf milde lächelnd. „Ja, aber um Gottes willen, niemand dürfe es erfahren, daß Napoleon sich an einen Gefangenen und noch dazu an Rudolf Leonhard gewandt habe." Warum gerade nicht an Rudolf Leonhard? In wachsender Verlegenheit kam es heraus: er, Napoleon, habe sich erkundigt wegen der Spitzel und was Leonhard über die Ratte erzählt habe, und da sei er schön hereingefallen. „Das verbreiten die Kommunisten", wurde ihm geantwortet, und ob er denn nicht wisse, daß die Kommunisten gemeinsam mit Hitler gegen Frankreich Krieg angefangen haben? Er wisse nicht, was er über dies alles denken solle. Ihm sei es im Grunde gleichgültig, denn wer wirklich recht habe, werde man erst später erfahren. Aber er möchte halt so gerne mit der Gesellschaftsbaracke fertig werden und mit den anderen Lagerarbeiten. Er verstehe sehr gut, daß die Internierten ihren Stolz haben und eigentlich finde er das sogar soldatisch. Vielleicht sei es ein Unrecht, daß man Soldaten einsperre, die in Spanien für Frankreich gekämpft haben...

Am nächsten Tage wurden Rudolf Leonhard und Friedrich Wolf zum Leutnant gerufen. Die Lagerleitung, wurde ihnen eröffnet, möchte die Weihnachtsfeier so harmonisch wie möglich gestalten. Im Zeichen der Geburt des Heilandes, der Frieden verkündete allen Menschen, die guten Willens seien, sollte die Weihnachtsfeier zu einem Fest der Verbrüderung werden. Man stelle sich das so vor, daß jede der größeren Nationalitäten mit einem eigenen Programm auftrete. Ob die beiden Schriftsteller bereit seien, ein solches Programm einzureichen, selbstverständlich mit Ausschluß jeder politischen Propaganda.

An diesem Abend setzten sich die deutschsprachigen Künstler und Schriftsteller zusammen und arbeiteten ein Programm aus. Laßt die Ratte die Latrinen besingen, wir wollen von der Freiheit sprechen! Unser Chor wird schmettern:

> Freiheit, die ich meine, die mein Herz erfüllt,
> Komm mit deinem Scheine, süßes Engelsbild,
> Magst du nie dich zeigen der bedrängten Welt,
> Führest deinen Reigen nur am Sternenzelt?

Dann wird Günther die Wintermärchenvision Heines sprechen. Um der Gegenwart gebührend zu gedenken, wird Rudolf sein Gedicht „Weihnacht in Vernet" vortragen. Dann werden wir Volkslieder singen und Schubertweisen vom

Röslein und vom Bächlein, damit uns recht warm werde ums Herz.

Zum Abschluß aber werden wir singen wie in den Wäldern unserer Heimat:

> Denn meine Gedanken
> Zerreißen die Schranken
> Und Mauern entzwei.
> Die Gedanken sind frei!

Uns gefiel dieses Programm, ob es dem Kommando gefallen würde, schien uns zweifelhaft. Es wurde dem Informationsoffizier eingereicht und noch am gleichen Tage genehmigt.

Das war ein Sieg.

*

Umgeben von sämtlichen Barackenchefs und Abteilungschefs hielt Napoleon am nächsten Morgen eine halbstündige Ansprache über den Sturmangriff auf die offenen Gräber der Kanalisation. Wenn das ganze Lager mithelfe, einschließlich der Alten und Gebrechlichen, könne die Hauptarbeit immer noch zeitgerecht fertig werden. Er rechne mit dem in vielen Stürmen erprobten Elan der Männer von Vernet, in der Erfüllung dieser schweren, aber militärisch lösbaren Aufgabe.

Diesmal ging alles wie im Märchen. Freiwilligentrupps bildeten sich, die die Fertigstellung bestimmter Abschnitte der Gräben zu einer bestimmten Frist auf sich nahmen. Die Alten, Gebrechlichen und Arbeitsungewohnten formten lange Ketten, um die Steine von einem Ende des Lagers zum andern zu transportieren. Hau ruck schwangen sie einander die Steine zu; rechts aufnehmen, links weitergeben, Tempo, Tempo, Napoleon soll staunen, was die Männer von Vernet können — wenn sie wollen.

Dieser aber rannte beseligt umher, zwischen Menschenketten und Arbeitsgruppen. Der Werkplatz wurde ihm zum Schlachtfeld. Er musterte die Front, aber er vergaß auch nicht Nachschub und Verpflegung. Gedrängt von Napoleon, rückte die Intendanz mit Konservenbüchsen und Brotlaiben heraus, die an die Schwerarbeiter verteilt wurden.

*

Der große Tag war gekommen. Die Kanalisation war zwar nicht fertig, aber es fehlte nicht mehr viel. Die Gesellschaftsbaracke prangte im weihnachtlichen Schmuck. Eine Bühne war gebaut worden mit richtigen Kulissen, auf denen man das Lager in perspektivischer Verschönerung bewundern konnte mit weihnachtlich verschneiten Tannen im Vordergrund und einer idealisierten Gebirgslandschaft im Hintergrund.

Festlich und erwartungsvoll war die Stimmung. Viele hatten von Verwandten und Organisationen Weihnachtspakete erhalten. Decken und Kleidungsstücke wurden verteilt, die von den Quäkern gespendet worden waren. Kein Friede auf Erden war, das wußte jeder, aber es tat dennoch wohl zu wissen, daß die antifaschistischen Gefangenen draußen Freunde haben. Das stärkte den Mut. Silbern glänzten die Schneefelder der Pyrenäengipfel in der winterlichen Sonne, fast so schön wie auf den Kulissen unseres Theaters.

Mir bot die Aufführung in dem kahlen Barackenraum ergreifenden Kunstgenuß. Der berühmte Treppenaufgang der Großen Oper in Paris und das feierliche Logenhalbrund des Wiener Burgtheaters konnten nicht standhalten gegen diese Bretterbude, deren Dunkelheit durch drei Öllämpchen gleichsam sichtbar gemacht war. Nur ein Teil der Internierten konnte Platz finden, aber es war vorgesehen, daß die Aufführung wiederholt werde, bis alle sie gesehen hätten. Ja, man sprach sogar von Gastspielen in den anderen Quartieren. Zwei Reihen Stühle waren für die Offiziere und Unteroffiziere aufgestellt. Wir nahmen unsere Hocker mit, aber um besser zu sehen, benutzten wir sie nicht als Sitzgelegenheit, sondern stellten uns auf sie.

Was war es, was mich bewegte? Natürlich waren meine Gedanken bei dem runden Eßtisch, um den Mizzi den Kindern Kriegsweihnachten „trotz alledem" vorzaubern wird. Auch an vergangene Bescherungen in reichem Lichterglanz mußte ich denken. Aber dies alles lag undeutlich und verschwommen in einer unwirklichen Weite, wie eine Erzählung aus fremdem Lande. Die einzige Wirklichkeit, die mich erfüllte, war dies Lager und seine Menschen. Die Kameraden, der Oberst, die Garde Mobile, Napoleon. Ich war ausgeschaltet aus dem Stromkreis des bürgerlichen Lebens; was immer zu Hause geschehen mochte, ich konnte nichts dazu tun, es kam auf mich überhaupt nicht an, als wäre ich in unerreichbare Fernen verreist oder verstorben. Hier aber ging es um mein eigenes Leben. Es hing auch von mir ab, welchen Ausgang das Drama nehmen sollte. Werden wir den Winter überstehen? Wie werden wir dem wachsenden Terror begegnen? Wie wird das Ringen mit der BIM ausgehen? Wie wird der Oberst auf unser Programm reagieren? Ich fühlte mich nicht als Zuschauer, sondern als Akteur dieser Aufführung. Es war meine eigene Sache, die gespielt wurde, und jedes Wort, das von der Bühne kam, konnte von unberechenbarer Bedeutung werden für das Stück, in dem ich neben den anderen mitwirkte. Denn in Wirklichkeit war dies Spektakel mehr ein Stück wirklichen Kampfes als ein Kampfstück. Wir sangen nicht, um uns oder die anderen zu unterhalten, sondern um auszudrücken, daß wir Menschen sind und bleiben wollen und Kämpfer für eine Sache, die uns gerecht scheint. So wurde der Gesang selbst zur Kampfhandlung, das Lied zur Waffe in des Wortes ursprünglichster Bedeutung. Eine andere Waffe war uns versagt, es war die letzte Wehr, die uns blieb. Und so schwangen wir unsere Lieder gegen die Feinde wie Soldaten ihre Handgranaten.

Alles stand auf, als Napoleon „Garde à vous!" kommandierte. Von draußen hörte man gebrüllte Kommandos. Nun betrat der Oberst die Baracke, hinter ihm ein Dutzend Offiziere. Dies also war Oberst Duin. Ein untersetzter, dicklicher Mann mit klugen Augen, die unbeschadet der Schwerfälligkeit seines Körpers flink umherlugten. In der Hand hielt er eine Art Hundepeitsche. Rechts von ihm ging Hauptmann Nougayrol vom Informationsdienst, links Leutnant Clerc, Kommandant des Quartiers. Napoleon stand vor der Bühne, an die Wand gelehnt, das Gesicht bedeckt von Röte. Alles an ihm war Sieg.

Zwei BIM-Chefs traten auf das Podium. Begrüßung des Obersten, servil, speichelleckerisch. Eisiges Schweigen im Saale. Die Revue „Das Braunbuch von Vernet" rollte ab, bestritten mit Witzen über Latrinen und Flöhe, über die versprochene Siebung und über Napoleons Ansprachen. Probleme der Verdauung spielten die entscheidende Rolle und der Wassergehalt der Suppe stellte die äußerste Grenze der Kritik dar. Man lachte, einige klatschten, hier und da ein Pfiff. Das Ganze drückte aus: wir sind gefangen, dagegen läßt sich nichts machen, — aber die Suppe könnte besser sein.

Wir aber sind doch zu Unrecht gefangen, wer wird es dem Oberst sagen?

Es folgten die Spanier. Ihr Chor klang, als ob die himmlischen Heerscharen herniedergestiegen wären, um die Tore des Paradieses für alle Erniedrigten und Beleidigten zu öffnen. In eine ferne, sonnenüberflutete Landschaft führten diese Lieder. Hirten und Fischer gehen friedlich ihrer Arbeit nach. Heiß ist die Liebe, wie die Sonne Andalusiens, und in einer süßen, wehen, klagenden, trotzigen Melodie tönt der Schwur, daß nie der Kampf aufhören werde für dich, Heimat, Spanien:

> España madre
> Que ahora agonizas
> Resurgiras cristalina
> Y la huella
> Que a tu campo hace sangrar
> Se disipara
> Y entonces madre cantaras.

Mutter Spanien,
Heute todeswund,
Rein wirst du dich erheben,
Und der Dunst, der blutig heute
Deine Felder einhüllt,
Wird sich lichten.
Und dann, Mutter, wirst du wieder singen.

Der Beifall drohte die Baracke zum Einsturz zu bringen. Er berauschte die Beifallspender und entzündete neuen Beifall, als ob man auch dem Beifall applaudieren würde. Denn der Beifall in Anwesenheit des Obersten war ein besonderer Beifall, er galt nicht allein dem Vortrag der Sänger, er galt ihrem Mut, ihrer Liebe zur Heimat, er galt dem Lande selbst, dem viele ihr Blut gegeben, er galt der Idee, die dieses Land und seine singenden Söhne vertreten. Möge der Oberst nur wissen, was wir denken, was wir lieben, was wir hassen.

Der Beifall war eine politische Kundgebung.

Dann kamen die Deutschen und Österreicher. „Nous allons commencer par le choeur de la liberté." (Wir beginnen mit dem Freiheitschor.)

Jede Nummer wurde auf französisch eingeleitet, nicht damit die Herren in der ersten Reihe sich ärgerten, sondern damit die Spanier, die Italiener, die Ungarn, die Bulgaren, die Russen verstünden, um was es ging.

Mit jedem Wort, mit jedem Ton steigerte sich meine tätige Anteilnahme. Ich bin zwar nur im Zuschauerraum und kann nichts zum Erfolg beitragen, aber es ist, als ob ich spräche und sänge und als ob alles, Erfolg oder Mißerfolg, auch von mir abhinge. Ich sehe mich im Lodenmantel durch das helle Grün des Wiener Waldes gehen, an meiner Seite eine junge Frau. Sie schmettert aus voller Brust:

Die Gedanken sind frei,
Wer kann sie erraten.

Dann lacht sie mich an aus meergrünen Augen: „Und warum singen der Herr Doktor nicht?" Ach, dem Herrn Doktor ist es versagt zu singen, er kann nur in der dunklen Ecke stehen und fiebernd wünschen, er möge gelingen, der Kampf der Lieder und Gesänge.

Zum Schluß kamen die Russen. „Ein altes Soldatenlied aus dem 17. Jahrhundert", sagte ihr Sprecher. Und als es steigt, das „alte Soldatenlied aus dem 17. Jahrhundert", da sehen wir uns an, kaum fähig, an uns zu halten. Es ist das alte, neue Lied der Partisanen vom Amur, von der kühnen Division, die durchs Gebirge, durch die Steppen zog, es war wohl keiner, der nicht mitsummte:

> „Und so jagten wir das Pack zum Teufel,
> General und Ataman.
> Unser Feldzug fand sein Ende
> Erst am Stillen Ozean."

Der Beifall war so mächtig, als ob die Partisanen des 17. Jahrhunderts unsere Befreier von morgen wären.

„Man hätte auch die Moorsoldaten singen können", sagte nachher Friedrich Wolf. Sofort wurde für Silvester ein neues Programm aufgestellt, diesmal mit den „Moorsoldaten".

Rudolf Leonhard schenkte Napoleon eines seiner französischen Gedichte über Vernet mit einer Widmung, die ihn nicht kompromittierte, aber die freundschaftlichen Gefühle zum Ausdruck brachte, die wir für ihn hatten. Rudolf hatte Einfluß auf Napoleon gewonnen, nachdem seine Rede für die Unteroffiziersmesse Beifall gefunden hatte. Niemand dachte daran, daß diese kleine Geste weitreichende Folgen haben könnte.

Am zweiten Weihnachtsmorgen prangte an der Anschlagtafel der Baracke 8, in der Rudolf Leonhard wohnte und die durch die große Zahl der dort untergebrachten Spanienkämpfer den Ruf der kämpferischsten Baracke des Quartiers gewonnen hatte, ein maschinengeschriebener Anschlag:

85

ICH DANKE DER BARACKE 8 UND ALLEN ANDEREN
INTERNIERTEN FÜR IHRE GRÜSSE. ICH WEISS UND
MANCHE MEINER KAMERADEN TEILEN DIES WISSEN
MIT MIR, DASS DIE MEHRZAHL DER INTERNIERTEN
DES QUARTIERS B FREUNDE DES FRANZÖSISCHEN
VOLKES SIND. WIR SIND NICHT IHRE FEINDE.

Keine Unterschrift war zu sehen; nicht einmal die kaiser-
liche Initiale N. Der Kampf um die Weihnachtsfeier hatte mit
einer Geste der Verbrüderung zwischen der Garde Mobile
und den Internierten geendet.

WOHLTÄTIG IST DES FEUERS MACHT...

Drei feldgraue Heeresautobusse bogen in den Hof des Militärlagers ein. Napoleon, in schwarzer Uniform, stand abreisebereit an der Spitze seines Zuges vor der Baracke der Kommandantur. Wird es nun Ernst mit Aufmarschplan und Flankenangriff? Geht es an die Front? Ausdruckslosen Gesichtes blickte der hochgeschossene Mann hinaus auf die Landstraße. Kannte er den Grund seiner plötzlichen Ablösung? Ohne ein Wort des Abschieds war er einfach gegangen und eine neue Wache hatte den Innendienst bezogen, Männer, die wir nicht kannten.

Napoleons Nachfolger war ein langer hagerer Sergeant mit einem Pferdegesicht. Er stellte sich mit einer Ansprache vor. „Ich liebe keine langen Reden", sagte er, „bei mir heißt es parieren oder..." Die wortlose Ergänzung des Satzes war eine leichte Hebung des Unterarmes, eine Geste, die keine Zweifel über seine Absichten zuließ.

Der neuen Wache gehörte auch ein Schwarzer an. Er war eigentlich gar nicht schwarz, vielmehr kaffeebraun, denn er war vom Stamme der Martiniquesen. Sowie vom ersten Augenblick an der Name des „Pferdegesichtes" feststand, so war auch der dunkelhäutige Sergeant mit den Gazellenaugen unwiderruflich zum „Negro" ernannt. Der Negro hatte es sich zur Aufgabe gemacht, die unter der Herrschaft Napoleons etwas lässig gehandhabte Disziplin wiederherzustellen. Es war zur Gewohnheit geworden, daß die Internierten während der langen Vorträge Napoleons Ulk machten, wie Schüler, wenn der Lehrer nicht aufpaßte. Besonders in den hinteren Reihen ging es oft wenig militärisch zu. Ein Konzentrationslager ist aber kein Schulhof und der Appell keine Zehnuhrpause und überhaupt sind die Internierten keine Schulbuben. Wenn der Platz vor den Baracken schon unbedingt mit einem Hof verglichen werden sollte, so war er viel eher als ein Kasernenhof anzusehen. Aus diesen Erwägungen heraus machte der Negro Jagd auf diejenigen, die entweder zu spät zum Appell antraten oder nach dem „Garde à vous" schwätzten, oder einander heimtückisch zupften oder gar sich nach dem letzten „Hier" verkrümelten. Bald hatte er es heraus, daß die Jagdbeute um so ergiebiger ausfiel, je überraschender der Jäger sich an das Wild heranpirschte. Hatte er einen erwischt, so schimpfte er nicht, nein, geradezu höflich stellte er den Namen des Missetäters fest, völlig unempfindlich gegenüber allen Versuchen, sich herauszureden. Wer beim „Garde à vous" die Hände in den Hosentaschen ließ, die Mütze nicht vorschriftsmäßig abnahm, wer gar beim Lesen, Spielen, Unfugtreiben, Zuspätkommen erwischt wurde, kam unbarmherzig auf seinen Notizblock. Acht Tage Latrinendienst oder vier Tage Loch waren die Taxe. Uns verdroß das alles, nicht wegen der Höhe der Strafen, sondern weil es schien, als ob wir von vorne anfangen müßten und die Tage wiederkämen, da man uns mit dem entwürdigenden „allez hop" zur Arbeit antrieb wie die Hammel.

Intelligenter als seine Kameraden, betrieb der Negro die Jagd auf Disziplinbrecher mit Initiative und Beharrlichkeit, als ob er einem inneren Drang folgte. Manche meinten, er wolle nichts weiter als sich auszeichnen bei den Vorgesetzten, und dazu seien wir ihm gerade gut genug. Wann immer ich in das dunkle Gesicht schaute, fand ich eine ironische Lässigkeit um die Mundwinkel und ein geheimes Feuer in den feuchtglänzenden Augen. Mir schien, als ob der farbige Mann mit Genugtuung die Rolle des Wächters von Weißen spielte. Wahrscheinlich dachte er an eine freudlose Kindheit im heimatlichen Dorf, als der weiße Gebieter hoch zu Pferd seine Reitpeitsche auf den Negerjungen niedersausen ließ. Mag sein, daß der weiße Gebieter die gleiche Uniform anhatte, die heute

88

er selbst trägt. Wieviel Demütigungen mußte er ertragen, bis er Sergeant der Garde Mobile geworden, den Rohrstock um das Handgelenk, weißen Männern befehlen konnte und ihnen Strafen erteilen von acht Tagen Latrinendienst bis zu vier Tagen Loch.

Um uns vor Überraschungen zu sichern, stellten wir Wachtposten auf, die nichts weiter zu tun hatten, als die Annäherung des Negro zu signalisieren. Auch die Internierten hatten ihren sportlichen Ehrgeiz. Es kam vor, daß der Negro tagelang mit dem Notizblock in der Hand umherstreifte, ohne ein Opfer zu finden; aber weiter lächelte sein Mund höflich, weiß blitzten die Zähne, feucht glänzten die Augen und der ganze Körper verriet das wache Lauern des Jägers, der jeden Augenblick bereit ist, loszuschnellen auf das unvorsichtige Wild, das sich sicher fühlt.

Schneidend wehte der Pyrenäenwind von den Höhen und weckte das Verlangen nach einer warmen Stube, wo man die steifgefrorenen Finger auftauen konnte. Aber bis in den Januar hinein blieben unsere dunklen Wohnhöhlen ungeheizt. Als schließlich in der Baracke ein blecherner Ofen aufgestellt wurde und die Männer des Intendanzdienstes am Morgen einige Scheite Holz mitbrachten, gerade genug, um für einige Stunden den Ofen zu speisen, da war die Wohltat des wärmenden Feuers gering, dagegen die Plage des beißenden Rauches groß. Rund um den schwarzen rundlichen Leib des Ofens waren zehn bis zwanzig Männer versammelt, die um keinen Preis der Welt bereit waren, ihren Platz in·Reichweite des Ofenblechs aufzugeben. Manche kochten Tee auf der Platte, andere brieten Heringe oder Kartoffeln. Das Feuer wärmte nur die nächste Umgebung, dagegen verpestete der Rauch die Baracke. Fast komisch war es, wie die Unentwegten, auch nachdem das Feuer ausgegangen war, den kalten Ofen umlagerten, als ob der bloße Anblick der verrußten Blechwand Wärme spenden würde.

Grippe und Katarrhe griffen um sich. In langen grauen

Reihen standen morgens die Kranken angestellt, um zum Arzt geführt zu werden. Stundenlang zitterten Fieberkranke in dem eisigen Wind, ehe die Reihe an sie kam. Es gibt verschiedene Arten, Menschen zu töten, es muß nicht immer eine Kugel sein oder das Richtschwert. Jules, Friedrichs treu ergebener Nachbar, starb im Hospital. In seinem galizischen Heimatdorf hatte er es verabsäumt, den Gebrauch der Seife zu erlernen. Aber nach einigen Wochen nachbarlichen Zusammenlebens mit dem Arzt, Dichter und Menschenfreund erklärte Jules stolz: „Seife schreckt mich nicht." Nicht lange war es ihm vergönnt, die Segnungen der Zivilisation zu genießen, denn seine schwache Lunge war der Behandlung, die ihr in diesem Winter zuteil wurde, nicht gewachsen. Jules, der kleine Jude aus Ostgalizien, zog es vor, abzureisen in eine Welt, wo man keine Seife braucht und wo es keine Konzentrationslager gibt. Zur gleichen Zeit starb ein emigrierter deutscher Journalist an Lungenentzündung. Wir sagten: die ersten Toten.

Die Schrecken des Winters setzten ein. Nur wenige brachten die Kraft auf, sich bei zwölf Grad unter Null im Freien zu waschen, wobei die Finger augenblicklich blau froren. Die meisten kapitulierten vor der Kälte. Decken lüften, Flöhe fangen, Geschirr waschen mit steifgefrorenen Fingern ist schwierig. Auf ihren Strohsäcken lagen die hustenden und fiebernden Menschen, eingekrümmt in ihre schmutzigen Decken, unfähig und unwillig, sich zu rühren. Flöhe und Läuse wurden übermächtig, die Krätze ging um, Scharen hungriger Ratten jagten nächtlicherweile über Bretter und Pfosten.

Der einzige Schutz gegen die demoralisierende Kälte war ein strammer Dauermarsch. Eine Stunde im Marschtempo um die Baracken rennen, dann begann das Blut wieder warm in den Adern zu kreisen und man konnte es wieder für eine Weile aushalten.

Schon der bloße Wille, gegen die Kälte anzukämpfen, war ein wirksames Vorbeugungsmittel gegen Krankheiten. Diejenigen, die sich in Eis und Schnee wuschen, im Freien turnten, im Wind marschierten, froren weniger als diejenigen, die unbeweglich unter ihren faulenden Decken sich verkrochen.

Aber nicht nur Knochen und Muskeln mußten in Bewegung gehalten werden, auch der Kopf mußte arbeiten. Verstand, Gefühl, Wille mußten die fehlenden Kohlen ersetzen und den Leib heizen. Ein Feuereifer hatte die frierenden und hungernden Gefangenen erfaßt: lernen, lesen. Die „Akademie von Vernet" war spontan entstanden; niemand dachte daran, um Erlaubnis zu fragen, weder beim Kommando noch weniger bei der BIM, denn es wäre uns schlecht ergangen, wenn unsere Kerkermeister erfahren hätten, was wir lehrten und lernten. Selbst die Sprachkurse verboten sie — so groß war ihre Angst. In kleinen Gruppen hockten wir beisammen; einer trug vor, die anderen schrieben mit. Eine Stunde später saß der Vortragende in einem andern Kreis und schrieb mit, was einer der Mitschreibenden von vorhin zum Vortrag brachte. Alle waren zugleich Lehrer und Schüler, und auch die Zeit war voll ausgenutzt, wie in der Schule. In den Pausen rannten wir um die Baracken, um die erstarrten Füße und Hände zu durchpulsen.

Kant und Hegel, Marx und Engels hatten sich nicht träumen lassen, daß sie frierenden Gefangenen als geistige Wärmestube dienen würden.

*

Der Kampf gegen die Kälte war erschwert durch die Notwendigkeit, ihn mit dem Kampf gegen die Lichtlosigkeit zu kombinieren. Denn nur für wenige Stunden reichte das Licht des Tages; die Nacht war doppelt so lang als der Tag, und es war eine lichtlose Nacht. Immer noch fehlte die Beleuchtung in den Baracken. Dagegen gab es kein legales Mittel; die einzige Hilfe war Widersetzlichkeit. Trotz des Lichtverbotes hatte so gut wie jede Koje ihr Öllämpchen. Napoleon und seine Truppe hatten diese stille Rebellion bereits zur Kenntnis genommen, ja Napoleon hatte auf seine eigene Art die Öllämpchen legalisiert. Wir hatten Wachen aufgestellt gehabt, deren Aufgabe es war, bei der Annäherung eines Garde-Mobile-Mannes kräftig „Licht aus" zu rufen. Bei diesem Ruf wurde es wie mit einem Zauberschlag finster. Eines Abends betrat Napoleon, nachdem seine Ankunft pflichtgemäß von unserem Wachtposten signalisiert worden war, die stockdunkle Baracke. Mit Hilfe seiner Taschenlampe leuchtete er umher, als ob er etwas suchte. Schließlich trat er an eine Koje heran, wo gerade eine Schachpartie im Gange war, als der Alarmruf das Spiel immobilisierte. „Ihr seid wirklich erstaunliche Leute", sagte Napoleon, „spielt Schach ohne zu sehen." Dann verließ er laut lachend die Baracke. Seit diesem Tag löschten wir die Lichter nicht mehr aus, wenn die Runde kam, und zogen unsere Wachen ein.

Das war zu Napoleons Zeiten. Der Negro aber nahm das Lichtverbot so ernst wie alle andern Verbote. Ganz plötzlich stand er in der Tür. Nachdem einige Lampenbesitzer für vierzehn Tage ins Loch geschickt wurden, stellten wir die Wachen wieder auf. Es gab keine ruhige Stunde mehr. Viermal und fünfmal im Laufe eines Abends ertönte der Alarmruf „Licht aus".

*

Mein getreues Tagebuch täuscht mich nicht. Es war der 19. Januar 1940, als sich die folgenden Begebenheiten ereigneten.

In den Nachmittagsstunden hatte ich meine Lektüre unterbrechen müssen, um mich in das Gewühle der Strohschlacht zu stürzen. Selten genug bekamen die Gefangenen neues Stroh, um es gegen das faulende alte auszutauschen. Sie trugen die Strohsäcke zum Eingang des Quartiers, um sie dort auszuleeren. Ein Berg alten Strohs, das sich teilweise schon pulverförmig zerbröselte, türmte sich entlang des Zaunes auf. Danach bekamen je neun Mann einen Ballen frischen Strohs. Niemals ging die Prozedur des Zerteilens ohne Fluchen und endlose Reden vor sich. Sobald ich mein Bündel in der Hand hatte, konnte ich mich dem Stopfen des Strohsacks widmen. Die Baracke war in dicke Staubwolken gehüllt und an arbeiten war nicht mehr zu denken.

An diesem Abend starrte ich müde und gedankenleer in die gelbe, rußige Flamme meines Lämpchens. Es war bereits die fünfte Konstruktion, die ich ausprobierte, aber auch sie taugte nicht viel. Das Problem war, eine Vorrichtung zu finden, die dem Docht erlaubt, trotz des Verbrennungsprozesses gleichmäßig im Öl zu schwimmen, nicht im Öl zu versinken, aber auch nicht die Ölzufuhr abzudrosseln. Anscheinend war das Problem mit den technischen Einrichtungen unserer Lampenfabrikanten nicht zu lösen.

Plötzlich hörte ich Schreie. Einige Lichter erloschen. Aber ich hatte keinen Alarmruf gehört. Ich starrte weiter in mein Licht. „Auslöschen", befahl eine Stimme von unten. Mir gegenüber stürzte in diesem Augenblick der alte Daniel auf seinen Platz, und nachdem er mit heftigen Stößen die Holzverschalung aufgebrochen hatte, begann er seine Sachen in die dunkle Nacht hinauszuwerfen. Da löschte auch ich das Licht und stürzte hinaus.

Feuer.

Rot wie Blut ist der Himmel, das ist nicht des Tages Glut. Aus dem Dach der Baracke 10 im Quartier A schlagen mächtige Flammen. Wachsend, ohne Widerstand, greifen sie um sich, und im Nu ist die ganze Baracke eine einzige haushohe Feuersäule. Kaum fünf Meter davor, auf unserer Seite des Zaunes, liegt meterhoch das alte trockene Stroh, das wir nachmittags aus den Säcken geleert. Entlang des Zaunes stehen die Menschen und starren apathisch in das Flammenmeer, von dem sie nur durch die Breite der Lagerstraße getrennt sind. Drüben sieht man Schatten ratlos durch die vollbelebten Gassen irren. Wir können nicht helfen, können nur in die Flammen starren, trennt uns doch das Drahtgitter vom Brandherd. Schon rücken

Züge der Garde Mobile heran, aber sie schenken dem Feuer keine Beachtung. Wichtigeres haben sie zu tun. Aufgeregt erteilen die Offiziere Befehle. Maschinengewehre werden aufgestellt und ein dichter Kordon um das brennende Quartier gelegt. Wer hätte an solche Vorsicht gedacht! Jetzt erst, nachdem die „Sicherheitsmaßnahmen" getroffen sind, rollt aus dem Gerätehaus ein Schlauch heran, zu dem man den Wasseranschluß sucht.

Die Flammen haben alle diese Manöver keineswegs abgewartet, sondern haben inzwischen die zweite Baracke erfaßt. Schon glimmen die Dachsparren und die Fensterrahmen, aber es dauert nur Minuten, bis die mit Teerpappe bezogenen Wände der Holzbaracken einen neuen Feuerherd bilden. Nüchtern stellt neben mir der alte Daniel fest, daß der Wind nicht in die Richtung zu unserem Quartier, sondern ganz im Gegenteil von uns weg bläst, so daß einige Hoffnung besteht, daß wir verschont bleiben würden. Einige entschlossene Männer bildeten eine Kette, um das Stroh fortzuschaffen; andere waren damit beschäftigt, jeden Funken, der herüberfliegt, sofort auszutilgen. Auf diese Weise gelang es, die zahlreichen kleinen Brandherde, die sich im Stroh gebildet hatten, zu löschen, ehe sie um sich griffen. Wir mußten fürchten, von der Wache unter Feuer genommen zu werden; denn der Befehl lautete: Weg vom Zaun! Unweigerlich wäre der Strohberg in Flammen aufgegangen und unweigerlich wäre dann das ganze Lager niedergebrannt, hätten wir dem Befehl Folge geleistet.

Inzwischen ist der Oberst erschienen. Der Schlauch gibt bereits Wasser von sich; ein dünner Strahl, der ohnmächtig zischt und jäh verdampft. Die dritte Baracke steht in Flammen, während die erste bereits bis auf den Grund niedergebrannt ist, und bald brennt auch die vierte lichterloh. Nun rücken zwei Motorspritzen an, sicher kommen sie aus dem nahen Pamiers, und nun strahlen von mehreren Seiten Wassergarben auf die noch nicht brennenden Baracken, um sie gegen die Funken zu schützen. Die Feuerwehrmänner haben, ohne die

Offiziere um Erlaubnis zu fragen, den herumstehenden Internierten lange Eisenstangen in die Hand gedrückt, mit denen sie nun die glimmenden Balken und Pfosten niederreißen, um so dem Feuer die Nahrung zu entziehen.

Die Wut der Elemente, die mit uns hassen dies Gebild der Menschenhand, hatte sich nach und nach gelegt. Die fünfte Baracke wurde niedergerissen, ehe ihre Wände noch Feuer fangen konnten; so wurde das Übergreifen des Feuers auf die angrenzende Lazarettbaracke verhindert, deren Evakuierung bereits begonnen hatte.

Drüben trug man Verletzte auf Tragbahren fort. Die Abgebrannten wurden in bisher unbewohnte Baracken gesperrt. Unter ihnen waren Mario und Giuseppe, ihrer letzten Hemden und ihrer einzigen Decke beraubt — mir schien, als ob die Kälte noch kälter würde in dieser Nacht. Neben mir aber sagte in diesem Augenblick ein braver spanischer Junge, der statt Schuhe Lumpen um die Füße trug: „So schön warm wie heute abend habe ich es schon lange nicht gehabt."

Das Feuer war in Baracke 10 entstanden, und es war nicht schwer zu erraten, wie. Eines der verbotenen Lämpchen war umgefallen, die Flamme hatte das trockene Stroh ergriffen, und im gleichen Augenblick brannte auch schon die teergetränkte Dachpappe. Das Lämpchen, das die Katastrophe verschuldet hatte, war das von Mario und Giuseppe.

Das wenigste, was man tun konnte, war, einige Wäschestücke zu sammeln für die Abgebrannten. Dem Kommando schien das Problem viel einfacher. Gegen die „Schuldigen" Mario und Giuseppe wurde vom Staatsanwalt in Pamiers ein Strafverfahren wegen fahrlässiger Brandstiftung eingeleitet. Damit war der Gerechtigkeit Genüge getan. Um aber solche Verbrechen in Zukunft unmöglich zu machen, wurde die Wache angewiesen, die Übertretung des Lichtverbotes von nun an mit rücksichtsloser Strenge zu verfolgen. Den Internierten wurde durch Anschlag zur Kenntnis gebracht, daß von nun an vierzehn Tage Dunkelarrest die Mindeststrafe sei für den Besitz eines

Lämpchens, gleichgültig, ob es brennend oder unbenutzt vorgefunden werde.

Nachdem in den folgenden Nächten einige Kameraden tatsächlich ins Gefängnis abgeführt worden waren, gaben wir den ungleichen Kampf auf.

Es wurde Nacht.

*

Zweimal wurde ich von der Wache zurückgewiesen, als ich mich mit einem Paket gesammelter Wäschestücke am Tor meldete mit dem Verlangen, hinübergeführt zu werden in das abgebrannte Quartier, wo ich unvergeßliche Wochen erlebt hatte. Rauchgeschwärzte Flächen gähnten, wo einst die Baracke stand, in der ich die ersten Eindrücke von Vernet empfangen hatte.

Ein menschliches Gesicht stach hervor aus der neuangekommenen Bewachungsmannschaft. Ein untersetzter Alter mit grauem Haar und dunkler Brille über den Augen, die hilflos blinzelten, wenn sie ungeschützt dem Tageslicht ausgesetzt waren. Man hätte auf einen Mittelschullehrer getippt, dem die Verse des Horaz als Lebensinhalt genügten. Für einen Adjutanten der Gendarmerie war alles an diesem Mann zu gutmütig, zu vertrauenswürdig; sein Gesicht war das eines Menschen, der sich unglücklich fühlt und versucht, es sich nicht anmerken zu lassen.

An den Bebrillten wandte ich mich mit der Bitte, die gesammelten Wäschestücke zu Mario und Giuseppe hinübertragen zu dürfen. Aus traurigen Augen blickte mich der Angesprochene an, als wollte er sagen: und dazu bedarf es meiner Protektion? Wortlos gingen wir hinüber ins Quartier A, beide Gittertore öffneten sich bereitwillig vor dem Adjutanten. Mario und Giuseppe wurden geholt, andere kamen dazu, manche, die ich kannte, und viele neue, die mir fremd waren. Ich sagte vernehmlich für alle: „Dies schicken die Kameraden aus dem Quartier B den Opfern des Brandes; sie bitten Mario,

96

die Verteilung vorzunehmen." Zum erstenmal seit Monaten reichten wir uns wieder die Hand.

*

Die Dunkelheit hatte auch ihre guten Seiten. Niemand konnte bemerken, wie ich jeden Morgen um fünf Uhr aus den Decken kroch. Es war stockfinster in der Baracke. Auf der Latrine wartete bereits der lange August. Wir hatten nur wenige Minuten unbeweglich zu sitzen, dann kam die Runde vorbei. Leuchteten sie mit ihren Taschenlampen hinein, nun wir hockten sachlich, als ob wir nichts Dringenderes zu tun hätten. Karabiner geschultert, Stahlhelm geschützt, zogen die Gendarmen weiter in die Richtung zur Küche. Hinter ihnen schlichen wir, verhältnismäßig sicher, bis zur Baracke 20, die damals noch unbewohnt war. Rasch hinein in die gähnende Leere. In der Nähe des hinteren Ausgangs, der zum Grenzzaun führt, machten wir uns eifrig daran, zu „müllern". Erstens war das angenehm und wärmte die Knochen, denn es war lausig kalt, wie Paul sagen würde. Zweitens aber war die Tätigkeit des Turnens ein halbwegs glaubwürdiges Alibi für unsere sonst verdächtige Anwesenheit an diesem Ort zu dieser Zeit. Ehe die Runde den Weg zurück antrat, hatten wir mindestens zehn sichere Minuten. In diesem Augenblick flammte drüben in C jenseits des Stacheldrahts ein Streichhölzchen auf; jemand zündete sich eine Zigarette an. Gerhart stand bereit. So gut die Stelle ausgewählt war, sie hatte einen Fehler: von einem hohen Mast beleuchtete eine elektrische Birne den Graben, der parallel zum Zaun die beiden Quartiere trennte. Im Schatten der Baracke wartete ich. Der lange August hatte die Runde im Auge zu behalten und die Begegnung vor Neugierigen zu sichern. Da ... dreimal glimmte drüben die Zigarette im Dunkel auf, drei tiefe Züge. Die Luft war rein. Es galt nur noch den im Lichtstreifen der elektrischen Birne liegenden Graben zu überspringen und schon war ich am Zaun in dem schützenden Dunkel. Eng ans Gitter gepreßt stand dort der lange Rudi.

Die vorher fest eingeprägten Sätze wurden rasch ausgetauscht; manchmal flog ein kleiner Zettel, beschwert mit einem Stein, über das Gitter. Fünf Minuten, nicht mehr. Um halb sechs lag ich wieder in meinen Decken. Die Verbindung hatte geklappt, trotz Pferdegesicht und Negro.

Das war nicht ohne Bedeutung. In diesen Tagen war ein Spezialkommissar der Sûreté in Vernet erschienen, der neben der Kanzlei des Leutnants ein besonderes Polizeibüro bezog. Bald hatten wir heraus, was der Mann in Zivil wollte. Die Regierung hatte ihn geschickt, die Gefangenen zu bewegen, daß sie durch Unterschrift ihr Einverständnis mit der Internierung bezeugten. Jawohl, nicht mehr und nicht weniger als ihr Einverständnis. Auch die Vorgeschichte dieses Einfalls blieb uns nicht unbekannt. Die Diskussion in der ausländischen Presse über die Zustände in Vernet hatte den Ministerrat beschäftigt. Der Innenminister sollte etwas unternehmen, um der peinlichen, dem Ansehen Frankreichs schädlichen Kampagne ein Ende zu setzen. Das einfachste wäre gewesen, das Straflager Vernet aufzulösen und seine Insassen freizulassen. Das schien aber dem Innenminister — er hieß Albert Sarraut — allzu einfach. Er hatte eine andere Idee, weniger einfach, aber vielleicht, wenn alles gut geht, ebenso wirksam. Beruhte nicht der Haupteinwand der Auslandspresse gegen die Internierung in ihrer allzu krassen Ungesetzlichkeit? Gelang es einen gesetzlichen Grund für die Internierung zu schaffen, wenn auch nur im nachhinein, so war zunächst der rechtliche Einwand behoben. Deshalb verordnete der Herr Innenminister, daß alle Personen, die auf Grund der lettres de cachet der Dritten Republik nach Vernet gebracht wurden, mit ihrer Einlieferung in dieses Lager als ausgewiesen zu betrachten seien. Das Lager Vernet wurde zum Niemandsland erklärt, zum Land der Ausgewiesenen, rechtlich nicht mehr in Frankreich Befindlichen. Rechts ist Frankreich, links ist Frankreich, nur wo der Internierte seinen Fuß setzt, ist nicht Frankreich.

Dieser Plan war klug, aber einen Fehler hatte er. Nach dem

Gesetz mußte die Ausweisung dem Auszuweisenden förmlich notifiziert werden. Die Notifizierung der Ausweisung mußte von dem Ausgewiesenen durch Unterschrift bestätigt werden. So verlangte es das Gesetz, und nicht ohne Grund. Wie sollte sonst ein Gericht den Ausgewiesenen, der im Lande angetroffen wurde, nach den Bestimmungen des Gesetzes bestrafen, wenn nicht bewiesen werden konnte, daß der Ausgewiesene gewußt habe, daß er ein Ausgewiesener sei?

Die Internierten von Vernet waren aber bereits sieben Monate ausgewiesen, ohne daß jemand es ihnen gesagt hätte. Deshalb kam nun der Spezialkommissar in Zivil, geschickt vom Herrn Innenminister, um dem Gesetz Rechnung zu tragen und den Internierten von Vernet zu notifizieren, daß sie bereits seit dem 12. Oktober 1939 aus Frankreich ausgewiesen und im Grunde gar nicht mehr in Frankreich seien.

So begann der Spezialkommissar seine Tätigkeit, die darin bestand, daß er jeden Tag eine Gruppe von vierzig bis fünfzig Internierten in sein Büro lud und ihnen eröffnete, daß sie seit dem soundsovielten ausgewiesen seien und daß sie sich strafbar machten, in Frankreich zu bleiben, wobei nur zu beachten sei, daß Vernet sich gleichsam außerhalb des Landes befände. Würde aber einer von ihnen diese ihm von der Regierung großzügig — wenn auch zwangsweise — zugewiesene Freistatt verlassen, so machte er sich nach dem Gesetz über die Ausweisungen strafbar und würde zu sechs Monaten Gefängnis verurteilt werden. Bitte unterschreiben Sie...

Die Internierten von Vernet hörten die Rede des Kommissars aufmerksam an, dann drehten sie sich um und gingen nach „Hause". Unterschreiben? Sie lachten über die naive Vorstellung, daß sie durch eigene Unterschrift ihre ungesetzliche Gefangenhaltung sanktionieren sollten. Für wie dumm mußte dieser Innenminister sie halten. Mit Ausnahme der immer willigen BIM-Leute weigerten sich alle Internierten, die ihnen abverlangte Unterschrift zu leisten.

Das war in der schützenden Dunkelheit der Morgenstunde

am verbotenen Zaun zwischen den beiden politischen Quartieren so vereinbart worden. Dreimal glimmte die Zigarette von Rudi auf, drei tiefe Züge machte er und die Verbindung klappte. Wohltätig ist des Feuers Macht, wenn sie der Mensch bezähmt, bewacht.

*

Der Herr Spezialkommissar sah sich in peinliche Gespräche verwickelt, die ihm den Schweiß von der Stirne trieben und der Staatsautorität keineswegs förderlich waren. Viel trug dazu bei, daß der Vertreter der Staatsgewalt in Zivil war, was die Distanz zwischen Behörde und Gefangenen sichtlich verringerte.

L. war einer jener Kleinbürger, die das Unrecht hellhörig machte. Besitzer einer großen Pariser Druckerei, wurde er in der Nacht der Generalmobilisierung zusammen mit den tausend „Ersten" verhaftet und in eine Zelle der „Santé" gesperrt. Sein Dossier war damit belastet, daß in seiner Druckerei „kommunistische Broschüren" hergestellt wurden. Bis zu diesem Tag waren für L. „kommunistische Broschüren" Drucksachen wie andere; es kam darauf an, sie technisch einwandfrei herzustellen und dafür einen angemessenen Profit zu kalkulieren. Der Inhalt ging den Verfasser an, höchstens noch den Korrektor.

Aus seiner Bürgerbehaglichkeit in die rattenverseuchte Zelle versetzt, losgerissen von Frau und Kindern, erwachte in dem Buchdrucker die zornige Frage nach dem Warum? Die fatalen Broschüren konnte er nicht mehr zu Rate ziehen, da sie als Korpus delikti in seinem Dossier der Sûreté lagen. Aber neben sich sah er die Männer, die die Broschüren verfaßt hatten. Es waren ruhige Menschen, die zu dem Worte standen, das sie gesprochen und geschrieben hatten. Die Begegnung der Verfasser der Broschüren, die den wohlhabenden Bürger ins Konzentrationslager gebracht, mit ihm selbst ist ein Stoff für Dramatiker. Man erwartet einen Zusammenstoß, Vorwürfe, Erörterungen über die Schuldfrage. Aber in Wirklichkeit verlief die Begegnung anders. Der Drucker wurde zum Freund der Broschürenverfasser. Statt ihnen Vorwürfe zu machen, machte er ihnen Geschenke, teilte seine Pakete und sein Geld mit ihnen. Denn in dem langen Zusammensein in Nacht, Kälte und Schmutz lernte er begreifen, daß sie recht hatten.

Als der Spezialkommissar seine Ansprache beendet hatte — er leierte die Sätze nur noch herunter, wußte er doch bereits aus wochenlanger Erfahrung, daß sein Auftrag undurchführbar sei —, räusperte sich L. zweimal. „Entschuldigen Sie, Herr Kommissar, darf ich eine Frage stellen?" Müde bejahte der Beamte. „Sagten Sie nicht eben, daß ich seit dem 12. Oktober 1939 aus Frankreich ausgewiesen sei?" „Jawohl, das sagte ich." „Nun", antwortete ruhig der gelehrige Buchdrucker, „dann lassen Sie mich dem Befehl Folge leisten." „Wie meinen Sie das?" „Ich meine, daß ein Ausgewiesener das Land zu verlassen habe. Hier ist mein amerikanisches Visum, hier meine Fahrkarte. Ich unterschreibe sofort den Ausweisungsbefehl, wenn Sie mir die Möglichkeit geben, ihm Folge zu leisten."

Der Kommissar verlor für einen Augenblick die Sprache. Schadenfroh standen in dem engen Büro die Internierten, und als die Antwort ausblieb, begannen einige zu lachen, andere pflichteten dem triumphierend um sich blickenden Drucker bei. „Der Mann hat recht, warum läßt man ihn nicht frei..."

Der Augenblick schien günstig, um nachzustoßen. „Ich habe zwar kein Visum", sagte ich dem Kommissar, der sich den Schweiß von der Stirne wischte, „aber auch ich möchte etwas fragen. Sie haben Lager für Österreicher und Sie haben Vernet. Nach welchem Grundsatz schicken Sie den einen dahin, den andern dorthin? Ich bin Österreicher und möchte wissen, warum Sie mir Vernet als Zwangsaufenthalt zuweisen und nicht eines der anderen Lager, wo meine Landsleute beisammen sind?"

„Sie sind doch kein Kind", begann er, „verstehen Sie doch den Unterschied."

„Ich verstehe nichts, ich frage Sie."

„Nun gut, Sie wollen nicht verstehen." ... Er holte aus seiner Manteltasche die „Dépêche" von Toulouse. „Sehen Sie, hier schreibt ein Kollege und Landsmann von Ihnen den Leitartikel. Wenn Sie wollten, könnten auch Sie Leitartikel schreiben. Nun wissen Sie den Unterschied."

„Entschuldigen Sie, Herr Kommissar, aber ich habe Sie nicht um die Erlaubnis gebeten, Leitartikel zu schreiben, ich habe Sie nur um einen menschenwürdigen Aufenthaltsort gebeten."

„Sie spielen mit dem Feuer", drohte der Kommissar.

„Wir spielen nicht; wir verteidigen unser Leben und unsere Ehre."

Ungeduldig platzte er nun los: „Ich habe genug. Also niemand unterschreibt?"

Niemand unterschrieb.

*

Bis Mitte März dauerte die lichtlose, die schreckliche Zeit. Plötzlich brannten die elektrischen Birnen in den Baracken; wie ein Wunder war es, das zu glauben die Sinne sich weigerten. Viele Stunden standen wir unter den Birnen, die den langen Schlauch an drei Stellen erhellten, und starrten in das weiße Licht. Da das Gebälk verhängt war mit Koffern und Kleidern, drang es nicht über einen verhältnismäßig engen Radius hinaus. Aber es war Licht, strahlendes, weißes, elektrisches Licht. Ich rückte mein Tischchen an den Rand des Bretterplatzes und saß nun wie auf einer Tribüne im Scheine der Mittellampe.

*

Natürlich konnten wir keine feuerroten Nelken anstecken an diesem 1. Mai, aber die Trutzstimmung, die uns erfüllte, ließ uns schon Tage vorher Pläne aushecken, wie am kräftigsten kundgemacht werden konnte, daß unser Glaube an den Sieg der gerechten Sache ungebrochen sei.

Es war mehr als eine Trutzstimmung; es war die Einsicht

in die Denkart unserer Wächter. Wir versuchten weniger ihr Wohlwollen zu erringen, als ihren Respekt wach zu halten. Aus Notwehr; denn wir wußten, daß sie eine andere Sprache nicht verstanden.

Der 1. Mai 1940 wurde in Vernet zu einem ereignisreichen Tag.

Als um fünf Uhr die Nachtrunde das letztemal den Hof passierte, setzte sie die Alarmpfeifen an. Ungewohnt war das Schauspiel, das sich ihr darbot. In seltsamen Nachtgewändern, wie sie eben von den Pritschen stiegen, waren einige hundert Internierte in Zweierreihen angetreten, und nachdem sie eine Weile über den Hof marschiert waren, begannen sie, Arme an die Brust, in gestrecktem Galopp zu laufen. „Man wird doch wohl noch Freiübungen machen dürfen", beruhigte einer der „Rädelsführer" die ratlos dreinblickenden Gendarmen.

Der seltsame Maiaufmarsch war kaum beendet, als der Leutnant erschien. Niemand hatte ihn noch zu so früher Morgenstunde gesehen. Er blickte uns an, wir blickten ihn an und es war keine tiefe Freundschaft in den Blicken. Was der Tag wohl noch bringen würde an Überraschungen?

Es geschah nichts weiter, als daß zum Morgenappell viele Internierte ihre sorgsam verwahrten Sonntagskleider angelegt hatten. Naphthalinkugeln hatten meinen Anzug vor Motten geschützt für den unvorstellbaren Tag der Abreise. Er sah etwas verdrückt aus, als ich ihn aus dem Koffer nahm. Seltsam, sich in Rock und langer Hose wiederzufinden, Kragen und Schlips um den Hals. Noch seltsamer aber war es, daß die Summe dieser Seltsamkeiten dem Lager ein völlig verändertes Aussehen gab. Mit einemmal sah es vor den Baracken aus wie sonntags vor der Dorfkirche, wenn die Männer nach dem Gottesdienst beisammenstehen, um über die Angelegenheiten der Gemeinde Meinungen auszutauschen. Nachbarn begrüßten einander feierlich, als ob sie einander zum erstenmal begegneten. Sieh mal an, der Erich ... den hätte ich ja gar nicht wiedererkannt.

Auch der Leutnant sah diese Veränderung und er verhehlte nicht seine Unzufriedenheit. Aber welche Handhabe hatte er, um gegen diese Schau des Wohlbehagens einzuschreiten, wiewohl ihr rebellischer Sinn augenfällig war?

Für dich, Leutnant, ist es ein Werktag, für uns aber ist es ein Feiertag!

Für die Männer vor den Baracken war dies nur ein Gedanke, wortlos geformt in ihren Köpfen, als sie den Leutnant mit düsterer Miene vorbeiziehen sahen. Aber der lange August und die ganze Tischlereimannschaft hatten es ihm ins Gesicht geschleudert. Sie waren am Morgen nicht zur Arbeit erschienen, und als der Leutnant sie deshalb vorführen ließ, da sagten sie ihm die Wahrheit: am 1. Mai wird nicht gearbeitet.

Nun führte man sie hinaus ins Gefängnis. Sehr gerade, fast steif marschierten sie vorbei, fünf Mann in feinen Sonntagskleidern. „Vierzehn Tage Dunkelarrest für Arbeitsverweigerung", hatte der Leutnant gebrüllt. „Falls noch jemand Lust haben sollte, an kommunistischen Demonstrationen teilzunehmen — es sei noch Platz im Loch", ließ er den Internierten sagen.

Warte Leutnant, noch ist der Tag nicht zu Ende!

Eine besonders wichtige Aufgabe hatten an diesem Tage die Kübelträger zu erfüllen. Der Auftrag, der ihnen erteilt wurde, lautete: bringt Blumen heim, viel Blumen vom Flußufer und von den Feldern entlang der Dreckbahn! Und sie kamen an mit dicken Buschen Margeriten und Gänseblümchen. Nie noch haben Maiblumen röter geleuchtet als diese weißen Feldblumen in den sonntäglichen Knopflöchern der Männer.

Um die Mittagsstunde zog ein Blumenkorso an der Nase des Leutnants vorbei, der sich vor der Wachstube am Tor aufgestellt hatte. Weder war es verboten spazierenzugehen, noch Margeriten im Knopfloch zu tragen. Das wußte der Leutnant auch. Sein Gesicht war rot wie die Nelken, die wir nicht hatten, als er sich das Tor aufschließen ließ, um mit raschen Schritten in der Richtung der Kommandantur zu verschwinden.

Für die ersten Nachmittagsstunden waren die „offiziellen" Maifeiern angesetzt. In den Kojen saßen die Männer beisammen, Österreicher, Spanier, Italiener, Ukrainer, Bulgaren, Tschechen, Ungarn, Polen und Deutsche. Wenn sonst nichts, so lag ein Handtuch auf dem Tisch und ein Glas Tee zum Anstoßen. Sie erzählten von der Heimat, wie der verbotene Mai-Tag durchgeführt wurde, damals in Berlin, damals in Turin, damals in Warschau, damals in Wien, wie die Polizei kam, um zu verhindern, was nicht zu verhindern war.

Da ließen Pfiffe von draußen die Männer aufhorchen. Alles eilte in den Hof. Fremde Garde Mobile blockierte den Hof. Die Gendarmen machten Jagd auf Internierte, die Blumen im Knopfloch trugen. Von Baracke zu Baracke gingen sie, um die Verbrecher zusammenzufangen. Aber erstaunlicherweise kamen ihnen die Gesuchten auf halbem Wege entgegen. So viele kamen, daß die Gendarmen es bald aufgaben, ihnen die Blumen aus dem Knopfloch zu reißen. Es wurde ihnen zu langweilig. „Vor der Wachstube alle anreihen", hieß es. Erst jetzt verstand ich, warum der Leutnant zur Durchführung dieser Aktion die Gendarmen aus dem Quartier A herbeigeholt hatte. Mit den eigenen wäre diese Jagd auf Blumen kaum durchzuführen gewesen. Diese hatten Erfahrung mit den Politischen. Die quartierfremden Gendarmen waren angeheitert und hielten es in diesem Zustand für einen Sieg, als die Reihe der „Verhafteten" vor der Wachstube immer länger und länger wurde. Immer neue Männer strömten herbei und stellten sich in die Reihe. Was es noch nie gegeben hatte, hier war es zum Ereignis geworden: Freiwillige für den Arrest. Um das Maß voll zu machen, hieß es nun gar, daß alle, die aus demonstrativen Gründen ihren Sonntagsanzug angelegt hatten, ins Gefängnis müßten. Nun stand bereits die Mehrheit des Quartiers in der Reihe, die von der Wachstube bis weit nach hinten reichte; Leute wurden mitgerissen, die nie in ihrem Leben an einer Maikundgebung teilgenommen hatten und auch niemals teilgenommen haben würden, wenn nicht die Dummheit dieser

Repression sie geradezu zwangsweise zu Maidemonstranten gestempelt hätte.

Der alte Daniel wartete gleichfalls auf die Abführung ins cachot. Der jüdische Hausierer aus Metz, der sich brüstete, nie etwas gegen die Obrigkeit getan zu haben, war plötzlich ein Maidemonstrant geworden. Sein guter Anzug wurde ihm zum Verhängnis, denn auch nicht das Glotzauge des besoffenen Quartierchefs aus C konnte herausbekommen, ob Daniel seinen Sonntagsanzug aus subversiven Gründen trug oder nur, weil er seine Anzüge nicht zu schonen brauchte. Jedenfalls stand auch er in der Reihe der wegen „kommunistischer Umtriebe" ins Gefängnis abzuführenden Internierten, und es schien, als ob ihn das nicht einmal schreckte.

In der Tat, zum Weinen lag kein Anlaß vor. An 700 Männer drängten sich, um ins Gefängnis abgeführt zu werden, das für zwanzig Häftlinge Platz hatte. Ratlos schob der Chef der Truppe seine Mütze nach hinten und mit dem Handrücken wischte er sich den Schweiß von der Stirn. Noch eine halbe Stunde stand die Reihe schwatzender Männer und wartete. Nachdem die Gendarmen abberufen worden waren, löste sie sich schließlich auf. Der Leutnant kehrte an diesem Tage nicht mehr wieder.

Wären nicht die fünf in der Zelle gewesen, man hätte von einem Sieg sprechen können. Des Nachts aber hörten die von der Baracke 9, die dem Gefängnis am nächsten lag, Schreie und Schläge.

An den Wehrlosen ließen sie ihre Wut aus.

Kahlgeschoren marschierten die fünf am nächsten Morgen vorbei auf dem Wege zur Latrinenbahn, den Blick starr in die Weite gerichtet.

*

In mein Tagebuch vermerkte ich nur unkenntliche Daten; man konnte nicht wissen, was noch bevorstand. Niemand durfte sich und die andern durch schriftliche Aufzeichnungen belasten. Nur einer, der zu den schweigenden Männern gehörte, die sich verantwortlich fühlten für alles, was geschah, schrieb offen nieder, was er und wir alle dachten. Er schrieb es in Briefen, die durch die Zensur gingen. Denn einer mußte sein, der nicht schwieg, sondern anklagte. Seine Briefe waren politische Abhandlungen, menschliche Zeugnisse, historische Dokumente. Später wurde bekannt, daß jeder dieser Briefe von der Zensur dem Präfekten zugeleitet wurde. In einer dieser Episteln der Unerbittlichkeit las ich:

„Heute sind wir stumm, doch wir denken. Unsere Gedanken sind zu fürchten wie die Flamme, die wärmt und reinigt, leuchtet und vernichtet. Noch hat der wahre Krieg nicht begonnen, aber der Tag ist nicht fern, da auch Frankreich auf die Waage der Geschichte gelegt werden wird. Einmal schon hat ein Regime die Bastille mit seiner Existenz büßen müssen. Wird die Dritte Republik die Feuerprobe besser bestehen?"

FLÜGELSCHLAG DES TODES

Vor dem Lautsprecher standen wir und hörten die Nachricht. Es war nicht eins der Gerüchte, wie sie jeden Morgen auftauchten, um abends von einem andern abgelöst zu werden. Der Generalstab selbst gab die Meldung bekannt: deutsche Armeen sind in Holland und Belgien eingebrochen. Wochenlang hatten die Zeitungen ihre Leser auf die Folter gespannt: wann und wo werden die Deutschen losschlagen? Plötzlich war sie da, die große gefürchtete Offensive.

Gesegnet sei unser Lautsprecher. Allabendlich um sieben Uhr versammelten wir uns vor dem schwarzen Trichter und lauschten auf die Nachrichten vom Kriegsschauplatz. Jetzt mußte sich das Schicksal Frankreichs und damit unser Schicksal entscheiden.

Wir waren vom Kriegsschauplatz weit entfernt, aber sehr bald kam der Krieg zu uns. Das Fenster in die Welt waren die Landstraße und der Bahndamm, die an unserem Quartier vorbeiführten. Was wir von Straße und Geleise übersehen konnten, das war für uns Frankreich; was immer in dem Lande geschah, uns wurde es erst sinnlich wahrnehmbare Wirklichkeit, wenn es auf dieser Strecke vorbeikam.

Und es geschah, daß der Krieg vorbeikam. In allen seinen Phasen konnten wir ihn von unserem Fenster beobachten, unabhängig von allem, was die Zeitungen und das Radio zugaben oder ableugneten. Hier wurde sichtbar, wie auf einer Schaubühne, was auf dem blutigen Kriegstheater gespielt wurde.

Zuerst wunderten wir uns über die wackligen Autobusse aus der holländischen Stadt Leyden, die plötzlich die entlegene Pyrenäenstraße zu ihrem Verkehr auswählten. Dann folgten die Autobusse anderer Städte aus Holland und Belgien, die die meisten von uns nur aus dem Geographiebuch kannten. In einem endlosen Zug bei Tag und bei Nacht fuhren Autos und Karren, Autobusse und Lastwagen mit Matratzen und Kinderwagen, Koffern und Kisten vorbei. An den Nummernschildern der Autos konnte man die Tiefe des feindlichen Einbruchs erkennen. Nach Holland und Belgien kam Frankreich, in der Reihenfolge seiner Departements von Norden nach Süden, als ob das ganze Land ein Strumpf wäre, dessen Maschen sich auflösten und immer tiefer einrissen.

In einer gespenstischen Dämmerstunde kam Putzi atemlos gerannt und rief: Die Pariser sind da. Und da waren sie, unsere grünen Pariser Autobusse, die wendig wie Alligatoren sich durch die winkligen Gassen des Faubourg St. Germain geschlängelt, in dichten Schwärmen die Breite der lärmenden Boulevards gefüllt hatten. Das Wiedersehen war erregend. Sie kamen vorbei in einem langen traurigen Zug, innen matt erleuchtet und beladen mit Frauen und Kindern. Mit ihren Pariser Straßenschildern sahen die grünen Ungetüme aus, als ob sie sich im Chaos des Zusammenbruchs verirrt hätten.

Bisher war auf unserer Eisenbahnstrecke nichts Besonderes zu sehen gewesen. Zwei Züge im Tag pendelten mit langweiliger Regelmäßigkeit zwischen Toulouse und Foix, der Hauptstadt des Grenzdepartements. Weiter hinauf zur Grenze fuhren die Züge nicht, seitdem der Krieg ausgebrochen. Jetzt aber folgten Flüchtlingszüge und Militärtransporte pausenlos aufeinander, regellos zusammengewürfelte Güterwaggons und Schnellzugwagen, wie es sich in der Eile der Evakuierung gefügt hatte. Frauen und Kinder saßen blicklos in den breiten Öffnungen der Güterwagen und ließen die Beine herunterbaumeln; wie viele Tage waren sie schon unterwegs? Endlos lange Zuggarnituren des Roten Kreuzes fuhren südwärts, aber seltsamerweise leer. Materialtransporte folgten, schwere Artillerie und Tanks, alles südwärts, und wir dachten, im Norden würde gekämpft. Wer konnte sich da auskennen.

Den ganzen Tag verbrachten wir am Zaun, der unser Fenster in die Welt war, und beobachteten angestrengt die Wagenkolonnen, bestrebt, aus der Zusammensetzung der Eisenbahnzüge die Vorgänge an der Front zu erraten.

Neben mir stand der Barackenchef Villa und sein Sohn Pedro. Der Spanier hatte seine Frau in einem Dorf bei Sedan zurückgelassen. Der stämmige Mann mit dem stets lachenden Gesicht schien langsam einzugehen; glanzlos folgten seine Augen jedem Wagen, jedem Zug, hier mußte sie vorbeikommen, die Frau, wenn sie noch lebte. Pedro der Sohn wich nicht von der Seite des Vaters. Er hatte schärfere Augen, vielleicht würde er die Mutter herausfinden, wenn des Vaters Blick versagte. Einige Male gab es einen jubelnden Aufschrei, aber jedesmal war es eine Täuschung der müden Sinne. Sie kam nicht, die Frau, und niemals später kam eine Nachricht, was aus ihr und ihren vier Kindern geworden.

Doch da waren andere, die ein glücklicheres Los traf. Frauen kamen zu Fuß und zu Rad, mit kleinen Kindern im Tragkorb, und verlangten ihre Männer zu sehen. Alles hatten sie zurückgelassen, Haus und Hof waren zerstört, übrigblieb nur der Mann hinter dem Stacheldraht. Ihn zu sehen und zu sprechen war das Ziel wochenlanger qualvoller Strapazen; diese Hoffnung allein gab die Kraft, zu ertragen, was unerträglich war. Aber die Wachen vor dem Lagertor hatten strenge Anweisung, keine Frau durfte das Lager betreten. Da stand der Mann hinter dem Gitter und draußen war die Frau, die er seit einem Jahre nicht gesehen. Deutlich konnte er ihre Gestalt sehen, und wenn sie seinen Namen rief, konnte er auch ihre Stimme hören. Aber schon näherte sich der Posten mit dem Karabiner und vertrieb die Frau. Sie gab es nicht auf, kehrte wieder, bat, beschwor, flehte, weinte — es rührte nicht die Soldaten, die ihre Befehle ausführten.

Das Land war in Auflösung, die Staatsgewalt im Zusammenbrechen, die Hälfte des Volkes lebte auf den Landstraßen, der Feind jagte die Armee vor sich her, Städte und Provinzen fielen ihm stündlich in die Hand, Festungen ergaben sich, als ob sie nie bestanden — nur eines blieb unerschütterlich: der dreifache Stacheldraht um die Unberührbaren von Vernet.

Ein neuer Farbfleck kam in das düstere Bild. Autokolonnen des Heeres, Artillerie, Tanks, Train, Sanitätswagen, verdrängten die Fuhrwerke der Flüchtlinge. Soldatenzüge rollten südwärts. Waren die Frauen und Kinder nur müde und traurig, so sah man den Soldaten den Schrecken der Schlacht an. Welche Bewandtnis aber hatte es mit den Soldaten in schmutziger, zerfetzter Uniform, ohne Waffen und ohne Ordnung? Waren es vom Feind aufgelöste Armeeteile oder von den eigenen Offizieren entwaffnete Truppen? Was ging im Lande vor? Die Zeitungen brachten bald prahlerische, bald weinerliche Artikel; wenn man nur wüßte, was vorging? Das einzige, was einen Anhaltspunkt bot, war der Heeresbericht, der jeden Tag neue, immer furchterregendere Ortsangaben enthielt. In mächtigen, anscheinend unaufhaltsamen Schlägen stieß die deutsche Armee tief in das Innere des Landes.

Eines Mittags rückten Bataillone der belgischen Armee in Vernet ein — als Gefangene. Wir standen gerade vor dem Lautsprecher und lauschten auf die Nachrichten, als plötzlich schwere Lastwagen vor der Kommandantur hielten, denen belgische Soldaten entstiegen. In militärischer Ordnung bogen sie in die Lagerstraße ein, Kompanie für Kompanie, angeführt von ihren Unteroffizieren und eskortiert von französischer Garde Mobile. Knapp vor dem Tor des Quartiers A, das den Belgiern zum Aufenthalt bestimmt wurde, brachte eine Stockung die Kolonne zum Stehen. In diesem Augenblick übertrug das Radio die Sitzung der Belgischen Kammer, die irgendwo in Frankreich tagte. Aus dem Lautsprecher dröhnten die Worte des belgischen Ministerpräsidenten, der der Welt versicherte, daß die Armee seines Landes unbeirrt an der Seite des französischen Verbündeten weiterkämpfe, trotz des Verrats des Königs.

Täglich brachten die Gendarmen neue Gefangene. Die Baracken waren bis zum letzten Winkel vollgestopft. In jede Koje, wo vier Personen eng aneinanderklebten, wurden fünf gepreßt. Der Bestand meiner Baracke stieg auf 264 und mir blieb ein Lebensraum von 55 Zentimeter Breite. In manchen Baracken legte man die Neuankömmlinge auf den nackten Erdboden unterhalb der Bretter.

Erregt stürzten wir an den Zaun, als es hieß, ein Transport aus Gurs stehe vor dem Tor. In langem Zug warteten 800 Interbrigadisten auf ihre Einquartierung. Sie wurden strafweise von Gurs nach Vernet transferiert, da sie sich geweigert hatten, in die Arbeitskompanien des französischen Heeres einzutreten. Drei Jahre Krieg gegen Hitler hatten sie hinter sich und jeden Tag wären sie bereit gewesen, ihr Leben im Kampfe gegen den Faschismus einzusetzen; aber sie weigerten sich, an dem Daladierschen Scheinkrieg teilzunehmen. Da das Quartier B überfüllt war, brachte man sie nach C, wo sie mehrere Baracken für sich allein besetzten. Die Barriere zwischen B und C hatte nun jede Berechtigung verloren, aber schärfer denn je lagen das Pferdegesicht und der Negro jede Nacht auf der Lauer, um die Verbindungsleute zwischen den beiden Lagern abzufassen.

Neben den Opfern neuer Razzien und Strafmaßnahmen brachten die silberverschnürten Gendarmen Züge von Gefangenen, deren jammervoller Zustand selbst unsere elendgewohnten Augen überraschte. Abgerissen, die Füße in Lumpen, die Augen triefend, die hohlen Wangen unrasiert, schleppten sie sich mit letzten Kräften zum Aufnahmebüro. Sie waren in nördlich gelegenen Lagern interniert gewesen, so erzählten sie über den Zaun hinweg, aber als die Deutschen kamen, lief die Garde Mobile davon, und da niemand an eine rechtzeitige Evakuierung gedacht hatte, löste sich alles auf in Unordnung und Flucht. Mitunter waren die Deutschen da, ehe sich jemand retten konnte, und manche Lager fielen mit Wächtern und Bewachten in ihre Hände. Auf den verstopften Landstraßen, vor den Nazis flüchtend, seien sie dann von den

Gendarmen neuerdings gefangen und nach Vernet gebracht worden.

Diese Erzählung weckte in jedem von uns die gleichen Gedanken: was würde mit uns geschehen, wenn der deutsche Vormarsch anhielt?

*

In diesen Tagen war es, daß ein Teil der Spanier abreiste. Pedro, mein Freund und Schüler, war unter den Glücklichen, die das Schiff der Freiheit besteigen sollten. Nach Kuba, San Domingo und Mexiko würden sie fahren, in warme, bunte Länder, wo es keinen Krieg gibt und keinen Faschismus. Wo Palmen blühen und die Freiheit herrscht. Ein Streifen warmen Sonnenlichts war in das Dunkel unserer Haft gedrungen. Das gab es also: Organisationen, die Schiffe chartern, Länder, die ihre Grenzen öffnen, Brüder, die helfen... Ich umarmte Pedro. „Wir werden uns wiedersehen", sagte er. „Wir werden von euch berichten und das Hilfswerk antreiben." Ein Strahlen war auf allen Gesichtern, wie ein Widerschein der Freiheit. Mit ihren Bündeln zogen sie ab, lachend, singend, scherzend... „Auf Wiedersehen. Auf Wiedersehen."

*

Aus den letzten Briefen der Frau sprach die große Not der Stadt Paris, um die sich der Ring des Todes legte.

12. Mai... „Sonst ist meine Lage etwas schwierig. Die Unterstützung hat man mir wieder einmal gestrichen. Das Essen hole ich aus der Ausspeisung in St. Paul; schade, daß es so weit ist. Ich lasse des Geldes wegen nie den Kopf hängen; es wird schon irgendwie gehen. Auch wenn ich überzeugt bin, daß das Schwere für uns erst kommt..."

16. Mai... „Zu denken, daß dieser Ungeist siegen könnte — das Leben hätte für mich jeden Reiz verloren. Krieg ist furchtbar, aber gern will ich alles auf mich nehmen, was in seinem Gefolge ist, und auch mein Leben hingeben, aber zu denken, daß man die Kinder zurücklassen müßte in einer Welt, in der

Kanonen die Gesetze machen und die Freiheit geknechtet wird, ist nicht zu ertragen. Aber es kann nicht sein. Ich hoffe, wir werden noch schöne Tage erleben; unsere Kinder sicher."

21. Mai: „Wir wissen gar nichts über unser nächstes Schicksal. Die Kinder sind bei mir. In das Kinderheim habe ich sie nicht gegeben, weil es nördlich von Paris liegt und möglicherweise früher bombardiert werden wird als Paris. Wenn ich eine Erlaubnis bekäme, würde ich in die Provinz fahren; vielleicht würde ich dann auch Landarbeit finden. Bomben gegenüber bin ich fatalistisch. Ich würde den Einzug der deutschen Truppen in Paris viel mehr fürchten, das wäre mein sicherer Tod. Aber soweit wird es nicht kommen. Das kann nicht sein, wenn es überhaupt einen Sinn in der Weltgeschichte gibt."

28. Mai... „Ich werde, wo immer ich sein mag, mein Bestes tun. Vielleicht gelingt es mir, die Kinder hinüberzuretten in eine schönere Zukunft. Halte den Kopf hoch, einmal wird man auch von diesem Krieg sagen, er war. Und alles Unglück wird zehn Zeilen im Geschichtsbuch füllen."

30. Mai... „Ich habe den ersten Verwundetentransport vor dem Lycée gesehen, das seit Kriegsbeginn als Militärlazarett eingerichtet ist. Ich mußte wegschauen, um nicht von einer Krise integralen Pazifismus befallen zu werden, der mir sonst ferne liegt. Man behauptet hier, Hitler habe einen großen Fehler begangen, daß er nicht direkt nach Paris marschiert sei, und man ist deshalb von einem unbegreiflichen Optimismus. Ich kann aber ein Angstgefühl nicht loswerden..."

*

Es schien in Frankreich keine Kraft mehr zu geben, die den Zusammenbruch aufhalten könnte. Das Volk hatte sich für diesen Krieg nicht begeistern können; allzu widerspruchsvoll erschien alles dem einfachen Mann. Hitler war der Feind, der die Freiheit bedrohte, so hieß es. Wer aber ein Wort wagte für die Freiheit im eigenen Lande, wurde aus der Armee ausgestoßen. In unserem Quartier gab es viele in der Uniform der Armee. Im fernen Afrika schmachteten Zehntausende der besten Söhne des Volkes im heißen Sand der Wüste. Was war ihre Schuld? fragte das vierseitige Blättchen, das auf einer langen gefährlichen Reise seinen Weg ins Lager gefunden hatte. „Humanité" stand vorne drauf. Klopfenden Herzens übersetzte ich den Kameraden, die kein Französisch verstanden, die Artikel. Mit winzigen Lettern gedruckt war die Wahrheit noch eindringlicher als in der reichen Aufmachung, da wir die Zeitung noch morgens in der Métro lasen. In den Jahren vor der Katastrophe hatte sie gewarnt und gemahnt: nur ein freies Volk, das weiß, wofür es kämpft, kann die Kraft aufbringen, die Invasion abzuwehren. Die nationale Unabhängigkeit ist eine Funktion der Freiheit, hatte die Zeitung gelehrt. Auf das Beispiel des mächtigen Landes im Osten hatte sie hingewiesen und ein festes Bündnis gegen den Menschenfeind im Herzen Europas gefordert. Aber man hatte nicht auf sie gehört. Man sagte dem Volke, die Warner seien verbündet mit dem Feinde, und man führte Krieg gegen sie, statt gegen Hitler. Dies alles sahen auch die Soldaten, denn sie waren das Volk, sie sahen den Verrat in der Führung, sie sahen den Feind im Rücken.

Noch aber war es nicht zu spät. Wird im letzten Augenblick das Wunder sich ereignen? Wird das in drei Revolutionen gestählte Volk von Paris sich im letzten Augenblick erheben und die Führung des Krieges an sich reißen? Werden die Enkel der Kommunarden das Vaterland retten?

Wird die Seine zum Manzanares Frankreichs werden?

Angstvoll lauerten wir auf die metallene Stimme, die aus dem schwarzen Trichter sprach. Die Deutschen hatten die Seine überschritten und marschierten auf die Loire zu. An diesem Morgen gab es keine Zeitungen; der Frühzug von Toulouse war ausgefallen. Fiebrige Wunschvorstellungen verdichteten sich zu Gerüchten von Streiks, Straßenkämpfen und roten Fahnen. Aber der Abendzug fuhr wieder und brachte die Zeitungen; sie enthielten schwarze Nachrichten. Paris sei zur offenen Stadt erklärt worden. Die Hauptstadt Frankreichs wird nicht verteidigt werden. Zwangsweise werden die Arbeiter evakuiert. Paris wird von seiner eigenen Regierung entwaffnet und preisgegeben.

Wir blickten einander an. Was wird aus uns werden? Die Deutschen rücken vor. Die Regierung spricht von Fortsetzung des Widerstandes. Aber anstatt alle verfügbaren Truppen an die Front zu werfen, kommen immer neue Verstärkungen in Vernet an. In langen Reihen stehen die feldgrauen Wagen vor dem Tor. Rund um das Lager werden Maschinengewehrnester gebaut. Unsere Militärfachleute sind sich einig: das Lager wird befestigt gegen innen.

Ein großes Murren begann um sich zu greifen. Diese Wachen, sind sie nicht ein Teil der Armee, die kampflos vor dem Feind flieht? Gegen antifaschistische Gefangene aber machen sie sich stark. An der Ariège bereiten sie sich zum Kampf vor, und auch hier nicht gegen die Nazis, sondern gegen die Antinazis. Wollen sie im Austausch bessere Bedingungen vom Feind erzielen? Gegen Auslieferung seiner erbittertsten Gegner die eigene Haut retten? Haben sie Befehl, die Gefangenen zu übergeben? Sind wir Todesgeiseln? Daß unser Schicksal besiegelt war, wenn die deutschen Truppen uns hier vorfanden, daran zweifelte niemand.

3. Juni: Paris wurde bombardiert. Vierundzwanzig Opfer habe das Bombardement gekostet, verlautbarte das Mittagscommuniqué aus dem schwarzen Trichter. Eine neue Sorge befiel mich, eine unnennbare würgende Angst. Unsinn, sagte Cesare, vierundzwanzig von vier Millionen, so viel Opfer kostet der Ausflugsverkehr zu Ostern. „Freilich, aber es wurde doch gesagt, daß es die südlichen Vororte waren, die heimgesucht wurden", erwiderte ich, von einer inneren Unruhe ergriffen. Wenn sie bloß der Frau die Reiseerlaubnis gegeben hätten, damit sie aufs Land fahren konnte, wie so viele andere. Ich hätte vielleicht schon früher darauf drängen sollen. Am Gitter der Altersbaracke versammelten sich noch nachts die Nachrichten-

jäger, denn die Alten hatten in ihrer Bude einen Empfänger für sich, und wenn man scharf hinhörte, konnte man einige Sätze verstehen. Nach der Zehn-Uhr-Sendung kam einer der Insassen ans Gitter, wo Unentwegte auf die letzten Nachrichten warteten. „Mehr als zweihundert Tote in Paris. Die Flugzeugwerke in Issy-les-Moulineaux waren das Ziel des Luftangriffs." „Und was sonst?" rief einer hinüber. „Sonst nichts Besonderes", hüstelte der Alte.

*

Es gab auch andere Erwartungen in dem Menschenhaufen, der allabendlich auf die Nachrichtenübermittlung vor dem schwarzen Trichter wartete. Kraft und Schmidt schienen mit dem Lauf der militärischen Ereignisse zufrieden zu sein. Sie legten sich keinen Zwang auf, wenn sie, das Tempo des Vormarsches kalkulierend, mit vernehmlicher Lautstärke verkündeten: in spätestens acht Tagen sind sie da.

Kraft und Schmidt waren unzertrennliche Freunde. Stämmige, muskulöse Burschen, unterschieden sie sich dennoch im Gesichtsausdruck. Kraft war Schläue und List, Schmidt Roheit und Brutalität. Woher Kraft eigentlich kam, wußte niemand. Er sprach ebensogut deutsch wie russisch, weshalb viele glaubten, er sei Wolgadeutscher; wahrscheinlich lag seine Heimat im Baltikum. Beide hatten in Spanien den Internationalen Brigaden angehört. Niemand konnte sie an Radikalismus überbieten; als die Volksfront den Bauern das von den Anarchisten konfiszierte Land zurückgab, sprachen sie vom Verrat der „Stalinisten". Bei dem Maiaufstand der POUM in Barcelona standen sie an der Spitze, nach der Niederschlagung des Putsches wurden sie verhaftet. Wie so viele andere, wußten auch sie es einzurichten, daß sie wieder frei kamen. Englische liberale Abgeordnete feierten sie als Märtyrer des „kommunistischen Terrors". Mit der rückflutenden Armee kamen sie nach Frankreich. In Gurs, mit dem Gros der Brigaden interniert, führten sie die Unzufriedenen, Enttäuschten. Die an

117

Disziplin gewohnten Truppen hatten im Lager ihre eigene Leitung gewählt. Hermann, der Kommandant des 1. Bataillons der 11. Brigade, wurde zum Lagerleiter bestimmt. Die Internationalen begannen ihr Leben einzurichten, das auch in der Gefangenschaft ein Kämpferleben bleiben sollte. Es gab welche, denen das nicht paßte. Sie sammelten sich in der sogenannten 9. Kompanie. Ihre Führer wurden Kraft und Schmidt.

Die anderen fragten sich: wem nützt dieses ständige Störungsfeuer? Allzu viele Beweise gab es, daß Widersetzlichkeit auch schon in Spanien das Werk von Gestapoagenten gewesen, derselben, die den Putsch in Barcelona organisierten, um der kämpfenden Front in den Rücken zu fallen. Das harte Wort Sabotage wurde ausgesprochen. Es wurde in Reden und Artikeln wiederholt. Es blieb haften. Aber sogleich erweckte es erbitterte Entrüstung bei den „Gemäßigten, Objektiven". „Wieder eine kommunistische Verleumdung", sagten sie, „da sehe man wieder: wer mit der Parteilinie nicht einverstanden ist, wird sofort zum Gestapoagenten gestempelt. Wo sind die Beweise?"

Als der Krieg ausbrach, wurden Kraft und Schmidt die eifrigsten Verteidiger der französischen Regierung und die lautesten Wortführer gegen den „Verrat Stalins". Trotzdem entgingen sie nicht dem Schicksal der „Extremisten", die man in Vernet von der Außenwelt isolierte. Hier wurden Kraft und Schmidt leitende Persönlichkeiten der BIM-Organisation, in die der Hauptmann des Deuxième Bureau seine Hoffnung setzte für den gemeinsamen Kampf gegen die „kommunistischen Naziagenten".

An einem sonnigen Frühlingsmorgen waren wir zum Schneiden von Besenweiden auf den Bergrücken jenseits des Flusses hinausgezogen, wohl an die zwanzig Mann und vier Gendarmen. Es geschah zum erstenmal, daß Kraft und Schmidt mitkamen. Nach getaner Arbeit raffte jeder sein Bündel geschnittener Weiden zusammen, wobei einer dem andern half, die Last auf den Rücken zu heben. Nachdem wir uns in Reih und

Glied aufgestellt hatten, begannen die Gendarmen die Zählung. Es fehlte einer.

Kraft war geflohen.

Unbeteiligt blickte Schmidt über den Hang hinunter ins Tal, wo ein Gehöft stand, friedlich, als ob es weder Krieg noch Konzentrationslager gäbe. Nur die Hunde bellten wütend. Unflätig beschimpften uns die Gendarmen, die vor ihren Offizieren Angst hatten, aber uns war die Flucht Krafts im Grunde gleichgültig. Schweigend kehrten wir ins Quartier zurück. Das Pferdegesicht ließ alle Baracken antreten; er wolle ein Exempel statuieren, sagte er. An wem wollte er ein Exempel statuieren? Die Motorradfahrer, die über Straßen und Felder jagten, hatten den Flüchtigen nicht einholen können. Das Pferdegesicht ließ Schmidt vortreten. „Du Hund", brüllte er, „du hast Kraft zur Flucht verholfen, willst vielleicht selber ausreißen." Mit dem dicken Ende des Bambusknüppels schlug er dem stämmigen Burschen übers Gesicht. Der Geschlagene wankte, erhob sich aber wieder. Das rechte Auge schien ihm hervorzuquellen und eine tiefe blutige Furche zog sich schief über das Gesicht.

Einige freuten sich: das Pferdegesicht hatte den Nazi geschlagen. Die Vernünftigen aber sagten: Heute ist es der Nazi, morgen bist du es. Wir sind gegen das Schlagen, gleichgültig, wen es trifft. Das Pferdegesicht schlägt Schmidt, aber der Hauptmann macht ihn zum Vertrauensmann.

Dies war geschehen im wendigen Monat April. Als aber der Mai gekommen war, da brachten sie Kraft in Ketten zurück ins Lager. Oben im Gebirge, wo noch tief der Schnee liegt, hatten sie den Ausbrecher erschöpft aufgefunden. Er war umhergeirrt im Kreise, den Dörfern und Weilern ausweichend, ohne den Paßweg zu finden, der ihn hinüberbringen sollte zu seinen Freunden, den Carabineros des Generals Franco. Als er dem Hauptmann gegenüberstand, sagte er gelassen: „Ich bin Offizier der deutschen Armee und wollte zu meiner Truppe." Der französische Kollege nickte verständnisvoll. „Ich muß Ihnen vier Wochen geben, das ist Vorschrift."

119

Die vier Wochen brauchte Kraft nicht abzusitzen, denn der Kommandant hatte ihn vorzeitig begnadigt. Nun ging er selbstbewußt über den staubigen Hof, Arm in Arm mit seinem Freund Schmidt, auf dessen Gesicht die Narbe vom Schlag des Pferdegesichts noch sichtbar war. „Die Gauleiter" nannte man jetzt die beiden, um die sich ein Hof von Männern gebildet hatte, die nie versäumen, auf die Seite des Siegers überzugehen. So beflissen der „k. u. k. Oberstabsarzt" Weber bis gestern für den Sieg Frankreichs gesprochen hatte, so laut verkündete er jetzt, immer schon für die Sache der NSDAP gelitten zu haben. Kraft und Schmidt nahmen die Huldigungen ihrer alten und neuen Freunde entgegen und — wie die Großen, so versprachen auch sie Freiheit und Freude den Gefolgsleuten, Tod und Vernichtung den Juden und Roten.

Das Vorrücken der deutschen Armee machte die Nazigruppe im Lager sichtbar und durch den Zuwachs von plötzlich zu „Volksdeutschen" verwandelten Ungarn, Slowaken und Rumänen sogar fühlbar. Ihren Kern bildeten Männer der BIM, der Organisation der Sûreté im Lager. Die besten Vertrauensmänner des Hauptmanns erwiesen sich als die eifrigsten Nazis.

Dies alles trug nicht dazu bei, unser Sicherheitsgefühl zu vergrößern, so wenig es uns auch überraschte. Von außen näherte sich die Feldpolizei, innen bereitete sich die Gestapo auf den Tag der Übergabe vor, und die französischen Maschinengewehre standen schußbereit an jeder Ecke. „Fangt man bei uns so die Ratten", sagte Otto beim abendlichen Spaziergang.

In drei Heeressäulen rückten die deutschen Armeen vor. Die eine zog die Küste entlang südwärts; Bordeaux war ihr Ziel und die spanische Grenze bei Biarritz. Die andere zog das Rhonetal entlang nach Süden; sie mußte bei Marseille das Mittelländische Meer erreichen. Im Zentrum aber marschierte eine Heeressäule von Orléans über das Zentralmassiv südwärts mit der Spitze gegen Toulouse. Es waren die Bewegungen dieser Armee, die wir mit gespannten Nerven verfolgten; sie mußte unser Schicksal entscheiden. Wo wird sie stehenbleiben, falls sie überhaupt die Absicht hat, vor dem Pyrenäenkamm in ihrem Marsch anzuhalten. Die Deutschen in Toulouse, das konnte nur das Exekutionspeloton für uns oder günstigenfalls Dachau bedeuten.

Es mußte Klarheit geschaffen werden über die Absichten des Kommandos, ehe man irgendwelche Entschlüsse fassen konnte. Einer der schweigenden Männer, die sich verantwortlich fühlten für alles, was geschah, verlangte, vom Kommandanten empfangen zu werden. Rudolf Leonhard begleitete ihn. Der Oberst empfing die Delegation im Beisein des Informationsoffiziers.

„Als Freunde der Nazis haben sie uns eingesperrt; halten Sie diese These heute noch aufrecht?" Der Hauptmann lächelte. „Sie haben es nicht nötig, politische Reden zu halten. Wir sind Franzosen, das heißt auch im Dienst Menschen. Wir verstehen durchaus, daß einige unter ihnen in Gefahr sind, ja, wenn die Deutschen sie hier vorfinden, sogar in Lebensgefahr."

Der Oberst nahm das Wort. „Wir erwarten Instruktionen. Sie sind bereits angekündigt, da ja auch die Regierung Ihre Lage durchaus richtig einschätzt. Es wird alles geschehen, was nötig ist. Ihre Akten werden rechtzeitig verbrannt. Sie können die Internierten beruhigen."

Ungerührt, skeptisch hörten die Abgesandten die Worte des Kommandanten. Allzuoft hatten sie aus dem Munde französischer Offiziere schöne Worte gehört, denen keine Taten folgten. Sie drängten, wollten mehr wissen, Einzelheiten.

„Ich gebe Ihnen mein Offiziersehrenwort", sagte schließlich ungeduldig der Oberst, „solange ich da bin, wird nichts geschehen, was mit der Ehre Frankreichs unvereinbar ist."

Die Worte klangen feierlich. „Offiziersehrenwort", da mußte man sich schweigend zurückziehen.

„Wir danken Ihnen, Herr Oberst."

Jeder Tag konnte der letzte sein, jede Stunde das Ende

bringen. Aber Stunden und Tage verrannen, ohne daß etwas geschah, was darauf schließen ließ, daß der Oberst die Evakuierung des Lagers vorbereitete. Im Gegenteil: es verging kein Tag, an dem nicht die silberverschnürten Gendarmen Neue gebracht hätten. Die Räder der Administration klapperten, als ob die Maschine, zu der sie gehörten, noch funktionierte. Am Morgen begrüßte mich Rudolf. Blaß sah er aus, zwang sich aber zu einem ruhigen Lächeln. „So muß es in der Todeszelle sein." Gelassen antwortete Gerhart. „Blödsinn. Ich gebe immer noch zwanzig Prozent für Davonkommen mit dem Leben."

„Worauf stützt du diese Berechnung?" fragte ich.

„Sie sind ja noch nicht da", war die Antwort, „und solange sie nicht da sind, gibt es immer noch verschiedene Möglichkeiten. Und wenn sie da sind, gibt es auch noch einige Möglichkeiten, wenn auch weniger. Und selbst in der Todeszelle hat der Tod noch keine hundert Prozent Chancen. Hoffnungslos ist nur der Tod."

„Die letzten Tage", heißt das Gedicht, das mir Rudolf zeigte, nachdem Gerhart gegangen war. Er hatte es in der Nacht geschrieben, die er schlaflos verbrachte, wer konnte wissen, vielleicht war es die letzte?

„Frankreich kann nicht untergehen", sagte Rudolf. Ich mußte an mein Gespräch mit dem dicken K. im Kohlenkeller der Präfektur denken.

„Welches Frankreich?" wiederholte ich. — Rudolf begann vom „ewigen Frankreich" zu sprechen. Ungeduldig unterbrach ich ihn. „Die Dritte Republik wird untergehen, und sie hat es verdient. Untergehen, wie jene Herrenschicht untergegangen ist, die mit Bastille und lettres de cachet vergeblich gegen ihren Untergang angekämpft. Auch diesen hier wird der Verrat von Paris und die Schande von Vernet nichts nützen. Der Untergang der Dritten Republik ist die Voraussetzung der Auferstehung und der Wiedergeburt Frankreichs."

„Es gibt Franzosen, die das wissen", entgegnete Rudolf. Er

122

zog einen Brief aus der Tasche. Roger Martin du Gard, der Dichter der „Thibaults", sandte „in unverminderter Freundschaft" sein Werk dem gefangenen Kollegen.

War es ein Zeichen der Hysterie dieser „letzten Tage", daß wir mit einer krankhaften Hast die elf Bände der „Thibaults" zu Ende lasen? In die Spannung mischte sich die lächerliche Angst, es könnte etwas Entscheidendes geschehen, ehe wir mit dem letzten Band der Serie fertig geworden. Die Geschichte der Familie Thibault zog uns so fest in ihren Bann, daß es unmöglich schien, aus dem Leben dieser Menschen zu scheiden, ehe wir alles wußten, was der Dichter über sie zu erzählen hatte. Bei manchem bedeutenden Schriftsteller steht zwischen dem Leben seiner Helden und dem Leser der Satz, die Sprache, der Autor. Hier aber lebten und starben die Menschen vor unseren Augen. Von Hand zu Hand gingen die weißbroschierten Bände. So viele wollten sie lesen, daß man sich auf einer Liste einschreiben mußte, um der Reihe nach dranzukommen.

Ausgefüllt waren nun die Tage mit den Spannungen des Sommers 1914, die wir in der Vision des Dichters so real erlebten, daß unsere Umwelt nahezu unreal wurde. Der zähe Todeskampf des alten Thibault, der heroische Freitod von Jacques und das langsame Hinsterben von Antoine erlösten uns von der Todesangst, die in uns aufzusteigen begonnen hatte.

Die Sonne stand hoch am wolkenlosen Himmel. Die Hitze drückte schwer auf die Baracken. Zu essen hatte es kaum mehr gegeben als die übliche dünne Erbsensuppe, wozu ich mir ein paar rohe Tomaten in der Kantine gekauft hatte. Pakete waren nicht mehr gekommen, Briefe auch nur selten. Der letzte Brief von Mizzi war vom 30. Mai datiert.

Es schien, als ob die Zeit stillstünde.

Da näherte sich Gerhart langsamen Schrittes, sein Gesicht war hart. Die Sonne brannte über dem staubigen Hof.

„Ich hab' mit dir zu sprechen."

Bevor ich antworten konnte, verwundert über die steife Feierlichkeit seiner Worte, kam es überlaut und überhart aus seinem Mund:

„Deinen Kindern ist nichts geschehen ...“

„Und ...“

„Deine Frau hat eine Bombe von Hitler erschlagen.“

„Mizzi ...“

Es wurde finster um mich. Ich rannte fort, rannte weit weg in eine Ecke, wo mich niemand sehen konnte. Daß ich unsichtbar würde und niemand zu mir spräche, war alles, was ich wünschte.

Viele Tage ging ich im Hof allein auf und ab, gemieden von den Kameraden, die meinen Wunsch, nicht reden zu müssen, errieten. In der Ferne hörte ich die metallene Stimme aus dem Trichter dröhnen, und es gelang mir festzuhalten, daß es Ministerpräsident Reynaud war, der von der Kriegserklärung Italiens sprach und von der Fortsetzung des Widerstandes.

In dieser Nacht gab es den ersten Fliegeralarm in Vernet. Alle Lichter erloschen und Finsternis hüllte das Lager ein.

Am nächsten Tag brachte die Post einen dicken Brief. Zitternd öffnete ich den Umschlag, auf dem ich die Handschrift des Jungen erkannte. Er berichtete sachlich, wie das Unglück geschah, wie er die Schwester versorgte und dann, trotz seiner eigenen Verletzung, zurückging in das halb zerstörte Haus, um aus der Wohnung Kleider und Papiere zu retten. Daß seine Mutter tot war, ahnte er nicht, voll Hoffnung schrieb er von einem baldigen Wiedersehen.

Strahlend schien die Junisonne über das Land. Soweit der Blick über das Gitter reichte, war sprießendes Grün. An eine abseitige Ecke des Stacheldrahtzauns hatte ich mich gestellt. Es war aus und nichts mehr daran zu ändern, nichts mehr war gutzumachen. In dieser Stunde versenkten sie einen Sarg in die lehmige Erde eines Pariser Vorstadtfriedhofes. Durch den Schleier der Tränen schienen mir jenseits des dornigen Gitters die Gemüsebeete in langen gleichmäßigen Reihen wie Gräber. Aus den niedrig aufgeworfenen Schollen sproßte in zartem Grün der junge Kohl.

Lautlos formten meine bebenden Lippen zum Abschiedsgruß den geliebten Namen. Dann trat ich zurück in den Kreis der Kameraden.

*

Die Deutschen waren inzwischen in Paris einmarschiert. Der lange August nahm mich beiseite.

„Wir werden hier nicht warten, wie die Kaninchen auf das Schlachtmesser."

„Und du meinst, das geht?"

„Ob es geht oder nicht, werden wir ja sehen; versuchen muß man es, koste es, was es wolle."

Er drückte mir ein Papier in die Hand. „Guck dir das genau an." Es war eine handgezeichnete Karte der Umgebung von Vernet, auf der Bäche, Brücken, Gehöfte, Orte sorgfältig eingezeichnet waren.

„Mensch, wo hast du das her?"

„Frag nicht so albern. Je fünf bekommen eine solche Karte und eine zweite, die an diese anschließt. Damit kann man sich schon durchschlagen. Kannst du anständig Französisch?"

„Es geht..."

„Gut, du kommst mit mir. Bei uns fehlt einer, der richtig mesjö sagen kann. Ab heute nacht bereit sein! Rucksack gepackt. Nicht zu schwer, nur das Wichtigste. Ich komme später nachsehen."

In den letzten Tagen sei das Gerücht verbreitet worden, erzählte der lange August, die Regierung plane, die Männer von Vernet nach Andorra zu bringen. Wir waren 80 Kilometer von der kleinen Bergrepublik entfernt, dessen Volk, ausgestattet mit einer nicht sehr ernst zu nehmenden Souveränität, ein friedliches Hirtendasein fristete.

„Eine verrückte Idee", schloß der lange August.

125

„Nein, wenn der Ausbruch gelingt, dann keinesfalls in die Mausefalle von Andorra. Ob er gelingen wird? Nun, das sei eine militärische Aufgabe und es gäbe hier Militärs genug, die alle Einzelheiten ausarbeiten könnten. Allerdings, mit einigen Opfern müßte man rechnen, da seien die verfluchten MG-Nester. Aber die übergroße Mehrheit könnte wahrscheinlich entkommen. In kleinen Gruppen von je fünf werde man versuchen, sich durchzuschlagen, sei es in die großen Hafenstädte Bordeaux oder Marseille, wo es ausländische Konsulate gibt und große unübersehbare Vororte, sei es — und dieser Plan gewann die Oberhand: hinter die deutschen Linien nach Paris und dort untertauchen.

In dieser Nacht hatten wir Wachen aufgestellt, um vor Überraschungen sicher zu sein. Es konnten die Deutschen sein, die plötzlich ihre Nase in die Baracke steckten. Es konnte sein, daß die Garde Mobile sich nächtlicherweile davonmacht und uns mit dem Kommandanten allein läßt. Es konnte sein, daß die Nazis im Quartier einen kernigen Abschied vorbereiten. Jedenfalls mußte man die Augen offen halten.

Um drei Uhr morgens weckte mich Paul, der Sachse, mit derber Hand.

„Es ist lausig Zeit." Meine Tour für die Nachtwache war gekommen. Ich sprang auf und nahm den Mantel vom Haken. Die Nacht war kühl. Gepackt hing der Rucksack am Nagel. Fast unwiderstehlich war der Drang, eine der beiden Sardinenbüchsen zu öffnen, die ich mir aufgespart hatte für die Flucht. Aber man mußte das Hungergefühl überwinden und der Vernunft gehorchen. Morgen konnte die Reserve zum Lebensretter werden.

Sagte nicht der Lange, es werde Opfer geben? Wer wird durchkommen? Möglich, daß es mich trifft und dann würden mir auch die Sardinenbüchsen nicht mehr helfen. Komme ich aber durch, wohin werden wir uns durchschlagen? Werden uns die Nazis nicht bald geschnappt haben? Die Chancen waren gering. Ob Gerhart immer noch zwanzig Prozent gibt?

Ich hatte keine Angst mehr. Die einzige Sorge, die mich drückte, war der Gedanke an die Kinder. Sie werden sich allein durchs Leben schlagen müssen. Der Mond stand rund und hell am Himmel. Ich duckte mich in den Schatten der Baracke. Draußen auf der Lagerstraße ging der Wachtposten auf und ab, das Gewehr geschultert, in einen langen Mantel gehüllt.

Wer bewacht hier eigentlich wen? Doch da war die Mahnung des langen August: jene sind bewaffnet, wir aber werden uns Waffen erst holen müssen.

Ich nahm meinen Notizblock aus der Manteltasche und schrieb einen Brief an die Kinder. Es wurde ein Abschiedsbrief. Schwer kamen die Worte aus dem müden Gehirn und formten sich zu gesprochenen Sätzen, als ob die Kinder vor mir gewesen wären und zuhörten: Ihr müßt leben. Ein neues Leben wird für Euch kommen. Freunde werden Euch helfen. Später, wenn Ihr erwachsen seid, werdet Ihr verstehen, daß es dieses neue Leben war, für das Eure Mutter starb. Komme ich aber lebendig durch, dann will ich es sein, der Euch diesem neuen Leben zuführt mit fester Hand.

*

24. Juni. „Kannst den Rucksack wieder auspacken", sagte der lange August. „Wenn der Waffenstillstand heute abgeschlossen wird, dann haben wir wieder für eine Weile Ruhe und können erst mal abwarten."

Mechanisch leerte ich den Rucksack. Die Ereignisse der letzten Wochen hatten mich abgestumpft. An Stelle der abenteuerlichen Ungewißheit wird jetzt wieder die Routine des Alltags einsetzen: Appell, Pferdegesicht, Erbsensuppe, Kantine, Postverteilung.

Beim Auspacken des Rucksacks fielen die beiden Sardinenbüchsen auf den Boden; ich machte mich sofort daran, sie zu öffnen. Die „Familie" setzte sich an den Tisch. Wir verzehrten feierlich die Kriegsreserve. Der Krieg war ja aus.

Was aus uns werden würde in dem besiegten Land, in dem der Wille Hitlers zum Gesetz geworden, das konnten wir nicht wissen. Man mußte, wie der lange August sagte, erstmal eine Weile abwarten.

Am 27. Juni wurden die Bedingungen des Waffenstillstandsabkommens bekannt. Mit tiefem Verständnis lasen wir den Artikel 19, Absatz 2. Hitler hatte die Männer von Vernet nicht vergessen.

Die französische Regierung verpflichtete sich in dem besagten Artikel des Waffenstillstandsabkommens, jeden Deutschen (Österreicher galten als Deutsche), den der Sieger namhaft machte, auszuliefern.

Der neue Staatschef aber hatte angekündigt, daß er niemals einer Bedingung der Waffenstreckung zustimmen würde, die der Ehre Frankreichs zuwiderlaufe.

Es mußte also eine neue Ehre sein, die nun in Geltung stand.

Vor dem Lagertor aber wehte immer noch lustig im Winde die Trikolore: blau, weiß, rot...

DIE EXPLOSION

DER GENERALSBESUCH

Ein General werde kommen, um die Zustände im Lager zu untersuchen. Das Gerücht erhielt sich so hartnäckig, daß ich mich entschloß, es zu glauben. Es fehlte nicht an Vorzeichen, die selbst Otto, dem hartgesottensten aller Zweifler, ein zögerndes „Vielleicht" und sogar ein gekränktes „Warum nicht?" entlockten. In der Tat hatte Leutnant Clerc angeordnet, daß die Pißbuden im Hof mit einem Holzgeflecht züchtig zu umsäumen seien. Das mußte etwas bedeuten. Aus unbedingt zuverlässiger Quelle verlautete, daß es sich bei dem erwarteten Besuch keineswegs um einen General, sondern um eine Damendelegation des Internationalen Roten Kreuzes handle. Diese als Nachricht getarnte Theorie weckte bei den Alteingesessenen nur Hohngelächter. Mitleidig fragten sie, ob jemand ernsthaft glaubte, Leutnant Clerc würde auch nur die Spitze seines Bambusknüppels wegen der Damen des Roten Kreuzes in Bewegung setzen. Diesem Argument konnte man allerdings nichts entgegnen. Das Gerücht von der bevorstehenden Generalinspektion gewann an Boden. Nur die Aussicht auf einen General konnte die fieberhafte Tätigkeit des Leutnants erklären, die sich bis zu einem zweimaligen Rundgang durch das Quartier an ein und demselben Tage steigerte. Schließlich tauchte die Hoffnung auf, es könnte am Ende gar der Kriegsminister persönlich sein, der erwartet wurde.

Die Lagerspitzel gaben zu verstehen, der General komme, um die Klagen der Internierten anzuhören. Es gab Leute, die nicht abgeneigt waren, sogar einem General der Dritten Republik menschenfreundliche Regungen zuzutrauen. Der alte Daniel wußte nicht, wie es zugegangen war, daß die Wellen des Weltgeschehens einen Mann, der sein Leben lang der Obrigkeit gehorcht hatte, von Frau und Kindern wegrissen, um ihn nach Vernet, ins Quartier der Extremisten zu schwemmen. Der innere Zusammenhang zwischen seinem elsässischen Hausierhandel und der Sicherheit des Staates blieb ihm — und auch uns — dauernd ein Geheimnis. Mit seinem zahnlosen Mund wiederholte er einige Male am Tage, wie gemütlich es Anno 1917 im Kriegsgefangenenlager von St. Pölten gewesen sei. In seinem aus zwei Dutzend Gettos gemischten Jiddisch belehrte er mich, daß Generale dazu da seien, die Braven zu belohnen, die Bösen zu bestrafen und im allgemeinen für die Gerechtigkeit zu sorgen.

Von solcher Geisteshaltung bis zur Hoffnung auf Erhöhung der Brotration war nur ein Schritt. Der Schneidermeister Mayer, der in Metz auf der Hauptstraße ein Geschäft hatte, was einem Konkurrenten mit Beziehungen zur Sûreté nicht gefiel, ging noch weiter. Im Tonfall des Eingeweihten versicherte er, daß nun endlich die Überprüfungskommission angekommen sei; es sei nur gerecht, daß ein Vater von elf Kindern, der die Verteidigungsanleihe von Daladier gezeichnet hatte, als einer der ersten befreit würde.

Im Grunde war es nur in Ordnung, daß die Regierung einen General schickte, um nach dem Rechten zu sehen, denn so konnte man nicht weiterleben. Selbst diese friedsamen Juden aus dem Elsaß, immer noch überzeugt, alles sei nur ein Mißverständnis, hatten sich in nächtlichen Diskussionen unter der Barackenlampe der allgemeinen Meinung angeschlossen, man müsse etwas tun. Von der Brotration und der Wassersuppe zu leben bedeutete sterben. Brot durch die Kantine zu kaufen war verboten — das sei Schwarzhandel und schädige die Bevölkerung. Das Durchstieren der Abfalleimer in der Küche förderte nur selten etwas Interessantes zutage. Der alte Pedro von der Achten, sie nannten ihn den Narren, kam auf den Einfall, den Löwenzahn zu sammeln, der um die weniger begangenen Wegränder sproßte. Die Ernte reichte aber nur für wenige Liebhaber.

Der Hunger krümmte uns zusammen. Unsere Augen waren glanzlos, unsere Stimme matt. Kopfschmerz schnürte das Denkvermögen ein; nichts als der dumpfe Trieb: essen. Unaufhörlich bohrte es: essen. Kein Unterschied zwischen Klugen und Dummen, Gebildeten und Rohen — der Hunger zwang alles Bewußtsein in seinen Bann.

Als ich um die Mittagsstunde jenes Julitages die Treppe der Latrine hinunterstieg, hatte ich keine Zeit, mich über das plötzliche Dunkel zu wundern, in das der ganze Hof mit allen seinen Baracken unterzutauchen schien. Aus großer Ferne hörte ich Friedrichs Stimme, aber es interessierte mich nicht, herauszubekommen, was er sagte. Ich fühlte ein sanftes Wiegen. Nun fahre ich doch mit dem Schiff nach Amerika. Es war aber, wie sich bald zeigte, nur die Tragbahre, die mich in die Lazarettbaracke schaukelte.

Ich fühlte, daß ich die Hand heben könnte, wenn ich nur wollte, aber ich wollte nicht. Schief gegenüber auf der oberen Etage lag Leo auf seiner Pritsche. Im Halbdunkel sah ich, daß er mir zulächelte. „Geht's nicht besser?" fragte ich leise. „Es sind die Nieren", antwortete er, ich wußte aber, daß es die Lungen waren. Ein Gendarm trat an mein Bett mit Bleistift und Block. Das war nun wieder eine neue Liste, die sie anfertigten. Was sie nur wollen? Ein Zettel von Freundeshand brachte Warnung und präzisen Hinweis: also doch die Gestapo. Der Feldwebel, der den leitenden Arzt vertrat, ging von Bett zu Bett, um festzustellen, wer transportfähig sei. Sind wir soweit? In der Nebelwand tauchten fiebrige Bilder auf: Mizzi, die so gerne lebte und doch sterben mußte...

*

Der Feldwebeldoktor hatte mich aus dem Lazarett entlassen. Der Chefarzt hatte den Krankensaal nicht ein einziges Mal betreten. Was mir fehlte, wußte er auch so: essen. Es war mir gelungen, etwas Brot aus dem Krankenhaus zu schmuggeln. Arturo schwenkte sieghaft eine Tafel Schokolade. Wir saßen wieder auf den niedrigen Schemeln in der Koje und aßen gierig. Otto war ungewöhnlich gesprächig. Der General, sagte er, werde kommen, aber besser wäre es, er käme nicht. Denn ein Generalsbesuch im Konzentrationslager könne nichts Gutes bedeuten.

Daß der General kommen sollte, war ein Gerücht. Daß aber die deutsche Kommission erwartet wurde, war kein Gerücht mehr; das waren Listen. Immer neue, immer drängendere Listen: Deutsche, Volksdeutsche, Österreicher, Juden, Saarländer, Luxemburger, Elsässer. Immer mehr Ungarn aus Siebenbürgen und weißgardistische Russen aus Paris entdeckten, daß sie von der deutschen Kommission nichts zu fürchten, wohl aber manches zu erhoffen hatten. Da gab es andere, die in den vergangenen Monaten nicht müde gewesen zu erklären, daß sie mit einem blau-weiß-roten Herz zur Welt kamen; plötzlich entdeckten sie, daß es immer schon eine Neigung hatte, braun zu werden. „Oberstabsarzt" Dr. Weber erreichte es, direkt aus dem Gefängnis, wo er wegen Kameradendiebstahls saß, auf die Vorzugsliste Krafts zu kommen. Denn auch Kraft hatte begonnen, Listen zu machen. Er war vom Lagerkommandanten als Führer der Deutschen anerkannt worden und stand unter dem Schutze des Waffenstillstandsvertrages. Zackig stolzierten die beiden Nazis über den Hof. Wie lange war es her, daß das Pferdegesicht seinen Bambusknüppel auf Schmidts Gesicht niedersausen ließ, daß das Blut aus Nase und Ohr spritzte?

Die Nazis erwarteten ihre Befreier, das war verständlich. Wir aber waren in der Mausefalle. Fliehen? Dazu war es zu spät. Zu einem Ausbruch fehlten alle Voraussetzungen, wie sie im Juni gegeben waren. Die Maschinengewehre standen schußbereit, die Rucksäcke waren ausgepackt, die Deutschen waren die Herren Frankreichs. Sie hatten eine Demarkationslinie mitten durch das Land gezogen und unter ihrem Schutz wurde die neue Staatsautorität geboren.

So kam der 14. Juli heran. Wir hockten in der Koje von Mario rund um ein Glas ungesüßter Teelauge und feierten im Flüsterton den nationalen Feiertag unserer Gefängniswärter: Italiener, Deutsche, Polen, Spanier, Österreicher. Wir erinnerten uns des Volkes von Paris, wie es noch vor einem Jahr sein großes Herz aufgeschlossen hatte allen freiheitsliebenden Männern und Frauen, welche Sprache sie auch sprachen. Uns schien es, als ob der angezweifelte Besuch des Generals doch in einem innern Zusammenhang stehen müßte mit dem unzweifelhaft bevorstehenden Besuch der Gestapo und daß es uns wohl zukomme, des Sturms auf die Bastille zu gedenken in dem Augenblick, da die Erbauer neuer Bastillen sich einigten, die Saat von 1789 auszutilgen.

Da erschien der General; nein, es erschienen zwei.

Die Ankunft der Generale wurde durch das Blasen des Generalmarsches von der am Lagertor aufgestellten Ehrenkompanie angekündigt. Nachdem die Generale, wie wir aus der Ferne sehen konnten, ihren Autos entstiegen waren, schritten sie die Front der Ehrenkompanie ab. Dann verschwanden sie im Büro des Lagerkommandanten zum Ehrentrunk. Diese aus militärischen Gründen sicher unerläßliche Prozedur dauerte den ganzen Vormittag. Während dieser Zeit standen wir in Reih und Glied vor unseren Baracken angetreten, das Herz voll, den Magen leer — bereit, uns inspizieren zu lassen. Wir waren angewiesen worden, unsere Schlafstätten zu säubern, die faulenden Strohsäcke auszurichten, die im Gebälk hängenden Koffer, Schuhe, Tücher, Decken, Mäntel abzunehmen und am Kopfende der Bettstelle auszubreiten. Wäsche und Decken, die im Hof ausgehängt waren, mußten eingezogen werden.

Ich staunte über das veränderte Aussehen der Baracke, die plötzlich heller und geräumiger geworden zu sein schien; allerdings war jetzt mein Wohnraum von Gegenständen so völlig zugedeckt, daß für mich selbst kein Platz mehr blieb. Entweder Koffer oder Menschen, für beide reichte es nicht. Ich hoffte, dieser geometrisch-physikalische Sachverhalt werde dem militärisch geschulten Blick der Generale nicht entgehen und daß diese den lächerlichen Versuch subalterner Gendarmen, Raum und Licht vorzutäuschen, wo es weder das eine noch das andere gab, durchschauen werden.

Erbarmungslos brannte die Mittagssonne auf die grauen Kolonnen, die, das Gesicht der Baracke zugewandt, auf das erlösende Garde à vous warteten. Die Sektionsführer starrten auf die Barackenchefs, die Barackenchefs auf die Sergeanten, die Sergeanten auf den Adjutanten, der Adjutant auf den kommandierenden Leutnant. Leutnant Clerc aber stand am Tor des Quartiers, den Bambusknüppel um den kleinen Finger gehängt, und starrte auf die Tür des Büros, um den Augenblick zu erhaschen, da die Generale sich zum Zwecke der Inspektion in Bewegung setzen würden.

Endlich...

Langgezogene Pfeifensignale. Gebrüllte Kommandos. Der Sergeant, der neben unserem Barackenchef steht, echot: „Garde à vous!" Mützen fliegen von den Köpfen, Körper werden strammgerissen, Hände klatschen an die Hosennaht.

Nach einigen Minuten hat der Zug der Offiziere das Tor des Quartiers erreicht. Langsam bewegen sich die Herren, die Front der stumm und starr ausgerichteten Kolonnen abschreitend. Voran die Generale in rotgestreiften Hosen, neben ihnen vorgebeugt, mit gezücktem Notizblock, ein Hauptmann, hinter ihnen: unsere Kommandanten, der Oberst und der Leutnant.

Als die Generale in Sicht waren, stupste mich Arturo in die Seite; ich sah, daß er Mühe hatte, das Lachen zu verbeißen. Die beiden Generale waren uralt und zitterten, obwohl außer den strammstehenden Internierten kein Feind zu sehen war. Einer war lang und dürr, der andere klein und schwammig. Der Lange hielt krampfhaft ein Monokel im Auge, während ihm das schlaff herabhängende Backenfleisch und ein langer schmutzig-gelber Schnurrbart das Aussehen eines Walrosses verliehen. Man sah ihm an, daß er versuchte, seinem

134

greisenhaft zitternden Schädel einen wohlwollend-billigenden Ausdruck abzugewinnen.

Der Zug bewegte sich langsam weiter, als ob da keine inspektionsreife Kolonne ihres Generals harrte. Die Herren nahmen von unserer sorgfältig präparierten Bretterbude keine Notiz, geschweige denn, daß sie geruht hätten, sie zu betreten. Auf der Höhe der Baracke 6 angelangt, machten die Generale Kehrtwendung, ohne die unteren Baracken und ihre seit dem Morgen angetretenen Mannschaften eines Blickes zu würdigen. Die Existenz einer Küche blieb den inspizierenden Offizieren ebenso verborgen wie die der Krankenstation.

In wenigen Minuten war alles vorbei. Pfeifensignale, Kommandobrüllen und schon hieß es: abtreten. Die langen schwarzen Autos starteten bereits, als man die „Suppe" brachte; sie war uninspiziert und wässerig wie immer.

Die Juden aus Metz brachen in Wehklagen aus. Otto, breitschultrig und unberührt — wie viele Generale hatte er schon inspizieren gesehen? — marschierte in seinen hohen Schaftstiefeln weit ausholend über den Hof und sein ungarischer Schnurrbart blinzte die gutgläubigen Kleinbürger höhnisch an. Der alte Daniel jammerte über die gute alte Zeit, da die k. k. Generale sich um die Gefangenen kümmerten. Er wollte es nicht fassen, daß Vernet mit St. Pölten soviel zu tun hatte wie Hitler mit dem alten Franz Josef.

*

Gerade wollte ich mein Zeug wieder ins Gebälk hängen, als es plötzlich hieß: die Deutschen sind da...

In der Einfahrtstraße standen neue Autos und auf den Nummernschildern prangte deutlich sichtbar das RW der deutschen Heeresfahrzeuge. Chauffeure in grünen Felduniformen trugen weiße Armbinden mit dem Roten Kreuz.

Nun war das Geheimnis der Generalinspektion gelüftet: der deutsche Besuch sollte vorbereitet werden. In den frühen Nachmittagsstunden wurden die Nazi-Heimkehrer vorgerufen. Bald hörte man aus dem Hof des Militärlagers die wohlbekannte Heilerei, die im Schatten der Trikolore klang wie die Marseillaise in der Uckermark. Die Heil-Männer kamen mit vor Anstrengung und Begeisterung geschwollenen Halsadern ins Quartier zurück; lärmend erzählten sie, daß sie in den nächsten Tagen abgeholt würden. Als der Abend kam, übersiedelten Kraft und seine Leute reisefertig, mit Rock und Hut, manche sogar mit Krawatte ausgestattet, verbeulte Papierkoffer und große, mit Riemen verschnürte Ballen schleppend, in eine besondere Baracke, die, als sich die Abreise verzögerte, den Beinamen „Braunes Haus" erhielt.

*

Am nächsten Morgen geschah etwas Unerwartetes. Nach dem Namensaufruf begann der Chef-Sergeant ein Papier zu verlesen. Wieder einmal die idiotischen Grußvorschriften, dachten wir gelangweilt. Nein, ein Tagesbefehl: „Den Internierten des Lagers Vernet wird für ihre mustergültige Haltung während der am 23. Juli durchgeführten Inspektion die besondere Anerkennung des Kommandierenden Generals der 17. Militärregion ausgesprochen."

Ich hörte vorerst ein ungewohntes Murren aus den Reihen der Baracke 9, die als erste den Tagesbefehl anhören mußte. Die Verlesung in Baracke 8 wurde mit lauten Rufen unterbrochen, die sich zu vorschriftswidrigem Lärm verdichteten. Als schließlich der Feldwebel mit seinem Papier bewaffnet vor unserer Baracke erschien, wurde er von den Spaniern in den hinteren Reihen mit ironischen Rufen empfangen: „Die Brotration wird erhöht! Die Brotration wird erhöht!" Der Mann wurde bleich und begann stotternd zu verlesen: „Note de service!" Als das verhängnisvolle Wort „Anerkennung" fiel, brach der Aufruhr los. „Wir pfeifen auf Glückwünsche!

136

Brot wollen wir, nicht schöne Worte! Wir haben Hunger! Genug der Phrasen!"

Mit Mühe gelang es unserem Barackenchef, die Ordnung aufrechtzuerhalten und die Zeremonie des Appells zu Ende zu führen.

DIE DEUTSCHE KOMMISSION

Am Abend dieses Tages verfügte Leutnant Clerc die Auflösung der Baracke 17. Der Barackenchef, ein Mann der BIM, hatte die Zwischenfälle beim Morgenappell zum Anlaß genommen, einige Kameraden zu denunzieren. Er hatte kein Glück damit, denn die Mehrheit der Baracke brüllte ihn nieder; einen Augenblick sah es aus, als ob es zu einer Schlägerei kommen sollte.

Die Auflösung der Baracke war ein Schwächezeichen des Kommandos. Sie wagten es also nicht, Verhaftungen vorzunehmen. Die Insassen der Baracke 17 wurden auf die anderen Baracken verteilt und den bisher verstreut wohnenden Lagerangestellten, den Friseuren, Spenglern, Elektrikern, Maurern, Bürosklaven, Zensurfritzen, das Recht eingeräumt, die leer gewordene Baracke zu belegen. So wurde die Baracke 17 zur sogenannten „Trinkgeld-Baracke", ausgestattet mit kleinen Vorrechten, die nach dem altrömischen Regierungsprinzip divide et impera der BIM eine Art Massenbasis verschaffen sollten.

Dies alles half nicht gegen den Hunger. Wieder liege ich auf meinem Strohsack. Seit einigen Tagen wütet eine Dysenterie-Epidemie im Lager, und nun hat es mich nochmals gepackt, wie im Herbst, Fieber und Durchfall. Wieder das qualvolle nächtliche Herunterklettern über die schlecht gezimmerte Hühnersteige, der weite Weg zur offenen Latrine, runter, rauf, wieder runter, zehnmal, fünfzehnmal, lähmende Schwäche in den Gliedern und schneidende Schmerzen im Darm. Allein in unserer Baracke sind es achtzehn, die stöhnend nach dem Arzt rufen. Die Verordnung aber lautet, daß Fieber erst ab neununddreißig Grad spitalberechtigt macht. Wie feststellen, ob ich neununddreißig habe? Der Arzt kommt nicht ins Quartier und ein Fieberthermometer ist nicht vorhanden und es würde auch nichts nützen, denn das Fieber muß amtsärztlich festgestellt werden. Dazu müßte ich mich zur Krankenvisite melden, und das heißt hinausmarschieren zur Ordinationsbaracke, die außerhalb des Quartiers liegt, zwei bis drei Stunden warten, um dem Arzt vorgeführt zu werden, ins Quartier zurückmarschieren und, vorausgesetzt, daß ich das Glück habe, den 39. Strich zu erreichen, nachmittags wieder ins Lazarett marschieren, das noch weiter draußen liegt als die Ordinationsbaracke. Zu alledem fühlte ich mich zu krank. Friedrich gab mir Kohle und Bismut und ich verzichtete auf den Lagerarzt und die Segnungen der Lazarettbaracke.

Eines Morgens, es war der 1. August, machten wir eine beunruhigende Entdeckung. Die vier BIM-Führer waren verschwunden. Auch die Ratte war weg. Der dicke L. — ein Rumäne, von dem nicht festzustellen war, ob seine Hauptbeschäftigung Devisenschieber, Rauschgifthändler, Falschspieler oder Siguranza-Agent sei — erzählte die Geschichte der Entführung seiner Freunde: — Mitternacht war es, als das Militärauto in die Lagerstraße einbog und die vier auf ihren Koffern hockenden Männer abholte. Sie hatten auf das Militärauto gewartet. Er aber mußte zurückbleiben. Fette Seufzer entstiegen dem Brustkasten des Dicken, ehrliche Trauer um die entschwundenen Vorschüsse. Hatte doch die BIM eine Liste der vor Hitler zu Rettenden aufgestellt und er stand in der ersten Reihe, denn er hatte für Telegramme und was man sonst noch Spesen nennt Geld gegeben, immerhin einen runden Tausender, und nun war das schöne Geld dahin. So schnell sei alles vor sich gegangen, daß er nicht einmal eine Verrechnung durchsetzen konnte. Mit den denkwürdigen Worten: „Wie kann man in einem solchen Augenblick an Geld denken?" — bestiegen die vier Ringbrüder das Auto und weg waren sie mit Koffern und Krediten.

Uns war klar, daß es jetzt Ernst werden sollte mit der deutschen Kommission; hatte doch die Sûreté begonnen, ihre Agenten in Sicherheit zu bringen. Bald erfuhren wir, daß in der gleichen Nacht die verantwortlichen Lageroffiziere ihre Posten verlassen hatten. Ein neuer Kommandant und ein neuer Informationsoffizier versahen den Dienst im Büro. Hatten nicht Oberst Duin und sein begabter Informationsoffizier Nougayrol in den Tagen des deutschen Vormarsches der Delegation der Politischen das Offiziersehrenwort gegeben, vor Ankunft der Hitlertruppen alles zu tun, um die wirklich Gefährdeten in Sicherheit zu bringen? Hatte der Oberst nicht aus eigenem hinzugefügt, ohne daß jemand eine solche Erklärung verlangt hätte, daß es mit der Ehre Frankreichs unvereinbar wäre, die Hitlergegner auszuliefern? Neue Offiziere werden also die deutsche Kommission empfangen. Sie werden die Aufträge ihrer Vorgesetzten korrekt ausführen, ohne durch Ehrenwörter ihrer Vorgänger gehemmt zu sein. Jene aber, die das unverlangte Ehrenwort gegeben hatten, waren bei Nacht und Nebel abgefahren, und es war nur konsequent, daß sie ihre Handlanger mitnahmen.

Die Aussicht, in den nächsten Tagen, vielleicht morgen schon, den Beamten der Gestapo gegenüberzustehen, war nicht angenehm. Zwei gleich unangenehme Empfindungen drängten sich unabhängig voneinander dem Bewußtsein auf: der Hunger von heute und die Auslieferung von morgen. Merkwürdig genug: der sichere Hunger war quälender als die ungewisse Gestapo.

Die Vorbereitungen zu ihrem Empfang wurden immer aufdringlicher. In der ersten Augustwoche kam der Befehl, alle Baracken gründlich zu reinigen, und was den Ernst der Lage unterstrich: zum erstenmal, seitdem wir in diesen Baracken hausten, kamen sogar einige Fässer Kalk zum Überspritzen der Wände. Ich schaffte meinen Kram in den Hof, zog mir eine Schwimmhose an und begann die Bretter zu schrubben. Mit Kübeln von Wasser wütete ich gegen den Dreck. Nie

konnte man seinen Platz mit Wasser säubern, weil es hinunter-
rann und den Schlafplatz des Nachbarn zu ebener Erde über-
schwemmte. Schon die oberflächliche Reinigung jeden Morgen
mit dem feuchten Fetzen reizte zu lärmenden Protesten. Nach
und nach hatte sich die Baracke zu einem Mikrobenherd und
Flohparadies verwandelt. So wirkte sich die bevorstehende
Ankunft der Deutschen vorerst nützlich aus.

In den Reihen, die zum Appell angetreten waren, wurde die
Frage lebhaft diskutiert. Ein junger spanischer Anarchist pro-
klamierte heftig gestikulierend, im Grunde könne es gar nicht
schaden, wenn die Deutschen einmal kämen, sich die Schwei-
nerei anzusehen. Bei manchen wurde aus der Furcht vor den
Deutschen Hoffnung auf sie. Man mußte dazu Stellung nehmen. Ich gab zu, daß es für die Nazis ein leichtes wäre, mit
deutscher Ordnungsliebe und Organisationstalent das Leben in
Vernet erträglich zu machen — allerdings nur für diejenigen,
die sie für würdig erachten, am Leben zu erhalten.

Diese Diskussionen über den Wert der Ordnung im allgemeinen und den Vorzug der Unordnung im besonderen
waren unter den gegebenen Umständen ziemlich akademisch
— denn wir hatten keine Wahl. Für uns vermählten sich die
Leiden der französischen Pagaille mit den Lebensgefahren
deutscher Gründlichkeit. Selbst wenn sie uns morgen den Kopf
abhackten, müssen wir heute essen, und umgekehrt, was nützt
es uns, vor der Auslieferung bewahrt zu werden, wenn wir hier
Hungers sterben?

Gegen Mittag zog mich Putzi mit allen Zeichen gestörten
seelischen Gleichgewichts beiseite. Sein Mondscheingesicht war
aschfahl, seine plumpen Hände zitterten. Während er sich nach
allen Seiten ängstlich umblickte, drückte er mir ein zerknülltes
Papier in die Hand. „Was Staatsgefährliches?" fragte ich den
jungen Wichtigtuer. „In zehn Minuten muß ich es zurück-
geben", hauchte er.

Ich ging in eine leere Baracke und entfaltete das Papier. Es
war ein mit Tintenstift geschriebenes Flugblatt und forderte

zum Hungerstreik auf. Gezeichnet: „Quartier A." Der Hungerstreik, so hieß es, würde am nächsten Morgen beginnen und hätte die sofortige Freilassung aller Internierten zum Ziele. Es dauerte nicht lange und mein jugendlicher Nachbar bezeichnete mir den Mann, der ihm das Flugblatt gegeben hatte. Es war einer der Anarchisten aus der Siebenten. Konnte man durch einen Hungerstreik die Freilassung erzwingen? Konnte man auch nur eine Verbesserung der Lage erreichen? Alle Gespräche auf dem abendlichen Bummel drehten sich um diese Frage. Die Vernünftigen waren einig in der Ablehnung des Hungerstreiks und sie bemühten sich, die Menschen von diesem Verzweiflungsakt zurückzuhalten. In allen diskutierenden Gruppen, welche Sprache sie auch sprachen, trat einer auf, der die Ablehnung begründete. Hungerstreik — das sei das letzte, so gut wie das letzte Kampfmittel des politischen Gefangenen. Zum Erfolg führe er nur unter gewissen Voraussetzungen. Sind diese gegeben? Abgeschnitten von der Außenwelt, werde niemand erfahren, oder erst spät, zu spät, daß die Männer von Vernet im Hungerstreik stehen. Sei nicht zu befürchten, daß ein Hungerstreik nur der Lagerleitung nütze, von ihr erwünscht, vielleicht sogar organisiert werde? Natürlich müsse man etwas tun. Aber dieses „etwas" dürfe keine zersplitterte sinnlose Demonstration sein, sondern eine einheitliche Aktion mit festem, erreichbarem Ziel. Wie nützlich wäre es beispielsweise, hätten wir gewählte Barackendelegierte, die mit dem Kommando über Beschwerden verhandeln könnten?

So sprachen die Vernünftigen und niemand konnte viel dagegen sagen. Am nächsten Morgen weigerten sich rund hundert Internierte in A den Frühstückskaffee zu nehmen. Unter verstärktem Schutz marschierten im Laufe des Vormittags die Intendanzgruppen aus, um Essen zu fassen. Auch die von A. Das Quartier der sogenannten Kriminellen war erfolgreich gespalten, die Folgen sollten nicht lange auf sich warten lassen. In den politischen Quartieren B und C dagegen befolgte niemand die Hungerstreiklosung. Nicht einmal die Anarchisten.

Das war ein gutes Zeichen.

*

Fieberhaft arbeitete der Sekretär des Leutnants an der Fabrikation von Listen. Deutsche, Österreicher, Tschechen, Polen, Ausgebürgerte, Staatenlose, Juden. Dies alles geordnet, teils nach Alter, teils nach Haarfarbe und untergeteilt nach Herkunftsdepartement und Familienstand. Innerhalb dreier Tage war die Papiermasse derart angeschwollen, daß ein Dutzend Kommissionen sie nicht hätte aufarbeiten können.

Der Anschlagkasten neben der Wachstube füllte sich mit aufgeregten Verlautbarungen, überschrieben: „Note de service.“ Eine von ihnen forderte in dynamischem Stil, daß in den Tagen vom 14. bis 16. August alle Baracken in größter Sauberkeit, Betten und Decken in „uniformer Ordnung“ ausgerichtet zu sein hätten. Das Wort „uniform“ klang entschieden neufranzösisch. So ernst uns zumute war und trotz der Wut, die wir statt nahrhafterer Gegenstände im Bauche hatten — dies Preußenspiel brachte eine heitere Note in das Düster unserer Stimmung.

Eines war klar: aus eigenem Willen werden wir nicht zur deutschen Kommission gehen.

Die Nazis waren inzwischen abgeholt worden, und so blieben alle Bemühungen des Leutnants erfolglos, eine Liste von Deutschen und Österreichern zusammenzustellen, die den Wunsch hatten, der Kommission vorgeführt zu werden. Dreimal wurde vor versammelter Mannschaft die Frage gestellt, dreimal blieb sie ohne Echo. „Als Hitlergegner genießen wir Asylrecht in Frankreich. Niemand wird zur Kommission gehen, es sei denn gezwungen.“

Nun begann Leutnant Clerc nachdrücklich zu werden. Sein Bambusknüppel baumelte lässig am Handgelenk, die Zigarette blieb im Mundwinkel, als er, mehr für sich als für uns, hinpfiff: er wisse, daß gegen das Erscheinen vor der Kommission eine Flüsterpropaganda im Gange sei; es werde sogar Terror ausgeübt. Er wisse überhaupt mehr als wir ahnten, denn er wisse einfach alles, auch die Namen der Rädelsführer, und wenn es nicht so gehe, dann werde es eben anders gehen.

Am nächsten Tag ließ Leutnant Clerc zu ungewöhnlicher Zeit barackenweise antreten. Haltung und Stimme waren lässig wie immer, nur die Worte waren neuartig; sie ließen an Deutlichkeit nichts mehr zu wünschen übrig:

Die deutsche Kommission werde alle Deutschen und Österreicher, auch die Ausgebürgerten, vorführen lassen. Alle, ohne Ausnahme, wären verpflichtet, dem Befehl dieser Kommission Folge zu leisten. Eine Berufung auf das Asylrecht wäre zwecklos, da es in Frankreich, das den Krieg verloren, kein Asylrecht mehr gäbe. Republik, Verfassung, Menschenrechte, Asylrecht — das alles seien Worte, die nichts bedeuteten angesichts der einzigen Realität, die zählte: der militärischen Niederlage, die dem Sieger die im Waffenstillstandsvertrag vorgesehenen Rechte einräume. Auf Grund dieses Vertrages, den die französische Regierung Wort für Wort zu erfüllen beabsichtige und für dessen Durchführung Offiziere und Beamte hafteten, müsse jedem Befehl der deutschen Kommission Folge geleistet werden.

Es war der 10. August 1940, auf den Tag 148 Jahre seit der Ausrufung der Ersten Republik, die dem französischen Volk die Menschenrechte brachte. Es war Cesare, der mich auf diesen kalendarischen Scherz aufmerksam machte; er hatte gerade die zerblätterte „Geschichte der französischen Revolution" von Mathiez in Arbeit.

*

Am Morgen des 17. August war es soweit. Garde Mobile, bis an die Zähne bewaffnet, strömte durchs Tor. Die Deutschen und ehemaligen Deutschen, einschließlich aller Neudeutschen, wurden in gesonderten Kolonnen aufgestellt und von der

143

übrigen Lagerbelegschaft isoliert. Zuerst wurden wir nach „nationalen" Gruppen eingeteilt: Deutsche, Österreicher, Saarländer usw. Dann wurde alles neu begonnen, diesmal nach Baracken geordnet. Dann kam ein neuer Befehl von den vorderen Büros und die schwitzenden Sergeanten versuchten eine kombinierte Gruppierung nach Herkunft und Baracken. Das ergab vierundzwanzig Gruppen und siebenundzwanzig Grenzfälle, die in keine der Gruppen paßten. Die Aufregung unter den Sergeanten griff über auf die Adjutanten und brachte sogar Leutnant Clerc zu mehrmaligem mißbilligenden Kopfschütteln.

Als das Durcheinander seinen Höhepunkt erreichte — es mag inzwischen elf Uhr geworden sein —, erschien im Dunst des sonnendurchglühten Horizonts ein silbernes Flugzeug, machte in niedriger Höhe einen Bogen um das Lager und flog in Richtung Foix ab.

Das waren sie. Noch eine Viertelstunde und die deutsche Autokolonne mußte in die Lagerstraße einbiegen.

Wir wurden bajonettauf in den Hof des Militärlagers getrieben, eins, zwei, eins, zwei, wo wir auf die Entscheidung warten sollten. Auf welche Entscheidung? Niemand wußte etwas. Werden alle der deutschen Kommission vorgeführt, oder nur einzelne? Jeder fragte sich: werde ich noch einmal ins Quartier zurückkommen? Ich sah, daß alle Kameraden ruhig waren und so war ich auch ruhig. Obwohl ich lachte, wie alle lachten, wenn ein fauler Witz gemacht wurde, so stand ich doch im Zauberbann des Wortes: GESTAPO!

Aus der Tiefe furchterregender Zwangsvorstellungen riß mich die helle Stimme Pauls des Sachsen, der plötzlich aus der Reihe rief: „Mich laust der Affe, seht euch mal die an!" Alle schauten in die Richtung der Pißbude, die keineswegs unsere war, sondern die der Wache und die wir beim Ausmarschieren stets in respektvoller Entfernung passieren mußten. Ein Dutzend bekannter Figuren tauchte in der Tür dieser hygienischen Anstalt auf, einer nach dem anderen. Wie die dorthin kamen, blieb solange ein Rätsel, bis wir als letzten Leutnant Clerc austreten sahen. Wenige Sekunden später setzte sich die kleine Gruppe sichtlich erleichtert in Bewegung, — aber wir trauten unseren Augen nicht — keineswegs in Richtung zur angetretenen Mannschaft, sondern in Richtung der weit hinten in der Sonnenglut dösenden Werkstättenbaracke. Und Leutnant Clerc an der Spitze. „Haben die aber eine dringliche Arbeit", meckerte Paul, „gerade jetzt, da der historische Augenblick naht!" Die Kolonnen kamen in Unordnung vor Gelächter und gegenseitiges verständnisvolles Anstoßen: die BIM war zum Austreten kommandiert worden. „Jedem das Seine", kam es ironisch aus Pauls sächsisch scharfem Mundwerk. Leutnant Clerc, der gestern amtlich ausnahmsloses Erscheinen vor der deutschen Kommission befohlen hatte, entführte jetzt halbamtlich seine Schützlinge. Der Vorgang war nur die logische Fortsetzung der Entführung der Ratte in der Nacht zum 1. August.

Während jene durch das anrüchige Hintertürl des Gesetzes verschwanden, harrten wir, an die tausend Mann, im Schußfeld der ringsum aufgestellten Maschinengewehre auf die Durchführung des Artikel 19 Absatz 2 des Waffenstillstandsvertrages.

Die Sonne brannte auf unsere Häupter. Der Hunger brannte in unseren Eingeweiden. Am meisten aber brannte die Scham in uns, als wir die französischen Offiziere um die deutsche Kommission scharwenzeln sahen.

Zwei Minuten nachdem die Gestapo erschienen war, führte man uns ins Quartier zurück. Die tagelang vorbereiteten Listen wurden von den Deutschen mit einer Handbewegung beiseite geschoben. Wie ein Schuljunge stand unser neuer Oberst neben dem deutschen Kommandanten und stammelte verlegen Entschuldigungen.

Die Gendarmen sahen es, die Internierten sahen es — das ganze Lager sah es. Vor unseren Augen zerbröckelte die Autorität der Vichyoffiziere. Der Dümmste der Unpolitischen mußte merken, daß ihre Gewalt erborgt und ihr Kommando ein Lehen war. Im Grunde waren wir Gefangene Hitlers unter französischer Bewachung.

*

Die SS-Offiziere kamen ins Quartier und befahlen, daß im Schatten der Baracke 9 ein Tisch aufgestellt werde. Dann gingen die Garde-Mobile-Männer unter Führung eines deutschen Leutnants von Baracke zu Baracke und ließen alle Internierten deutscher und österreichischer Herkunft aus den Reihen treten.

Der Leutnant war etwa neunzehn Jahre alt, blond und hochgewachsen, seine silbernen Tressen funkelten in der Sonne. In der Hand hielt er die Listen und in den Listen standen unsere Namen.

Unerträglich wurde der Druck. Was werden sie fragen? Wien? Berlin? Paris? Was werden sie mit uns anfangen?

Ringsum die teilnahmslosen Gesichter der französischen Offiziere. Nun sind wir wieder getrennt von den Kameraden. Zwischen ihnen und uns die Kette der Garde Mobile mit umgehängtem Gewehr. Wenn nur alles schon vorbei wäre.

Vorbei — und dann? — Wo werden wir heute abend sein?

Am Kommissionstisch sitzt behäbig ein dicker Bayer mit Bierbauch und blinzelt hinterlistig aus goldgefaßten Gläsern. Zwei jüngere Offiziere, die ihre grünen Tellermützen neben sich auf den Tisch gelegt hatten, wischen sich den Schweiß von der Stirn. Die Sonne glüht über dem staubigen Hof. Die Baracken sehen aus wie immer und ich wundere mich darüber. Ist es das letztemal, daß ich sie sehe?

Da tritt der neunzehnjährige hochgewachsene Leutnant mit den silbernen Tressen an die Männer heran und ruft: „Mal herhören, bitte!" — Das war die unverkennbare Stimme Preußens. Dann aber setzte er fort: „Juden abtreten!" Wir schauen einander an, verständnislos. Wieder eine neue Trennung. Inzwischen haben die aus der Neunten die Kommission passiert.

146

Flüsternd geht es von Mund zu Mund: sie fragen jeden, ob er heimzukehren wünsche. Wünsche? — frage ich ungläubig. Ja — wer nicht heimkehren wolle, könne abtreten.

Immer neue Nachrichten kamen und immer heller wurden die Gesichter. Fragen hagelten auf die Kommission. Und die Spanienkämpfer? Und die politischen Emigranten? Fast freundlich antworteten die Herren, manches Scherzwort fiel. Verfolgung, sagten sie, hätten nur diejenigen zu fürchten, die, sei es im Inland, sei es im Ausland, Straftaten begangen hätten. Die anderen kämen in ein Umschulungslager. Und dann? Und dann in Betrieb und Armee.

Die vielgefürchtete Kommission trat auf in der Rolle des „Befreiers". Die Starre wich und Bewegung kam in die Reihen. An eine Gruppe von Belgiern wandte sich die Kommission: „Ihre Verbündeten haben Sie hierhergebracht, wir, Ihre Feinde, befreien Sie. Sie können in den nächsten Tagen heimfahren."

Lange, nachdem die Kommission die erste Sichtung beendet hatte, standen dichtgedrängt die Bittsteller um den Kommissionstisch. Mit tiefen Bücklingen, allen voran, die russischen Weißgardisten. Ihr Führer, „Baron Najmann, Oberst und Geheimer Rat", lächelte sein süßestes Lächeln und sein Monokel blitzte traditionsschwer. Zeremoniell überreichte er der Kommission ein Memorandum, worin auf die Dienste hingewiesen wurde, die die russiche Emigration in Paris den Nazis geleistet hatte und weiterhin leisten könnte.

Die SS-Offiziere lächelten milde. Es war nicht schwer zu erraten, was sie sich dachten. Sie hatten in anderen Lagern die gleiche Erfahrung gemacht und sie kannten die hinter dem Stacheldraht der Konzentrationslager angesammelte Erbitterung gegen die Daladier- und Pétainbehörden, und sie waren nur zu gerne bereit, diese für ihre eigenen Zwecke auszunutzen. Was war billiger, als sich die Klagen über Greuel der französischen KZ anzuhören — und Besserung zu versprechen? Im Schatten von Vernet sollte die Erinnerung an Dachau verblassen.

*

Mit einemmal winkte mich der Leutnant mit den silbernen Tressen zu sich: ich sollte an den Tisch der Kommission treten. „Ich bin Jude", sagte ich abwehrend. „Das tut nichts zur Sache. Bleiben Sie hier stehen." Und dann nach einer Weile: „Sie sind doch von Beruf Journalist?" „Gewiß", nickte ich.

Der dicke Bayer blinzelte hinter seiner Brille. Seine Stimme war bieder, als ob sie den Eindruck des perfiden Blickes mildern wollte. Er fragte nach Wien, Berlin und Paris, aber meine Tätigkeit im Kriege interessierte ihn mehr als die im Frieden. Seit Ausbruch des Krieges aber bestand meine Tätigkeit im Verzehren des mageren Brotes der Gefangenschaft, und so wurde ich entlassen mit dem leise drohenden Bescheid, daß meine Angaben nachgeprüft würden.

Das war alles.

Während um den Tisch der Sieger die Schlange der Bittsteller nicht abriß, sah ich Köpfe zusammenstecken, kleine Gruppen leise und ernst beraten. Einige Kameraden sah ich ein zweites Mal vortreten und mit dem Fragebogen in der Hand zurückkommen. Was sie machten? Sie meldeten sich heim.

*

Müde krochen wir in unsere Decken. Es war ein ereignisreicher Tag gewesen. Was eigentlich geschehen war, hatte niemand richtig begriffen. Viel später erst erfuhren wir, daß dies der Besuch der sogenannten Kundt-Kommission war. Viel später, als der Kampf um das Ausreisevisum begann, entpuppte sich die Kundt-Kommission als die Kontrollinstanz der Waffenstillstandskommission, ohne deren Zustimmung kein Deutscher oder Österreicher ausreisen konnte. Wer auf Grund des Waffenstillstandsvertrages auszuliefern sei, sollte später entschieden werden. Die Kundt-Kommission hatte nur festzustellen, wer wo war. Von alledem hatten wir damals keine Ahnung. Wer dachte an Ausreise? Wer wußte etwas von einem Ausreisevisum?

148

Die Autos der deutschen Kommission waren noch lang-
gestreckter als die der französischen Generale; aber auch die
Deutschen waren abgefahren, wie die Franzosen — die Männer
von Vernet aber blieben mit ihren uniformierten Wächtern
zurück. Sie waren stumpfer als sonst. Vorübergehend hatten
sie die Hand des Siegers gespürt, seine sorglose Sicherheit gesehen, und die Erniedrigung der Niederlage wurde ihnen zum
Erlebnis.

An einem der nächsten Tage wurde verkündet, daß in der
Gesellschaftsbaracke ein Film vorgeführt werde. Das war eine
große Nachricht. Es war fast, als ob die Drahtgitter verschwinden würden. Wir konnten nicht hinaus in die Welt, aber
die Welt kam zu uns.

Abends bog ein Auto in die innere Lagerstraße und ein
junger Mann in Zivil schleppte, unterstützt von einem Ge-
hilfen, einen transportablen Projektionsapparat in die Gesellschaftsbaracke. Es hieß, der Eintritt koste zwei Francs. Wo
aber wird das Publikum sitzen? Das Problem wurde einfach
gelöst. Jeder Besucher hatte sein Stühlchen aus der Koje mitzu-
bringen.

Eine seltsame Prozession setzte sich in Bewegung. Hunderte
Internierte, jeder seinen Holzschemel über dem Kopf, formten
eine lange Schlange am Eingang der Gesellschaftsbaracke, auf
Einlaß wartend.

Die Gendarmen, die uns bewachten und den Ordnungsdienst
versahen, benahmen sich anders, als wir es gewohnt waren.
Mag sein, daß ihnen dieser Dienst besser gefiel. Es war ein
Dienst nicht anders als draußen auf dem Hauptplatz von
Toulouse, wo die Menge Schlange stand vor dem Kino, um
die Wochenschau zu sehen. Es war sozusagen ein normaler
Zivildienst, und die Internierten, die ins Kino gingen und
dafür ein Eintrittsgeld bezahlten, schienen verkleidete Zivilisten.

Wir mußten stundenlang warten, denn es zeigte sich, daß
die Halle nur einen Teil der Schaulustigen fassen konnte, so

daß mehrere Vorstellungen hintereinander gegeben werden mußten. So kamen wir ins Gespräch.

Da zeigte es sich, daß die Freundlichkeit der Gendarmen tiefere Ursachen hatte. Da war ein junger Sergeant, der mich fragte, ob ich Filippo kenne. „Den Italiener?" Natürlich kannte ich ihn. Er war es, der mir im vergangenen Herbst, als ich ins Quartier B kam, die erste Öllampe schenkte. Filippo arbeitete gegenwärtig in der Küche der Sergeanten als Helfer.

Filippo habe recht, sagte der Sergeant, der sich mit uns ins Gespräch eingelassen hatte. Man könne den Feind nicht an der Uniform erkennen. Dabei blickte er mich fragend an. In der Mannschaftsmesse sei darüber heftiger Streit entbrannt. Noch leiser fügte er hinzu: „Verrat", womit er andeuten wollte, daß der Krieg durch Verrat verloren wurde. Ironisch meinte einer, die „Verräter" seien doch alle eingesperrt worden — ganz Vernet sei voll von ihnen. Aber Ironie war nicht mehr am Platze, denn der Soldat wußte, was er sagte. Mit einer Handbewegung tat er den Einwurf ab. Die Verräter säßen ganz woanders — man habe ja gesehen, wie sicher die deutschen Offiziere auftraten.

Das war es. Der Besuch der deutschen Militärkommission hatte die Autorität der französischen Offiziere untergraben. Nicht nur bei den Internierten. Man hatte sie klein gesehen, die großmächtigen Kommandanten. Wie sie herumstanden und nicht wußten wohin mit ihrer Verlegenheit. Etwas ist an diesem Tage zerbrochen, was nicht mehr gutgemacht werden konnte.

Wir traten in die verdunkelte Halle der Gesellschaftsbaracke. Unsere Reihe war endlich gekommen. Wir hockten erwartungsvoll auf unseren niedrigen Schemeln.

Als das Licht auf der Leinwand zu flimmern begann, platzte ein dröhnendes Männergelächter los. Von Reihe zu Reihe wälzte sich das Gelächter fort und ergriff in einem einzigen Lachkrampf Wächter und Bewachte. Der arme Wanderkinobesitzer, der die Erlaubnis erhielt, uns zu unterhalten, hatte

Wochenschauen mit, deren Aktualität acht Monate alt war. Wir sahen die glorreichen Tage des Kriegsbeginns, lasen die bombastischen Ankündigungen vom sicheren Sieg, erlebten Scharmützelgefechte aus den Tagen des „drôle de guerre", besuchten die „uneinnehmbare" Maginot-Linie und das alles erschien uns unwiderstehlich komisch. Darin waren sich alle einig: Internierte und Soldaten.

Dann kam ein Kurzfilm, der das mondäne Leben in einem Wintersportplatz in den Pyrenäen zeigte. Man sah junge Damen, die lachend durch den Schnee fuhren auf ihren Brettern oder zum 5-Uhr-Tee tanzten, sich zum Abendessen umzogen, ohne auf die frauenlose Zuschauermenge in unserer Gesellschaftsbaracke die geringste Rücksicht zu nehmen. Als das Abendessen im großen Speisesaal des Berghotels aufgetragen wurde, verließ ich die Halle. Ich hatte genug. Wenn ich die Pyrenäen sehen wollte, brauchte ich nur über das Drahtgitter zu blicken. Sie standen vor mir: majestätisch in ihrer unbefleckten Schönheit.

*

„Wenn sie uns nichts zu essen geben, werden wir uns selbst ernähren", sagte der lange August. Über Nacht waren kleine Koch- und Eßgemeinschaften entstanden. Paul „organisierte" dank seines vortrefflichen, etwas stark sächsischen Französisch einen großen Kochtopf aus der Küche. Für unsere zusammengescharrten Francs wurde in der Kantine Maisgrieß gekauft. Wir wußten, daß alle seltenen Waren wie Nudeln und Reis, mitunter auch Seife und Kondensmilch auf Schleichwegen in die Kantine wanderten, teils von den Beständen der Intendantur, teils von den Sendungen der Quäker, deren Lastautos wir abladen sahen. Gegen den amtlichen Diebstahl erfolgreich anzukämpfen war unmöglich — so oft es auch versucht wurde: er gehörte zum System und allzu hoch saßen die Komplicen. Und so kaufte Paul mit unseren Franken drei Kilogramm Maisgrieß, guten griffigen Maisgrieß.

Im Lager war das private Kochen streng verboten. (Was war nicht alles verboten!) Doch fiel jedes Verbot in dem Augenblick, da man das Risiko auf sich nahm, es massenweise zu übertreten.

Dieser Augenblick war gekommen.

Am Nachmittag rauchten ein Dutzend offener Feuer und in schwarzen Kesseln dampften dicke Suppen. Beim besten Willen wäre es Paul nicht möglich gewesen, Brennholz zu kaufen; den anderen Kollektivköchen ebensowenig. Die einen spalteten Holz aus den Pfosten des Drahtverhaus, andere aus dem Gebälk leerer Baracken und manche verheizten ihre Schemel. Nach der offiziellen Abendsuppe brannten in dem Unterstand, entlang des Zauns, der das Quartier B vom Quartier C trennte, die lustigen Feuer der neuen Eßgemeinschaften.

Mögen sie kommen mit ihren Gewehren! Werden sie den Mut haben, auf waffenlose Gefangene zu schießen, sie, die im Felde kapituliert hatten? Man hat sie klein gesehen, die großen Herren, und man fürchtet sie nicht mehr.

Da tauchte die hagere Gestalt des Hauptmanns Poulain auf, der als rangältester Offizier Major genannt wurde. Er blickte erstaunt auf die lustigen Feuer. In seinem faltigen Gesicht rückte er das Monokel drohend zurecht; als er aber die entschlossenen Gesichter der Männer ringsum sah, Aug in Aug, ließ er das Monokel fallen, hilflos baumelte es an der schwarzen Schnur. Mit einem kaum hörbaren „je m'en fous" zog sich Major Poulain sachte zurück.

Die lustigen Feuer der neuen Eßgemeinschaften rauchten noch lustiger weiter.

Die Kunde von diesem stillen Sieg verbreitete sich blitzartig im Quartier und nahm bald die gefährlich aufgebauschte Form an: der „Major" habe die Einrichtung der privaten Küchen autorisiert.

Dies aber war eine Übertreibung.

Der 19. August war ein Montag. Ich hatte die Abendsuppe ausgelöffelt und war im Begriffe, meinen Eßnapf am Wassertrog zu reinigen, als ich plötzlich von dem unteren Ende des Schützengrabens, der die beiden Quartiere trennte, einen wütenden Aufschrei hörte. Unmittelbar danach grollte ein wildes langgezogenes „Pfui" über den Hof; es klang, als heulte ein Rudel hungriger Wölfe. Mit drei Sätzen war ich am Graben; alles, was im Hof und an den Wassertrögen herumstand, rannte in die gleiche Richtung.

Was ich im ersten Augenblick zu sehen bekam, war verwirrend. Zwischen Graben und Zaun, ungefähr auf der Höhe der untersten Wohnbaracke, standen drei Mann der Garde Mobile, von denen zwei das Gewehr geschultert hatten, während der dritte, ohne Gewehr, mit den Armen umherfuchtelte. Vor der kleinen Gruppe sammelten sich, von Sekunde zu Sekunde anschwellend, aus allen Richtungen im Laufschritt Zuzug erhaltend, die Internierten. Auch jenseits des Zauns, im anderen Quartier, strömten die Internationalen in dichten Scharen herbei und die Nächststehenden preßten ihre unrasierten Gesichter an den stachligen Zaun. Der Lärm war inzwischen ohrenbetäubend angewachsen. Das anfängliche Pfui war in ein unartikuliertes, wildes, drohendes, in rasendem Tempo anschwellendes Gebrüll untergegangen. „Sie haben das Essen umgeworfen, die Hunde!" ging es von Mund zu Mund. „Einen Stein hat er in den Eßtopf geworfen." „Nein, in die Suppe gespuckt hat er." „Ich habe es selbst gesehen: mit dem Fuß hat er das Essen in den Dreck gekippt!"

Ich versuchte an die Gruppe heranzukommen, die auf die Soldaten einredete. Es waren russische Weißgardisten, mit denen ich nie vorher gesprochen hatte. Ich erfuhr, daß in der Tat die Patrouille das Kochen im Graben beanstandet hatte; von einer Autorisation des Majors wüßten sie nichts, hatten die Soldaten gesagt. Schließlich hatte ein Mann der

153

Patrouille den Kochtopf mit dem Fuß umgeworfen, um der, seiner Meinung nach, fruchtlosen Diskussion ein Ende zu bereiten.

Auf den unvorschriftsmäßig heftigen Protest des Kochtopfbesitzers hatte der aufgeregte Soldat mit Anlegen des Gewehrs geantwortet. Er habe sich bedroht gefühlt, sagte er später aus. Glücklicherweise war der Negro mit von der Patrouille. Er war es, der dem wild gewordenen Kollegen im entscheidenden Augenblick mit katzenartiger Geschwindigkeit das Gewehr entriß und so der Entwaffnung durch die rasend gereizte Menge zuvorkam. Nicht verhindern konnte er, was folgte und was jetzt, da der Funke gezündet hatte, keine Macht der Erde hätte verhindern können.

Aus allen Baracken strömten wild die Männer, bleich, entschlossen. Die Spanienkämpfer im andern Quartier, mit verzerrten Gesichtern, schienen bereit, den Stacheldraht niederzureißen. Steine flogen über den Zaun. Aus dem Gebrüll formte sich sprechchorartig ein Satz, der knallte wie ein Peitschenschlag: „A la porte! A la porte!" (Hinaus! Hinaus!) Zu beiden Seiten des Gitters drückte schreiend der Menschenstrom vorwärts, während die drei Soldaten sich langsam zum Lagertor zurückzogen. Einige gab es, die zu beschwichtigen suchten: der Mann sei besoffen gewesen und der Schwarze hätte ihn verhaftet, als er im Suff auf die Internierten schießen wollte.

Das Rückzugsmanöver gelang und die drei Mann kamen unbeanstandet bis zum Tor — auf den Fersen gefolgt von dreitausend Gefangenen.

Vor der Hauptwache waren inzwischen Maschinengewehre in Stellung gebracht worden. Der große Alarm war gegeben. Einige Minuten vergingen, ohne daß etwas geschah.

Da erschien raschen Schrittes Oberst Praxtz, der neue Kommandant, umgeben von einem Peloton Garde Mobile, Karabiner geschultert. Plötzlich war er da; die Verblüffung war so groß, daß die Menge, die dicht gedrängt hinter dem Tor

154

stand, der Truppe Platz machte. Schnurstracks marschierte der Oberst mit seinen Soldaten zur Stätte des Zwischenfalles. Wird der Oberst Verhaftungen vornehmen lassen? Alle schienen das gleiche zu denken, denn plötzlich vervielfacht sich wieder das Schreien und die Menge setzt sich in Bewegung, diesmal in umgekehrter Richtung, vom Tor zu den hinteren Baracken, wo inzwischen die Truppe Aufstellung genommen hatte.

Zum erstenmal sehe ich den neuen Oberst aus der Nähe. Ein Mann über fünfzig, gedrungene Figur, die Schläfen grau, das Gesicht von Furchen zerklüftet, gelb vor Erregung. Die tiefliegenden Augen flackern wie im Fieber.

Nun setzt er die Hände an den Mund, um einen Trichter zu formen; er versucht das Getümmel zu überschreien. Es ist ein Wort, das er brüllt, das militärische Zauberwort: „Rassemblement" (Vergatterung).

Aber von Mund zu Mund geht eine Gegenorder, niemand könnte sagen, woher sie kommt: „Pas de rassemblement! A la porte la garde!" (Keine Vergatterung! Hinaus mit der Wache!) Das war die Revolte.

In dem unbeschreiblichen Durcheinander stand der Oberst, blaß, zitternd, unschlüssig. Die Menschen waren ohne Besinnung. Sie schrien. Die Pein der langen Wintermonate, die Demütigungen ohne Ende, die Verzweiflung schlafloser Nächte, der entwürdigende, quälende Hunger, das erlittene Unrecht, die Sorgen um die fernen Lieben, die ausgestandene Angst, die enttäuschten Hoffnungen, aller angesammelte, gehäufte, gestaute Haß hatte die Dämme der Disziplin gebrochen und maßlos wälzte sich der Strom der entfesselten Leidenschaften, alle Hemmungen ertränkend, über die Ufer des kontrollierenden Verstandes. Ohne Furcht, bereit zu allem, warf sich die Masse bis aufs Blut gequälter, böse gereizter Gefangener den Gewehren entgegen, furchtbar in dem Gefühl: jetzt ist alles egal, schlimmer kann es nicht werden.

Da rennt der kleine jüdische Hausierer Daniel, der in seinem ganzen Leben noch niemals der Obrigkeit den schuldigen Gehorsam versagt hatte, das Gesicht aschfahl, die Augen irre, den Mund weit aufgerissen, rennt den Soldaten entgegen, die mit ihren Gewehrkolben umherstoßen und versuchen, dem Befehl des Obersten Respekt zu verschaffen. Er rennt, und im Rennen reißt er mit beiden Händen das Hemd auf und hält seine mit schmutzig-grauen Haaren bewachsene Brust den Soldaten entgegen. Gurgelnd kommt es aus seinem zahnlosen Mund: „Hier, hier, schießt, ihr Hunde, wenn ihr euch traut! Im Felde wart ihr zu feige zu schießen, hier aber habt ihr Mut. Schießt! Warum schießt ihr nicht?" Der Soldat aber versteht nichts, schiebt den alten Daniel mit seinem Gewehrkolben grob beiseite und brüllt ins Leere: „Ras-sem-blement!"

Ich sehe unentwegt den Obersten an und verfolge die leiseste seiner Bewegungen. Das Herz klopft mir zum Halse hoch. Wird er den Befehl zum Schießen geben? Jemand flüstert mir ins Ohr: „Wenn sie abziehen, machen wir rassemblement, sonst nicht. Weitergeben." Wir sind einige Kameraden, die auf den Obersten zugehen: „Lassen Sie die Truppe abziehen und wir garantieren, daß Ihr Befehl sofort durchgeführt wird."

Noch einige Sekunden verstreichen, nervenzerreißend, verhängnisschwer.

Der Oberst blickt zerfahren um sich; man sieht, wie es in ihm arbeitet. Endlich kommt es leise aus seinem Mund, der Befehl, an den neben ihm stehenden Feldwebel ist er gerichtet: „Vergatterung der Wache am Tor."

Verdutzt schauen die Soldaten. Einer vor mir läuft blaurot an vor Ärger. Langsam sammeln sie sich, ohne Ordnung einzuhalten. Schlaff hängt ihnen das Gewehr von der Schulter, als wollte es sagen: „Je m'en fous."

Die Nächststehenden machen eine Gasse frei zum Rückzug der Wache.

Wie der Sturm nach dem Gewitter nicht plötzlich aufhört,

sondern ruckweise immer schwächer wird, um schließlich ganz zu verstummen, so verebbte nach und nach das Tosen des Menschenmeeres. Es wurde still im Hof, und von Mund zu Mund ging die anonyme Losung: „Vergatterung vor dem Kommandanten."

Abgelöst ward — wenigstens für einen denkwürdigen Augenblick — die Befehlsgewalt. In freiwilliger Disziplin formten sich die Reihen. Vor ihnen stand der Oberst. Immer noch zitterten seine Hände und seine Wangen waren viel gelber als zuvor. Tiefe Furchen zogen sich um die Augenhöhlen, aus denen wulstige Hautsäckchen krankhaft hervorquollen. Lautlos standen wir, nicht ganz vorschriftsmäßig, im Halbkreis. Er schien es nicht zu beachten. Seine Ansprache war kurz, die Sätze abgehackt. So heiser sprach er, daß die hinteren Reihen ihn kaum verstanden. Er sei ins Quartier gekommen, um den Zwischenfall zu untersuchen. Die Untersuchung konnte infolge der bedauerlichen Ereignisse nicht abgeschlossen werden. Wenn sich erweisen werde, daß ein Mitglied der Wache schuldig sei, dann werde er, der Kommandant, für Strafe sorgen. Er müsse aber die Ordnung aufrechterhalten. Er sei erst seit kurzem hier. Er appelliere an die Disziplin der Internierten und er hoffe, daß das Schlimmste verhütet werden könne. Wenn die Gefangenen Wünsche oder Beschwerden hätten, dann möchten sie ihre Beauftragten bestimmen; er werde sie am nächsten Tage empfangen.

Einzelne Leute klatschten, aber ein energisches „Psst" brachte sie zum Schweigen.

Der Oberst ging zum Tor hinaus. Ohne Eskorte. Jetzt erst fiel mir auf, daß ihm die Mütze fehlte. War er ohne Mütze gekommen, oder hatte er sie im Gewühl verloren?

Wir gingen auseinander. Etwas Unerhörtes hatte sich ereignet, etwas für unser weiteres Leben Entscheidendes, das nicht mehr vergessen werden konnte. Nicht von uns, aber auch nicht von jenen.

Kriegszustand herrschte in Frankreich, und wir, die Gefangenen von Vernet, waren der Befehlsgewalt der Armee unterstellt.

Und dennoch: wir hatten eine Kraftprobe erlebt und sie bestanden. Der Oberst war zurückgewichen. Er hatte nicht schießen lassen, als sein Befehl auf Widerstand stieß. Mehr noch: unsere Forderung, Wahl von Delegierten, war unversehens erfüllt. Das war so überraschend gekommen, daß es eine Weile dauerte, ehe wir es begriffen.

In dichten Gruppen diskutierten die Internierten, marschierten mit großen Schritten über den Hof. In allen Sprachen der Welt wurden die Ereignisse besprochen, die Folgen erwogen. Was sollte weiter geschehen?

Abseits von den andern, in dem Zwischenraum, der zwei Baracken trennte, gingen drei Männer auf und ab. Ihre Gesichter drückten ruhige Entschlossenheit aus. Sie sprachen leise und ziemlich schnell. Sobald einer vorbeikam, verstummten sie und blieben stehen, als ob sie ein wenig nachdenken wollten. In der Tat, sie dachten nach, was zu tun sei; es geschah nicht zum erstenmal, daß sie über die Dinge des Lagerlebens nachdachten, ernst und entschlossen.

Die Explosion zeigte, daß der Kampf unvermeidlich, aber auch, daß er möglich sei. Das Wichtigste war, die Einmütigkeit der letzten Stunden zu erhalten, die für viele überraschend gekommen war. Nur Einheitlichkeit konnte die Explosion in motorische Kraft umsetzen.

Darüber sprachen die drei, und nicht nur sie. In diesem Lager gab es Männer aller Nationen, erfahren in der Führung von Menschen, wissend, daß nicht alles möglich ist, mit Augenmaß für die Realität, kühl im Kopf, klar im Blick und hart im Willen.

Man mußte Mindestforderungen aufstellen, welche die Delegierten morgen vor den Obersten bringen sollten. Es mußten die gleichen sein in allen Baracken, wenn möglich in allen Quartieren. Es mußte bewiesen werden, nicht nur den Behörden, sondern auch dem Lager selbst, daß die Männer von Vernet wissen, was sie wollen und wollen, was sie wissen.

Der Abend war hereingebrochen, ein sternklarer Sommerabend. Still lag der Hof, hier und da hörte man die schweren Schritte der verstärkten Patrouillen. Kein Mensch war zu sehen und nichts Verdächtiges wurde gemeldet.

Im Halbdunkel der Baracken aber fanden die ersten Delegiertenwahlen statt.

AUF DER FLUCHT ERSCHOSSEN

DIE AUDIENZ

Hastig wurden die langen weißen Blätter der Petition unterzeichnet. Vor der Koje, wo die Bogen zur Unterschrift auflagen, war ein Gedränge entstanden. Man mußte eine Schlange bilden, um rascher fertig zu werden — die Garde Mobile durfte nichts merken. In wenigen Minuten hatten nahezu alle Barackeninsassen unterschrieben. Nur 6 von 168 hielten sich abseits. Ein sonderlicher Spanier, der mit niemand sprach und allein zu essen pflegte, wollte von einer Aktion nichts wissen. Seitdem er seinen Laden in Valencia verlassen hatte, war er böse auf die ganze Welt; alle verachtete er: Kommunisten, Sozialisten, Anarchisten. „Baron" Najmann lächelte höhnisch: er sei kein Bolschewik, mit solchen Sachen wolle er nichts zu tun haben. Zwei Trotzkisten, ein Italiener und ein Deutscher, schlossen sich mürrisch aus.

Darüber wunderte sich niemand. Dagegen staunten wir, als es hieß, der „katalanische" Oberst hätte unterschrieben. Er war Minister in Barcelona gewesen und die Anarchisten hörten auf ihn. Da auch der dicke Rumäne seinen Namen unter die Petition gesetzt hatte, waren auch die Juden, die nichts von Politik wissen wollten, gewonnen. Jetzt reihte sich auch der alte Daniel in die Schlange ein, wobei der Alte nicht aufhörte, seinen Vorder- und Hintermännern zu erklären, daß er niemals an einer Aktion gegen die Obrigkeit teilgenommen habe. Daß er eben erst das Verbrechen der Meuterei begangen, hatte er vergessen. Der hagere russische Oberst, der stundenlang allein spazierenzugehen pflegte und sich für einen frankophilen Demokraten hielt, gab seine Unterschrift, wenngleich kopfschüttelnd.

Bald waren auch die Resultate in den übrigen Baracken bekannt: 98 Prozent in der Achten, 91 Prozent in der Neunten und so überall. Ein Plebiszit. Sogar in der Siebenten und Siebzehnten, Hochburgen der Spitzelorganisation, hatten sich rund 60 Prozent an der Aktion beteiligt. Alle Baracken hatten Delegierte gewählt, alle hatten den gewählten Delegierten die gleichen Forderungen übergeben: Erhöhung der Brotration, Besuchserlaubnis, Aufhebung des Kochverbots, Bekanntgabe der offiziellen Lebensmittelrationen und Kontrolle der Lebensmittelausgabe durch Beauftragte der Internierten, Öffnung der Pakete im Beisein der Empfänger, Herabsetzung der Kantinenpreise, menschenwürdige Behandlung durch die Wache.

Ganz plötzlich war ich Delegierter der Baracke 6 geworden. Jemand hatte mich durch Zuruf vorgeschlagen. Daß alles so rasch ging, erklärte ich mir so, daß die drei zahlenmäßig stärksten nationalen Gruppen, Spanier, Italiener und Deutsche, sich vorher über den Kandidaten geeinigt hatten.

Als ich von meinem Etagenplatz aus die Forderungsliste verlas, war es still in der Baracke. Man konnte das schwere Atmen der Männer hören, die in dem schlauchartigen Mittelgang standen, einer an den andern gedrängt. Das Licht der elektrischen Birne an der Decke reichte nicht weiter als bis zur zweiten Koje nach beiden Seiten von der Mitte. Der Rest der Versammlung verlor sich in Dunkel und Tabakrauch. Hier und da sah man ein Streichholz aufflammen, eine Zigarette aufglimmen. „Wenn wir einig bleiben, werden wir uns durchsetzen", schloß ich die kurze Ansprache nach der Wahl. Einzeln kamen die Männer die Hühnerleiter heraufgekrochen, um ihrem Delegierten die Hand zu drücken.

Delegierter — das Wort hatte in allen Sprachen einen feierlichen Klang; kühne Erinnerungen weckte es und gefährliche Hoffnungen.

Cesare hatte mit zierlicher Perlschrift die Forderungsliste

niedergeschrieben, und nun waren die Blätter voll von Namen, die klangen nach vielen Ländern Europas: Pedro, Garcia, Mario, Herbert, Jorga, Mischa, Elemer, Wladislaw.

Der Morgenappell war vorüber, aber niemand verließ den Platz vor der Baracke. Spannung war auf allen Gesichtern: wird der Kommandant die Delegierten wirklich kommen lassen, wie er es versprochen? Wird er mit ihnen verhandeln — oder wird er sie ins Loch stecken? War alles nur eine fein ausgedachte Provokation, um die Männer zu finden, die das Vertrauen der Internierten genossen? Alles schien möglich.

Luigi Gallo war von der Neunten zum Delegierten gewählt worden. Das war gut, denn jeder wußte, daß der schmale, feingliedrige Mann in den Interbrigaden eine führende Rolle gespielt hatte. Klugheit und Festigkeit standen in seinem Gesicht. Von selbst fiel ihm die Führung zu. Er war es, der die Delegierten zusammenrief, um das Auftreten vor dem Kommandanten zu besprechen, damit nichts dem Zufall überlassen bliebe. Man war übereingekommen, daß zu jeder der Forderungen ein anderer Delegierter sprechen sollte; man mußte den Kommandanten überzeugen, daß es so wie bisher nicht weiterginge. Mir wurde aufgetragen, dem Obersten zu erklären, wie es zur Explosion gekommen sei und daß man den zufälligen Anlaß wohl von den wirklichen Ursachen unterscheiden müßte, und wie vorteilhaft es sei, mit den Delegierten regelmäßig Fühlung zu halten, wie sehr dadurch Offizieren und Gefangenen das Leben erleichtert würde.

Die größte Sorge bereiteten den Delegierten die ernannten Barackenchefs; sicher würden auch sie an der Beratung teilnehmen, wenn sie überhaupt jemals stattfinden sollte. Wie werden sie sich verhalten? Auch sie waren Internierte wie wir — aber hatte man nicht Beweise genug, daß einige von ihnen willige Werkzeuge des Leutnants waren?

Da schrillten Pfiffe im Hof. Jemand stürzt aufgeregt in die Baracke und schreit schon von der Hühnerleiter aus: „Die Barackenchefs werden geholt. Wo steckt ihr?" Vor dem Tor ist ein Stoßen und Drängen. Die lange Figur des Majors Poulain ist zu sehen, wie er dem Feldwebel Aufträge gibt. Ringsum erhebt sich ein Gebrüll: „Die Delegierten! Die Delegierten!" Dem Major rutscht das Monokel aus dem Gesicht. Er schwingt seine langen Arme zur Beruhigung und flüstert dem Feldwebel noch etwas ins Ohr. Ich fühle mich geschoben, gestoßen, gezerrt und finde mich schließlich neben den andern Delegierten am Tor. Ohne auf einen besondern Auftrag zu warten, schließen wir uns der abziehenden Gruppe der Barackenchefs an.

Hinter uns schloß sich das Gittertor. Wir waren draußen. Eins, zwei, eins, zwei. Wir marschierten im Gleichschritt in die Richtung zur Kommandantur. Wollte Poulain im letzten Augenblick den Empfang der Delegierten verhindern? Den Kommandanten betrügen? Wir hatten keine Zeit, Rätsel aufzulösen. In wenigen Sekunden werden wir dem Obersten gegenüberstehen. „Büro des Kommandanten" las ich im Vorbeigehen.

Hufeisenförmig angeordnet füllten die drei Tische nahezu den Raum. Grünes Tuch bedeckte streng die langgezogene Tischfläche. Wer hätte gedacht, daß es in diesem Lager einen Konferenzsaal gibt? Genau in der Mitte, hinter dem Tisch, stand der Oberst. Er wartete bereits auf uns. Sein graues Haar wurde von dem milden Licht, das aus dem einzigen Fenster einströmte, beleuchtet. Das Offizierskäppi lag vor ihm auf dem grünen Tuch. Neben dem Obersten stand Major Poulain. Die Hände in den Taschen der Reithose, die Mundwinkel höhnisch gespitzt, die Augen bösartig funkelnd. Unser Sergeant blieb an der Tür stehen. Nackt und kahl war der Raum. Feierlich lastete die Stille.

Mit einer Handbewegung ließ der Oberst die Delegierten zu beiden Seiten des Hufeisens aufstellen. Es fügte sich von selbst, daß die Barackenchefs und die Delegierten je eine Seite des Tisches einnahmen. Der Oberst setzte sich, wir blieben stehen.

„Wir sind hier nicht in der Kammer, meine Herren." Der

Oberst spricht. „Ich bin Soldat, und ich will nichts weiter hören, als was unbedingt zur Sache gehört. Sie haben fünfzehn Minuten. Bitte sprechen Sie."

Es war vereinbart, daß ich als erster das Wort ergreifen würde. Ich hatte das Gefühl, als ob mir die Stimme versagte, noch ehe ich angefangen. „Herr Oberst", begann ich. Aber ich fühlte, daß etwas ganz anderes herauskommen werde, als ich mir vorgenommen hatte zu sagen, „glauben Sie nicht, daß die Explosion von gestern wegen des umgeworfenen Essens . . . Wir sind seit elf Monaten hier, ohne Verhör, ohne zu wissen, warum. Die Unruhe im Lager hat tiefere Ursachen als einen umgeworfenen Kochtopf. Jawohl. Und Sie haben nicht ein einziges Mal gefragt, was vorgeht. Unsere Briefe an Sie bleiben auf dem Schreibtisch des Leutnants liegen. Wir haben Sie zum erstenmal gesehen, wann? Gestern, als ein Funke den angesammelten Zündstoff zum Explodieren brachte." Ich merke, daß alles viel zu grobschlächtig, ganz und gar undiplomatisch herauskommt. Gallo neben mir sieht mich böse an. Man muß bremsen. „Und wir danken Ihnen, Herr Oberst, daß Sie uns die Gelegenheit geben, endlich über die unhaltbaren Zustände zu sprechen. Man muß miteinander sprechen. Hier, lesen Sie, was 1500 Internierte des Quartiers B Ihnen schreiben."

Die Blätter mit dem Gewirr der Namenszüge bedeckten das grüne Tuch vor dem Obersten. Die Delegierten traten der Reihe nach vor und legten die Petitionsbogen ihrer Baracken behutsam auf den Tisch, als könnte im letzten Moment noch ein Unglück geschehen mit dem gefährlichen Papier.

„Nein, keine Unterschriften. Was soll das? Das ist doch verboten. Sie sollen sprechen, aber nicht Unterschriften sammeln." Der Oberst blätterte nervös in den Papieren. „Nein, so kommen wir nicht weiter. Hier heißt es sogar ‚Forderungen'." Seine Stimme begann ganz plötzlich zu donnern. „Ja, was glauben Sie eigentlich? Sind wir hier in einer Gewerkschaftsversammlung. Die ‚Forderungen' haben Frankreich zugrunde gerichtet. Damit ist es aus, ein für allemal."

Luigi trat vor. Sanft, fast zuredend, kam es aus seinem schmalen Munde. „Sie haben uns aufgefordert, Ihnen die Wünsche und Beschwerden der Internierten vorzutragen. Halten Sie sich nicht auf bei einem Ausdruck. Er mag ungeschickt gewählt sein. Wollen Sie Ruhe im Lager haben, dann hören Sie, was die Delegierten Ihnen sagen wollen." Einer nach dem andern traten die Delegierten vor und erzählten. Vom Hunger vor allem. Wie die Abfallkübel durchstiert werden. Wie der Löwenzahn gegessen wird. Wie einer Kartoffelschalen roh verzehrt. Von den Freiluftküchen im Graben. Von den Dieben in der Intendanz. Von den Roheiten der Gendarmen. Von der Hoffnungslosigkeit der Gefangenen. Von der Erbitterung der Familienväter. Kunstlos und vielfach ohne Zusammenhang erzählten sie; alles ging durcheinander, und von der verabredeten Rednerfolge ist nichts geblieben. Längst sind die 15 Minuten vorbei. Nahezu eine Stunde hat der Oberst die Klagen angehört, ohne zu unterbrechen, sich Notizen machend und in den vor ihm liegenden Blättern wühlend.

Er sei erst vor kurzem hier eingetroffen, sagte er in seiner Schlußansprache. Er sei nicht verantwortlich für das, was vorher geschehen. Er habe den Willen, den Internierten das Leben zu erleichtern. Der Zwischenfall, der zu den bedauerlichen Ereignissen von gestern geführt habe, werde untersucht und der Schuldige bestraft werden. Er habe der Wache den Befehl erteilt, den Internierten menschenwürdig zu begegnen. Allerdings müsse er bemerken, daß auch die Internierten die Wache nicht beschimpfen dürften, wie dies im Laufe der gestrigen Zusammenstöße geschehen sei. Er begreife die herrschende Nervosität, die aus der ungewissen Dauer der Internierung erwachse. Er könne daran nichts ändern. Er sei nicht zuständig für die Befreiung; seine Aufgabe erschöpfe sich in der Bewachung. Aber ankündigen möchte er, daß das Ministerium neue Instruktionen vorbereite, um die Auswanderung, Repatriierung und eventuelle Befreiung gewisser Kategorien von Internierten zu fördern. Was die materiellen Fragen betreffe, so sei er vom Präfekten ermächtigt, die Erhöhung der Brotration auf 400 oder vielleicht sogar auf 500 Gramm anzukündigen. Die Besuchserlaubnis werde geregelt in der Weise, daß die engsten Verwandten, Frauen, Kinder und Eltern, zweimal im Monat zu Besuch kommen könnten. Die übrigen Fragen werde er studieren, versprechen aber wolle er, mit den Barackenvertretern in Verbindung zu bleiben. „Delegierte" gäbe es nicht. Dem Leutnant werde der Befehl erteilt werden, Briefe an den Kommandanten unverzüglich weiterzuleiten. Sobald ein dringendes Bedürfnis vorliege, sollten die „Vertreter" schriftlich eine Unterredung verlangen. Das Gesuch müßte allerdings auch in Zukunft auf dem Dienstweg, das heißt über den Leutnant als Quartierkommandanten, eingereicht werden.

Wir waren entlassen.

Warm strahlte die Spätnachmittagssonne über die Felder. Eine Schafherde stand unbeweglich in den Stoppeln. Tiefer Frieden ringsum. Die Kette der Pyrenäen ragte majestätisch in den Himmel. Wie schön wäre es jetzt, sich hinzustrecken ins Gras und den Geruch der Erde einzuatmen. Wie schön wäre es, zu verweilen ohne Wache, ohne Appell, ohne Gitter. Wie schön wäre es, frei zu sein wie der Hirt vor uns. Wie ein Mensch.

Stumm gingen wir nebeneinander, jeder seinen Gedanken nachhängend. Die Barackenchefs hatten geschwiegen. Auch die bösartigen hatten kein Wort gesprochen. Major Poulains Blick war, als wir uns zurückzogen, stechender als je. Gesprochen hatte er nur ein einziges Mal, als er die Vorwürfe gegen die Intendanz scharf zurückwies. Was ging da vor? Was sollten wir den Kameraden sagen, die sich bereits am Zaun drängten, unsere Rückkehr ungeduldig erwartend. Waren wir in eine Falle gegangen? Meinte Oberst Praxtz es ehrlich oder führte er Böses im Schilde?

Hinter uns schloß sich wieder das Gitter.

Als die Delegierten darangingen, sich über die Art der Berichterstattung in den Baracken zu verständigen, kam ihnen die Unklarheit ihrer Stellung zum Bewußtsein. Waren die Delegierten oder „Vertreter", wie der Oberst sie nannte, legale Funktionäre des Lagers? Konnten sie ohne Furcht vor Repressalien beraten? War nicht jegliche Art kollektiver Verständigung streng verboten? Würde der Oberst sie decken, wenn der Leutnant die Delegiertensitzung aufhob? Vorsicht war geboten.

Als es dunkel wurde, versammelten sich die Delegierten in einer leeren Baracke. Kameraden sicherten die Beratung vor Gendarmen und Spitzeln. Luigi sprach. Kühl und nüchtern analysierte er, was geschehen war. Der Kommandant befinde sich offenbar in einer schwierigen Lage. Die Explosion habe gezeigt, daß sich in Vernet ein gefährlicher Zündstoff angesammelt habe. Die gewaltsame Unterdrückung der Unzufriedenheit würde viel Blut kosten und im Ausland Aufsehen hervorrufen, vielleicht der Regierung Verlegenheiten bringen. Frankreich sei nach der Niederlage auf die Sympathien Amerikas angewiesen. Der Oberst, neu in seiner Stellung, taste ab, wie weit er gehen könne. Er mache den Eindruck eines nervösen, gereizten, überarbeiteten Menschen. Auch er fühle, daß die Lage unhaltbar geworden sei. Offenbar verspreche er sich von dem System der Delegierten vorübergehend eine Erleichterung, es sei aber bei dem gegenwärtigen Kurs von Frankreichs Innenpolitik vorherzusehen, daß dieser Versuch auf heftigen Widerstand stoßen würde. Die Scharfmacher werden nicht verfehlen, in Vichy ihre Rezepte anzupreisen. Man brauche nur diesem Major Poulain in die Augen zu sehen, um das Schlimmste zu befürchten. Das Leben werde nicht einfach sein. Es werde um die Erhaltung der Delegierten ein Kampf entbrennen. Es werde solange Delegierte geben, solange die Internierten einig bleiben, wie sie es am Abend der

167

Wahl waren. Der Feind habe eine einzige Chance: wenn es ihm gelingt, Uneinigkeit ins Lager zu bringen, werde er ein leichtes Spiel haben. Dann werden die Offiziere ihre Rache nehmen für die Niederlage, die sie jetzt stumm einzustecken scheinen. Das müsse man den Baracken sagen. Keineswegs können unsere Kerkermeister alles tun, was sie wollen. Sie sind im Augenblick zu schwach, um Exekutionspelotons und Maschinengewehre gegen die Männer von Vernet zu schicken. Aber auch für diese ist nicht alles möglich. Wenn wir übertreiben, erleichtern wir den Poulains das Spiel. „Sagt den Baracken, ja, wir haben einen Erfolg errungen, aber dieser Erfolg wird nur so lange erhalten bleiben, solange wir einig sind. Es wurde uns nichts geschenkt. Der Faschismus schenkt nichts."

Was dieser Mann mit den zähen, etwas ironischen Gesichtszügen sagte, war, was wir alle fühlten. Friedrich Wolf, der die Achte vertrat, flüsterte mir ins Ohr: „Ich muß an unsere Matrosen von Cattaro denken." Zu schwarz, dachte ich bei mir, aber ich sagte nichts.

In dem Bericht vor meiner Baracke beschränkte ich mich auf die punktweise Wiedergabe der verhandelten Gegenstände. Brotfrage: Erfolg. Besuchsfrage: Erfolg. Befreiung und Ausreise: vage Versprechungen. Kontrolle der Lebensmittelrationen: Mißerfolg. Preise der Kantine: vage Versprechungen. „Wir waren einig, und so haben wir einige Verbesserungen erreicht. Wenn wir aufhören, einig und diszipliniert zu sein, werden wir alles verlieren und es wird uns schlechter ergehen als früher."

Nach der Versammlung stimmte Pedro, ein gelbhäutiger junger Spanier, mit Augen wie glühende Kohlen und einer Stimme wie eine Blechtrompete das Lagerlied an: Ei Carmela... Mit Inbrunst sang ich die einzige Strophe mit, die ich verstand:

„Resistiendo venceremos" (Widerstand leistend werden wir siegen).

*

Die Delegierten, das war etwas Neues, Erregendes im Leben des Lagers. Mit tausend Anliegen, großen und kleinen, allgemeinen und privaten, kamen die Internierten zu „ihrem" Delegierten; er wurde der Vertraute seiner Kameraden. Für die des Schreibens Ungeübten mußte er Gesuche an die Behörden oder an das Rote Kreuz aufsetzen. Er mußte wissen, wie man ein certificat d'hébergement (Wohnungsschein) beschafft, um ein Befreiungsgesuch zu begründen. Beschwerden gegen die Lagerbürokratie wechselten mit Beschwerden gegen die Wucherpreise der Kantine. Der Delegierte wurde um Rat gefragt, wenn es galt, der Frau zu Hause Verhaltungsmaßregeln zu geben. Er bildete die letzte Instanz in Streitigkeiten, er untersuchte Verdächtigungen und schlichtete Feindschaften. Er mußte alles wissen und immer bereit sein. Die Hühnerleiter, die zu seinem Platze führte, war den ganzen Tag über in Betrieb. Manche Delegierte reorganisierten das Leben ihrer Baracke, überwachten die Brotverteilung. In manchen Baracken wurden Hygienekommissionen eingesetzt, deren Aufgabe es war, die Reinlichkeit in der Baracke zu verbessern. Küchenkommissionen zur Überwachung der Lebensmittel, Kulturkommissionen zur Vorbereitung geselliger Veranstaltungen entstanden. Rund um die Delegierten wuchs eine Art öffentlicher Meinung, die Gewalttäter, Diebe, Provokateure isolierte und die Würde des politischen Quartiers zu wahren suchte. Die fortschrittlichsten und verantwortungsbewußtesten Kameraden gruppierten sich um die Delegierten, in der Absicht, die gemeinsamen Angelegenheiten — und was ist in einem Konzentrationslager keine gemeinsame Angelegenheit! — gemeinsam zu beraten, gemeinsam zu verantworten, gemeinsam zu lenken. Sobald das Hornsignal „Lichter aus" verhallt war und die Zehn-Uhr-Runde der Wache den Hof passiert hatte, standen die Männer von Vernet unter der Mittellampe, die nur noch aus einem schwachen Brenner eine Art Nachtlicht von sich gab, und schwatzten. Die Männer der Baracke wollten hören, was der Delegierte zu den Ereignissen zu sagen hatte, zu den Ereignissen des Lagerlebens und zu den Ereignissen schlechthin.

Da war eines Tages ein Mann in die Baracke gesetzt worden, der erst seit kurzem verhaftet sein wollte. Gleich am ersten Abend gesellte er sich zu der Diskussionsgruppe, die unter dem Nachtlicht versammelt war. Nachdem er seine Geschichte erzählt hatte, begann er nach den Verhältnissen im Lager zu forschen. Man gab ihm Auskunft. Draußen, begann er, stünde alles wunderbar. Die Partei arbeite ausgezeichnet, er könne das glaubhaft versichern, denn er habe die besten Verbindungen. Die Schweine, er deutete in die Richtung der Kommandantur, würden bald sehen, was eine Harke ist. „Wir werden mit ihnen fertig werden." Die Gesichter der Umstehenden wurden immer länger, die Gespräche verstummten, einer nach dem andern verzog sich wortlos.

Am nächsten Morgen war es, als ob der Bursche nicht vorhanden, als ob er Luft wäre. Bereits am übernächsten Tag wurde er entlassen, mit der Begründung, daß seine Internierung ein Irrtum gewesen sei. Es dauerte nicht lange und wir erfuhren die komische Wahrheit: der Informationsoffizier hatte einige künstliche Internierte ins Quartier gesetzt, verkleidete Polizisten.

Der Zwischenfall gab zu denken. Was wollten sie?

Die Barackenchefs hatten aufgehört, eine Autorität zu sein, vor allem diejenigen, die als Vertraute des Leutnants bekannt waren. Aber gerade diese empfing Leutnant Clerc täglich morgens um neun Uhr zu lange währenden Sonderunterredungen, nachdem der offizielle Befehlsempfang der Barackenchefs vorbei war. Wir fühlten, daß ein Gegenschlag vorbereitet wurde.

Eines Morgens rief mich jemand zur sogenannten Gesellschaftsbaracke. In der Mitte einer Ansammlung hielt ein Mann eine Ansprache. War das nicht der „Perser"? Der „Perser" hatte in Berlin studiert, er machte aus seinen hitlerfreundlichen Ansichten kein Hehl. Der „Perser" als öffentlicher Redner im politischen Quartier von Vernet, das war neu. Bisher hatte man ihn nur im Gespräch mit Leutnant Clerc gesehen, manche hielten ihn nur für einen Denunzianten, manche nur für einen Strichjungen. Mit heftigen Gesten seine Worte unterstreichend, erzählte er den Umstehenden, daß in andern Lagern die Brotration schon immer 500 Gramm betragen habe, und daß man sich mit den zugestandenen 400 Gramm nicht begnügen dürfe. Eine neue Demonstration müsse unternommen werden, um das Recht auf die 500-Gramm-Ration mit allen Mitteln zu erzwingen. Man habe ja gesehen, wie das Kommando zurückweiche, wenn man nur energisch auftrete. Auf die Delegierten könnte man sich allerdings nicht verlassen, denn diese hätten sich von dem Kommandanten hereinlegen lassen. Vielleicht sei sogar Verrat im Spiele. Von einem Zugeständnis des Kommandos sprechen sie, während man in Wirklichkeit immer noch weniger bekomme als in den andern Lagern.

Es waren 40 bis 50 Männer, die dem Redner interessiert zuhörten. Ich kannte nur wenige von ihnen. Ohne zu überlegen, drängte ich in die Mitte des Kreises. Was der „Perser" meinte, man müsse „mit allen Mitteln" das Recht auf 500 Gramm erzwingen? fragte ich. Der „Perser" blickte verlegen um sich, als ob er Hilfe erwartete. Er schickte sich an, etwas von einer neuen Petition zu stottern. Wenn man öffentlich spreche, müsse man sich der Konsequenzen seiner Worte bewußt sein, entgegnete ich. Ob der „Perser" vielleicht zu jenen gehörte, die raunen, man müßte die Baracken anzünden? Jawohl, solche Reden würden seit einigen Tagen geführt. Zugleich werde dem Kommandanten berichtet, die Kommunisten planten, die Baracken anzuzünden. Offenbar gebe es Leute im Lager, die unzufrieden sind, daß die Internierten Vertrauensmänner haben, die ihre Interessen vertreten. Der „Perser", und jetzt wandte ich mich an die Umstehenden, „hatte gestern wieder eine Unterredung mit dem Leutnant. Daraus könne man weder ihm noch dem Leutnant einen Vorwurf machen, jeder wählt sich die Gesellschaft, die ihm paßt. Aber man müsse laut und deutlich sagen:

wer die Einheit des Lagers stört, wer gegen die Delegierten hetzt, wer zu Disziplinbruch und Gewalttaten auffordert, ist ein Provokateur und handelt nicht im Interesse der Internierten, sondern im Interesse ihrer Kerkermeister."

Haß leuchtete auf in den Augen des „Persers". Lautlos schlich er davon. Der Zwischenfall, der bald bekannt wurde, erzeugte neue Nervosität. Das Fieber begann wieder zu steigen.

Abends gab es eine Überraschung: bei der Brotverteilung zeigte es sich, daß die Ration 500 Gramm betrug. Das war eine Verdoppelung gegen bisher. Bei aller Freude über den Erfolg konnten wir uns eines unangenehmen Gefühls nicht erwehren. Es war zu schön.

Gleichzeitig mit der Ausgabe der erhöhten Brotration war an den Barackentüren ein Anschlag befestigt worden. Das Blatt war mit Schreibmaschine geschrieben; darunter prangte in harten Zügen die Unterschrift des Kommandanten. Der Text lautete:

MIR IST BEKANNT, DASS SEIT EINIGER ZEIT EXTREMISTISCHE HETZER DIE INTERNIERTEN ZU GEWALTHANDLUNGEN GEGEN DIE LAGERAUTORITÄT ANTREIBEN. MIR SIND AUCH IHRE NAMEN WOHLBEKANNT. ICH WARNE DIESE ELEMENTE, IHR GEFÄHRLICHES TREIBEN FORTZUSETZEN, DA ICH ENTSCHLOSSEN BIN, MIT ALLEN MIR ZU GEBOTE STEHENDEN MITTELN DIE VERANTWORTLICHEN ZU BESTRAFEN UND SIE GEGEBENENFALLS IN EINER FESTUNG ZU ISOLIEREN.

Nun wußten wir wenigstens, woran wir waren: der Oberst wurde bearbeitet, wie Gallo es vorausgesagt hatte.

Glaubte er wirklich, daß die Unzufriedenheit im Lager das Werk der Verhetzung sei? Daß es genüge, die Delegierten als „Hetzer" zu verhaften und auf Festung zu schicken — um die Ruhe wiederherzustellen?

172

Der 24. August 1940 war ein Samstag. Es war gegen 10 Uhr vormittags. Ich hatte den Reinigungsdienst in der Baracke hinter mir und war, angeleitet von Cesare, in Dantes Schilderung der Hungerqualen des Grafen Ugolino und seiner Söhne im Turmverließ vertieft. Wir saßen auf winzigen Hockern auf unserem Etagenplatz, den Oberkörper zu dem niedrigen Lichtloch geneigt, um den kleingedruckten Text leichter zu entziffern, — als plötzlich aufgeregtes Geschrei von draußen hereindrang.

„Mörder! Mörder!"

Ich stürzte hinunter.

„Sie haben geschossen. Es gibt Tote und Verwundete."

Am Zaun stand eine aufgeregt diskutierende Menge und schaute nach dem Quartier A hinüber. „Eben haben sie einen auf der Tragbahre vorbeigetragen." Verschiedene Versionen des Zwischenfalls wurden erzählt. Die Wache hätte die Latrinencorvee aus A beschossen. Es sei ein Zusammenstoß gewesen. Manche sprachen von zwei Toten, manche von drei. Seit der Explosion vom 19. August war die Wache bei der Begleitung der Außencorvees mit Karabinern ausgerüstet. Wir hatten dem keine Bedeutung beigemessen, aber nun war etwas Irreparables geschehen. Zwischen dem Kommando und den Internierten lagen Tote.

Gegen Mittag erfuhren wir, was drüben im anderen Quartier geschehen war. Die Latrinencorvee war auf dem Wege zum Fluß, als plötzlich die Wache auf zwei Internierte, die sich etwas von der Gruppe entfernt hatten, das Feuer eröffnete. Die Schüsse waren aus nächster Nähe abgegeben. Ein junger Pole namens Borkievic wurde auf der Stelle getötet, ein anderer schwer verwundet. Der Verletzte ist nach Pamiers ins Krankenhaus gebracht worden; die Leiche lag in der Totenkammer hinter der Lazarettbaracke. Die Wache behauptete, die beiden Gefangenen hätten einen Fluchtversuch unternom-

173

men; erst vor wenigen Tagen sei den Gendarmen der Schießerlaß in Erinnerung gebracht worden und so hätten sie pflichtgemäß von der Schußwaffe Gebrauch gemacht. Das war, was wir über den Bericht in Erfahrung bringen konnten, den man im Büro ausarbeitete.

Der „Bauer" aber torkelte ins Quartier und rühmte sich, den tödlichen Schuß abgefeuert zu haben. Bauer hieß bei uns ein pausbäckiger Gendarm, der in seiner Uniform nicht aufhörte, wie ein Dorftrottel auszusehen; er hatte sich bisher nur durch sein gemeines Fluchen und Saufen ausgezeichnet. Jetzt ging von Mund zu Mund das Gerücht, der Bauer habe die Äußerung gemacht: „La chasse est ouverte" (Die Jagd ist eröffnet).

Aus dem Quartier A kam wieder die Losung: Hungerstreik. Diesmal gab es viele, die bereit waren, mitzumachen. Offenkundig bereiteten sich neue, ungleich ernstere Zusammenstöße vor. Da waren tausende Gefangene, die seit einem Jahr, manche länger, nicht wie menschliche Wesen, sondern wie zusammengepferchte Tiere lebten. Andauernder Hunger hatte ihre Nerven geschwächt, Hemmungen des Denkens beseitigt. Wach war in allen die Erinnerung an den Tag der Explosion, an die Verjagung der Wache, an die Kapitulation des Obersten. Aufgewühlt von dem vergossenen Blut, Vernunftgründen unzugänglich, schienen sie zu allem bereit, dem verwegensten Ratschlag zugänglich.

Was drohte, war klar: der Bruch jeglicher Disziplin, Verzweiflungsakte, Repressalien.

Das war es, was die Vichyoffiziere brauchten. Sie hatten ihre Pläne. Deshalb mußte der junge Pole sterben. Er war 1918 geboren und hatte eine Mutter irgendwo in der Gegend von Clermont-Ferrand.

Alle schauten auf die Delegierten. Was werden sie beschließen?

Die Verantwortung war groß. Die Delegierten mußten die Provokation abwehren und sich dem Strom der Leidenschaften entgegenstemmen. Sie mußten den Kampf aufnehmen gegen den Versuch, die errungene Geschlossenheit und Einheit des Lagers zu sprengen. Sie mußten versuchen, dem Protestbedürfnis der Internierten eine solche Richtung zu geben, daß die Aktion den Feind trifft und nicht die Internierten.

Von dem Erfolg dieses Versuchs hing unser aller Zukunft ab. Wieder standen die Delegierten in der Ecke der leeren Baracke an die Wand gelehnt. Mit leiser Stimme sprach Luigi. Hungerstreik sei Unsinn. Man müßte etwas machen, was Aussicht hat, von der Mehrheit der Internierten angenommen zu werden. Hungerstreik würde das Lager aufspalten, aber nicht einigen. Jede lärmende Kundgebung würde nur die Maschinengewehre in Bewegung setzen; niemand sei daran interessiert als die faschistischen Offiziere, die den Kommandanten zu einem Blutbad zwingen wollen. Die Schüsse am Fluß sollten das neue Delegiertensystem treffen.

Ohne die Stimme zu heben, machte der Vorsitzende der Delegierten seine Vorschläge. Den schmalen Pfad zwischen zuwenig und zuviel genau einhaltend, schienen sie die verkörperte realistische Vernunft. Einige Ergänzungen wurden vorgeschlagen. „Beschlossen?" Gallo blickte in die Runde. „Beschlossen." Mit Handschlag gingen wir auseinander.

Mir klopfte das Herz. Was geschehen sollte, war die logische Folge des Sieges vom 19. August. Der nächste Schritt, wenn er gelingt, muß zu einer Festigung der Stellung der Delegierten führen. Wenn er mißlingt...

Diesmal gab es keine Barackenversammlung. Dazu war das Risiko zu groß; der Plan konnte nur gelingen, wenn er überraschend durchgeführt würde.

Noch im Laufe der Nacht begann man in allen Baracken, in allen Sektionen, in allen nationalen Gruppen von der „Minute des Schweigens" zu Ehren des getöteten Kameraden zu sprechen. Vor dem Morgenappell wußte ich bereits, daß in unserer Baracke nicht nur Einstimmigkeit, sondern Begeisterung herrschte. Ja sogar der Barackenchef machte mit.

Man begrüßte sich wie üblich. Niemand sprach über das, was alle erfüllte. Der hagere weißgardistische Oberst, der immer allein spazierenzugehen pflegte, kam auf mich zu: „Ich habe die Petition unterzeichnet, das war auch nicht ganz legal, aber was Sie hier machen, ist Rebellion." Er sagte es mit ehrlicher Entrüstung. „Niemand zwingt Sie, mitzumachen", antwortete ich kühl, „Sie brauchen sich nur auszuschließen."

Wie an jedem Morgen sammelten sich die Internierten vor der Baracke, auf das Signal zum Appell wartend. Es war acht Uhr morgens. Vom Tor her pfiffen die Sergeanten „rassemblement". Sektionsweise formierten sich die Kolonnen. An der Front stand unser Barackenchef. Sein faltiges, graubärtiges Gesicht schien sorgenschwer. Nichtsahnend trat der Sergeant auf ihn zu, drückte ihm wie jeden Morgen kollegial die Hand. „Garde à vous!" Strammer als sonst klang es; der Leutnant stand am Tor. Ahnte er etwas? Mechanisch rollte der Namensaufruf ab, mechanisch prasselte es „Hier" nach jedem verlesenen Namen. Die Routine klapperte. „Rühren", brüllte der Sergeant aus voller Kehle die Schlußformel der Zeremonie, salutierte und schickte sich an, abzutreten.

Doch da geschah etwas. Etwas in der Praxis eines Sergeanten der Garde Mobile noch nie Dagewesenes. Es geschah nämlich nichts. Er hatte „rühren" befohlen, aber es rührte sich nichts. Ein Aufstand der Unbeweglichkeit. Fassungslos starrte der Polizist auf die vor ihm stehenden Reihen. In diesem Augenblick rief mit zitternder Greisenstimme unser Barackenchef: „Garde à vous!" Wir rissen die Mützen von den Köpfen, standen erstarrt. Eine Mauer des Schweigens, der Trauer, der Auflehnung, des Protestes. Ohne den Kopf zu bewegen, schaute ich nach rechts, in die Richtung der benachbarten Baracken. Alle Reihen standen. Alle Baracken machten mit.

Das Blut pochte mir in den Schläfen: das Lager gehorcht der eigenen, selbstgegebenen Kommandogewalt.

Ratlos blickt unser Sergeant bald auf den Barackenchef, bald auf uns. Sein Gesicht ist purpurrot angelaufen. Der Alte blickt melancholisch vor sich hin, auch er die Mütze in der Hand, in strammer Haltung, das Gesicht uns zugewandt. Ohne sich zu bewegen, sagt er so laut vor sich hin, daß es der Sergeant neben ihm hören kann: „Zu Ehren des Toten." Ein Verstehen erhellt das Gesicht des Sergeanten; nun reißt auch er die Glieder zusammen, nimmt stramme Haltung an und erstarrt gleich uns in salutierender Stellung.

Am Lagertor der Leutnant; er pfeift unruhig. Der lange Feldwebel eilt im Laufschritt zu ihm. Noch einige Garde-Mobile-Männer sieht man sich in Bewegung setzen. Endlich ist die lange Minute um. „Rühren", kommandiert unser Barackenchef. Die Kundgebung ist beendet.

Hundertprozentig hatte das Lager die von den Delegierten ausgegebene Losung befolgt. Selbst die Gegner jeder Disziplin, die Anarchisten, selbst die Feigen und Lauen, ja selbst die Gegner und Spitzel, alle hatten mitgemacht. War es die Ehrfurcht vor dem Tode? Es war noch etwas anderes: aus den Reihen treten ist schwerer als in sie eintreten − aus den Reihen treten, das hieße sich selbst als Feind, Spitzel, Feigling kennzeichnen. So stark war der moralische Druck der geschlossenen Reihen, daß niemand sich ihm entziehen konnte. Hatte er doch selbst einige Sergeanten mitgerissen.

*

Von Mund zu Mund ging eine neue Losung: um halb zehn freiwillige Einsperrung des ganzen Quartiers in den Baracken.

Zur festgesetzten Stunde leerte sich der Hof. Nicht vollständig diesmal. Denn inzwischen hatte die Gegenaktion der BIM eingesetzt: die Demonstration werde von den Kommunisten geführt, man dürfe sich nicht von ihnen mißbrauchen lassen. Man sah einige wohlbekannte Figuren beflissen im Hof auf und ab gehen, während wir um unseren Kameraden trauerten. Manche wollten dazwischenfahren; aber die Vernünftigen winkten ab.

In der halbdunklen Baracke herrschte feierliche Stille. Jeder hatte begriffen, daß er an einem Kampf teilnahm, dessen Waffen durch die Umstände vorgeschrieben waren. In einer kurzen Ansprache erläuterte der Delegierte den Sinn der Demonstration, beschwor den Geist der Einheit, Voraussetzung jedes Erfolgs. Dann gingen die Sammler von Koje zu Koje. Einen Kranz wollten wir kaufen und ihn am Grabe unseres getöteten Kameraden niederlegen. Münzen flogen in die schmierige Baskenmütze, als ob es Gewehrkugeln wären. So mancher gab seinen einzigen Sous, eifervoll, als ob er sagen wollte: Seht, meine letzte Münze, so hasse ich sie, die Mörder. Geradezu körperlich fühlbar wurde, was es heißt, das große, so oft gebrauchte und so selten erlebte Wort: Solidarität.

In ihren schmutzigen Bretterhöhlen saßen die Männer, geeint im gemeinsamen Leiden und im gemeinsamen Wollen. All dies war verboten — also war es schön, war es ein guter Kampf. Wie eine Kulthandlung in den Tiefen der Katakomben war diese Stunde freiwilliger Einschließung. Das Klappern der eingesammelten Münzen klang wie das Klingeln des Ministranten, der die Gemeinde zur Kommunion vorbereitet. Ach, die Armen da draußen! Daß sie nicht fühlten, wie schön es ist, zusammenzustehen und im Nachbarn den Kameraden zu fühlen. Als wir wieder den Hof betraten, war es, als ob wir aus dem Dämmerlicht der Kirche kämen, von der Bahre des ermordeten Freundes, aus einer Kirche, wo es keine Priester gibt, sondern nur eine Gemeinde.

Bald darauf kam die Suppe. Wir löffelten schweigend die schmutzige Flüssigkeit aus, kauten stumm an dem trockenen Brot und starrten in die glitzernde Bläue des Augustmittags. Wer konnte, hatte sein selbstgezimmertes Tischchen im Freien aufgestellt, denn in der Baracke war es vor Fliegen und Staub nicht auszuhalten. Wer keinen Hocker hatte, setzte sich in den Graben oder lehnte sich an die Barackenwand. Niemand hatte Lust zu sprechen, allzu tief waren die Eindrücke und weit schweiften die Gedanken ...

Wie viele Gräber werden wir noch aufwerfen? Auf dem kleinen Friedhof hinter dem Sportplatz werden sie den jungen Polen begraben und ich werde im Auftrag der Baracke 6 vor dem frischen Hügel stehen und einen Kranz aus bunten Glaskugeln niederlegen. Neben mir werden die andern Delegierten an ihre Lieben denken, an die Lebenden und an die Toten, denn die heute leben, können morgen tot sein. Eine Kugel kam geflogen, gilt sie mir, gilt sie dir. Es kann auch eine Bombe sein. Es kann auch ein Typhusbazillus sein. Am Grabe des unbekannten Internierten werden wir aller Opfer gedenken. Und ein furchtbarer Haß wird unsere Herzen füllen, ein Haß, der stark macht und unverwundbar.

*

Eine neue Losung geht von Mund zu Mund: „Um drei Uhr am Zaun." Jeder weiß, was das heißt: nur am Zaun, genauer, an einer bestimmten Stelle des Zaunes sind gemeinsame Lagerkundgebungen möglich, an jener Stelle, wo die drei Quartiere aneinanderstoßen. „Um drei Uhr am Zaun", das heißt, daß um diese Stunde eine gemeinsame Trauerfeier die drei Quartiere vereinen wird.

Von Stunde zu Stunde hatte sich die Entschlossenheit der Männer von Vernet gefestigt, eine Aktion gab Kraft für die nächste, und wechselseitig wuchs der Mut. Die Starken stützten die Schwachen, und noch war der Tag nicht zu Ende.

Knapp vor drei setzte die Wanderung zum Zaun ein. Wie ein Pilgerzug bewegte sich der Strom der Internierten zur Ecke, wo das Trauerkonzert stattfinden sollte. Auch in den Quartieren C und A schritten mit schweren, langsamen Bewegungen die Männer zum Zaun. Bald war der weite Platz zwischen den Gittern schwarz von Menschen. Dicht gedrängt preßten sich harte, graue Gesichter an das Drahtgeflecht. Zwischen B und C zog sich der doppelte Drahtverhau, nirgends gab es eine Möglichkeit, einem von drüben die Hand zu reichen. Man begrüßte einander mit Blicken.

Da erzitterte mit einemmal die Luft von Musik. Weiche, schleppende Takte, wie ein verhaltenes Schluchzen klang es. „Unsterbliche Opfer, ihr sanket dahin…" Die entblößten Häupter der Männer neigten sich, als ob sie von der Schwere der Gedanken zu Boden gezogen würden. Noch härter wurden die Gesichter, tiefe Falten gruben sich in die stoppligen Backen, schmerzlich zuckte es um die Mundwinkel. Es gehörte viel Kraft dazu, Tränen zurückzuhalten; nicht allen gelang es. Mir zum Beispiel nicht. Ich weinte nicht nur um den Kameraden, den sie getötet, zugleich flossen die Tränen in Trauer um die Frau, die sie mir erschlugen.

Das Orchester: ein Schifferklavier, eine Gitarre, eine Geige und eine Mundharmonika, war im Quartier C aufgestellt, hart am Gitter, damit alle es sehen können. Dreitausend Gefangene, in Haufen zusammengeballt, getrennt durch Stacheldraht und vereint im Willen, standen unter dem wolkenlos blauen Himmel. Es war, als ob alle dreitausend nur ein einziges Herz hätten, das in einem Schlag zusammenklingt.

Als die letzten Töne verklungen, war die Stille in dem weiten Rund so tief, daß man das Atmen des Nachbarn hörte. Noch einmal setzte das Schifferklavier ein. Zu dem Takt des Volksliedes „Ich hatt' einen Kameraden" sang der Chor den neuen vor Madrid entstandenen Text:

> „Kann dir die Hand drauf geben,
> Derweil ich eben lad',
> Dem Feind wird nicht vergeben,
> Du bleibst in unserm Leben,
> Hans Beimler, Kamerad."

Dann wieder Stille. Unbewegt, wie verwunschen, stand die Menge. Aus dem Quartier der Kriminellen löste sich ein heiserer Schrei: „Nieder die Mörder!" Niemand antwortete. Stumm gingen die dreitausend auseinander.

Wo waren die Wachtposten? Wo waren die Offiziere? Jetzt erst begannen wir uns zu wundern. Beim Lagertor draußen sah man sie die Köpfe zusammenstecken. Was sie wohl tuschelten? Jeder hatte begriffen — und sie wahrscheinlich am besten —, daß die Provokation nicht nur gescheitert, daß sie ins Gegenteil umgeschlagen war. Niemals vorher und niemals später war das Selbstbewußtsein der Männer von Vernet so stark wie an diesem Tag, der von morgens bis abends beherrscht war von dem selbstgegebenen Gesetz.

*

An diesem Abend unterzeichneten die Delegierten folgendes Schreiben an den Kommandanten:

„25. August.

An den Kommandanten des Lagers von Vernet.

Gestützt auf das Vertrauen, das Sie so freundlich waren uns im Laufe der Besprechung vom 20. August zu erweisen, erlauben wir uns neuerlich an Sie heranzutreten.

Nach jener Besprechung konnten wir eine gewisse Beruhigung im Quartier feststellen. Die Versprechungen, die wir glaubten Ihren Erklärungen entnehmen zu können, die kleinen Verbesserungen, die verwirklicht wurden, und vor allem die Tatsache, daß sie regelmäßige Zusammenkünfte mit den Vertretern der Baracken ins Auge faßten, haben in hohem Maße dazu beigetragen, die Internierten zu beruhigen, deren Erregung keineswegs auf die Tätigkeit von ‚Hetzern‘, sondern einfach auf die moralische und materielle Lage jedes einzelnen zurückzuführen ist. Diese Tatsachen und das Verantwortungsbewußtsein der Internierten im allgemeinen haben bisher schwere Zwischenfälle verhindert.

In der gleichen Absicht, nämlich zur allgemeinen Beruhigung beizutragen, ersuchen wir Sie um eine neuerliche Unterredung. Wir wollen einige in Schwebe gebliebene Fragen erörtern und Sie gleichzeitig ersuchen, einer Delegation des Quartiers die Erlaubnis zu erteilen, am Grabe des Opfers der bedauerlichen Zwischenfälle vom 24. ds. einen Kranz niederzulegen, dessen Kosten durch eine Sammlung unter den Internierten aufgebracht wurden. Empfangen Sie, Herr Kommandant, den Ausdruck etc..."

Am nächsten Morgen wurden die Delegierten von dem Feldwebel abgeholt. Diesmal gab es keine Tricks. Namentlich wurden die Unterzeichner des Briefes aufgefordert, sich am Lagertor zu sammeln, wo die Barackenchefs bereits warteten. Ganz anders verlief diese zweite Unterredung mit dem Obersten. Stehenden Fußes empfing er die Delegierten. „Was wollen Sie", schrie er, als wir eintraten. Seine Stimme überschlug sich vor Erregung.

„Sie haben versprochen, mit uns über alle Fragen zu verhandeln, statt dessen plakatieren Sie Drohungen", sagte ich, wieder mit der Eröffnung der Aussprache betraut. „Daß bisher kein größeres Unglück geschehen ist, verdanken Sie uns, den Delegierten. Wir haben die aufgeregten Menschen beruhigt, weil wir Vertrauen in Ihre Versprechungen hatten. Wenn Sie Ihr Wort nicht halten, werden uns die Kameraden nicht mehr folgen."

„Schweigen Sie. Sie hetzen die Internierten nur auf. Ich weiß alles. Sie halten verbotene Versammlungen ab."

„Wir müssen Versammlungen abhalten; wie sollen wir sonst die Internierten informieren über das, was Sie uns sagten? Wenn ein Versammlungsverbot besteht, müßten Sie es folgerichtigerweise aufheben..."

Der Chef der Neunten begann den Angriff. In seiner Baracke wären alle stets ruhig und zufrieden gewesen, bis die Kommunisten anfingen, die Leute aufzuhetzen. Seither gäbe es nichts wie Unfriede und Streit. Er für seine Person lehne es ab, mit dem sogenannten Delegierten seiner Baracke auch nur zu sprechen.

Die Delegierten wehrten sich. Hier handle es sich nicht um Politik. Daß die Leute essen wollen, habe nichts zu tun mit dem Bekenntnis zu einem Parteiprogramm. Jeder wisse, wie unhaltbar die Lage geworden war. Da hätten die Internierten auf Anregung des Kommandanten Vertrauensleute gewählt, um ihre Wünsche und Beschwerden in geordneter Form an die Lagerleitung heranzubringen. Wenn manche Barackenchefs nicht das Vertrauen der Internierten genössen, so hätten diese nichts weiter zu tun als abzutreten — und Ruhe und Frieden würden wiederhergestellt.

Den Kommunisten ginge es nicht um die Internierten, sondern um den politischen Einfluß im Lager — ereiferten sich die Barackenchefs, die auf der Seite der Offiziere standen.

„Liegt die Erhöhung der Brotration, die das Kommando bewilligt hat, im Interesse der Internierten oder einer politischen Partei?" fragte einer der Delegierten zurück.

„Sie sehen, wohin das alles führt", unterbrach der Oberst. „Sie sind ja selbst nicht einig in dem, was Sie wollen. Keineswegs werde ich die politische Agitation im Lager dulden. Das war der Sinn meiner Warnung, die Sie alle gelesen haben."

Noch einmal setzten wir zur Verteidigung an. Es seien gar nicht die Delegierten, die politisch agitieren, sondern ihre Gegner, die auf diese Weise das Delegiertensystem bloßzustellen suchten. Noch einmal beschworen wir den Oberst, sich nicht von dem Weg abdrängen zu lassen, den er betreten hatte.

Abwehrend schüttelte er seinen grauen Schädel. Das Wichtigste sei die Autorität. Diese müsse gewahrt werden, unter allen Umständen und mit allen Mitteln. Mit Nachdruck müsse er sagen, daß die Wache beauftragt war und weiter beauftragt bleibt, bei jedem Fluchtversuch scharf zu schießen. Es sei bedauerlich, daß es ein Todesopfer der Schießerei gegeben habe, aber daran sei nun nichts zu ändern. Das Opfer sei bereits heute morgen um fünf Uhr beerdigt worden. Das sei nicht etwa aus Angst vor neuen Manifestationen geschehen, sondern weil der katholische Priester nur um diese Zeit kommen konnte. Er habe nichts dagegen, daß von dem gesammelten Geld ein Kranz gekauft werde, aber an der Kranzniederlegung dürfe nur ein Vertreter des Quartiers teilnehmen.

Das war ein scharfer Wind. Die Gesichter der feindlichen Barackenchefs glänzten zufrieden. Mich ärgerte am meisten das Märchen von dem Priester, der nur um fünf Uhr morgens zur Beerdigung kommen konnte.

Luigi fuhr in Begleitung eines Garde-Mobile-Mannes nach dem nahen Städtchen, um den Kranz zu kaufen. Es war ein großer, aus bunten Glasblumen zusammengesetzter Kranz. Auf einer weißen Schleife prangte in Gold der Spruch: „IHREM GEFALLENEN KAMERADEN DIE INTERNIERTEN DES QUARTIERS B."

Als Luigi mit dem Kranz zurückkam, wurde er nicht ins Quartier geführt, sondern direkt zum Friedhof, der fernab hinter dem Sportplatz lag. Aber wir hatten damit gerechnet; die Erzählung von dem Priester, der nur Nachtdienst versieht, hatte unser Mißtrauen geweckt. Da die Landstraße an unserem Quartier vorbeiführte, genügte es, Posten aufzustellen, die die Ankunft des Kranzes rechtzeitig meldeten.

Wenige Sekunden später stand entlang des Zaunes, der das Quartier von der Landstraße abgrenzte, eine dichte Menschenmenge, die entblößten Hauptes und mit hoch erhobener, geballter Faust den nicht vorhandenen Trauerzug grüßte. Dürftig stolperte der einsame Mann, begleitet von einem uniformierten Wächter, über die staubige Landstraße, den mächtigen Kranz vor sich hertragend wie eine Standarte im Maiumzug. Langsam schritt er vor sich hin und tat, als sähe er nichts, als wäre er ganz allein auf der Welt. Er mit seinem Kranz.

Wir aber dachten an dies eine Opfer, der unser Kamerad war, und an alle Opfer. An die vergangenen und an die kommenden. Denn wir wußten, daß uns harte Zeiten bevorstünden, und wer konnte wissen, wer der nächste sein werde.

„ICH WILL KEIN BLUTBAD"

Draußen im Hof war ein ungewöhnlicher Lärm zu hören. Johlen, Lachen, Pfeifen. Ich stieg hinunter, um nachzusehen, was es gäbe. In der Dämmerung bewegte sich mit Püffen und Kreischen eine Art Karnevalsumzug über den Hof. Eine Rotte junger Burschen führte auf einer Trage, die sonst den Intendanzleuten zum Fassen von Brot diente, einen Mann spazieren. Bei näherem Zusehen erkannte ich den verrückten Pedro von der Achten. Das Gesicht mit Kohle angestrichen, sah er aus wie ein Negerhäuptling, den die Wilden beim Tanzfest umkreisen. Auf dem Kopfe trug er eine Krone aus Buntpapier und in der Hand hielt er einen Knüppel. Pedro war der Dorftrottel des Quartiers. Er wusch sich nie, und da er keine Angehörigen hatte, lebte er von den Abfällen der Küche. Augenblicklich schien er angetrunken. „Ich will eine Rede halten", gröhlte er, „ich bin der Delegierte." „Ruhe für Seine Exzellenz, den Herrn Delegierten", schrien die Umstehenden. Einer zog den Tragstuhl mit einem Ruck beiseite, worauf der besoffene Pedro in den Dreck des Hofes rollte, unfähig, sich wieder zu erheben. Die Burschen schienen vor Lachen zu bersten. Sie schlugen auf den Unglücklichen ein, stießen ihn mit den Füßen und brüllten aus voller Kehle: „Der Delegierte, der Delegierte!" Der Mond war aus den Wolken getreten und beleuchtete das Schauspiel. Vom Lärm angelockt kamen Neugierige aus den Baracken und standen in Gruppen beisammen.

Es war nicht schwer zu erraten, wer Pedro betrunken gemacht und die jungen Leute zu dem traurigen Ulk ermuntert hatte. Bedrohlich war, daß Major Poulain und seine Freunde sich in ihrem Kampf gegen den Oberst Praxtz auf bestimmte Gruppen der Internierten stützen konnten: auf einen Teil der

Anarchisten, auf die Trotzkisten und die Kriminellen. Diese Elemente waren in der Minderheit, aber in einigen Baracken, wie in der 7, 18 und 17, lebten sie in kompakten Gruppen.

Der Major hatte neue „Delegierte" ernannt; ihre Liste war an der Schwarzen Tafel angeschlagen. „Nun haben wir Barackenchefs", meckerte der sächsische Paul, „gewählte Vertrauensleute und ernannte Delegierte, das ist lausig genug." Das war die Meinung aller. So konnte es nicht bleiben. Während einige für einen Boykott der ernannten „Delegierten" waren, fand Gallo einen anderen Ausweg. Wieder versammelten sich die Männer in den halbdunklen, rauchverpesteten Gängen unter der Mittellampe. Der gewählte Delegierte erklärte die Kriegslage. „Sie versuchen uns zu spalten, das soll ihnen nicht gelingen. Sie versuchen uns zu provozieren, das soll ihnen noch weniger gelingen. Es kommt nicht darauf an, wer der Delegierte ist, sondern darauf, daß er den Auftrag der Baracke ausführt." Danach trat der ernannte „Delegierte" unter die Mittellampe. „Wie denkst du dir das, he —" Von allen Seiten hagelte es Fragen: „Was wird aus den versprochenen Decken? Wann werden die Fenster eingesetzt? Und die Heizung nicht vergessen!" Der ernannte „Delegierte" versprach, die Wünsche der Baracke getreulich dem Kommandanten vorzutragen, die Interessen der Kameraden zu vertreten.

In unserer Baracke war es Putzi, den der Major zum „Delegierten" ernannt hatte. Blaß und zitternd stand der Junge vor der Menge und versprach alles, was man von ihm verlangte. Es war ihm sichtlich nicht wohl zumute. Viele Monate hatte er nun unter diesen Menschen gelebt und er wußte, daß sie es verflucht ernst nehmen und daß es nicht leicht sein werde, ihr Mißtrauen zu besiegen.

Ehe noch die neuen „Delegierten" ihr Amt antreten konnten, kam die Nachricht, daß das Quartier A von einer Abteilung Garde Mobile besetzt sei. Bald sickerte durch, was drüben geschah. 42 sogenannte „Rädelsführer" des Hungerstreiks wurden in ihren Kojen verhaftet. Der Kommandant hatte seine Drohung wahr gemacht und die Männer auf Festung geschickt. Von schwerbewaffneten Soldaten umringt, wurden sie abgeführt, einem unbekannten Schicksal entgegen.

Wir wußten, daß Major Poulain gar zu gerne gesehen hätte, wenn das Quartier B sich zu lärmenden Kundgebungen hätte hinreißen lassen, um zu verhindern, was nicht zu verhindern war. Es war ein Nervenkrieg ausgebrochen zwischen ihm und uns. Wer wird den längeren Atem haben?

In diesen Tagen erschien am Schwarzen Brett ein Anschlag, dessen Inhalt vorübergehend den Kampf um die Delegierten in den Hintergrund drängte. Zum erstenmal wurde bekanntgegeben, daß eine interministerielle Kommission in Vichy über Freilassung und Ausreise der Internierten zu bestimmen habe. Die Voraussetzungen der Freiheit waren in Paragraphen und Unterparagraphen zusammengefaßt. Abends auf dem Bummel wurden diese Paragraphen abgewogen und durchleuchtet. Wer wird befreit? Es mußte von der Sûreté bescheinigt werden, daß der Gesuchsteller für die nationale Sicherheit und für die öffentliche Ordnung ungefährlich sei. Gerade solcher „Gefährlichkeit" wegen hielt uns die Sûreté aber gefangen. Konnte man erwarten, daß sie ihre eigenen Anordnungen aufhebe? Zur Erlangung des Ausreisevisums für Deutsche, Österreicher und Italiener war außer dem Nachweis der nötigen Reisepapiere und des nötigen Reisegeldes die Zustimmung der von der Wiesbadener Waffenstillstandskommission eingesetzten Kommission Kundt nötig. So erfuhren wir, wie die deutsche Kommission hieß, die uns besucht hatte. Wird je ein Schiff kommen und uns in das Land der Freiheit führen, ohne Garde Mobile, ohne Major Poulain, ohne Gestapo, ohne Hunger?

Manche meinten, alles sei Schwindel und nur ausgedacht, um uns von dem Kampf um die Delegierten und die Brotration abzulenken und uns vergessen zu machen, daß der zweite Winter in Vernet vor der Türe stand.

Optimisten und Pessimisten waren sich einig, daß wegen der

rosigen Visionen, die das Zauberwort „Ausreisevisum" ausgelöst hatte, das graue Heute nicht vergessen werden dürfe.
Immer noch wußte niemand, wer im Namen der Internierten
zu sprechen bevollmächtigt sei: die vom Kommandanten zweimal in Audienz empfangenen gewählten Vertrauensmänner
oder die neuen vom Major Poulain ernannten Delegierten?
„Wer hat ein Interesse daran, Unruhe zu stiften und das ver-
trauensvolle Verhältnis, das sich zwischen Kommandanten und
Barackenvertretern angebahnt hatte, zu stören?" So schrieben
die alten Delegierten an Oberst Praxtz. Sie verlangten eine
neue Aussprache. Sie warnten vor Provokationen. Sie beschworen den Befehlshaber des Lagers, seine Versprechungen
zu halten. Man konnte nicht wissen, wie der Oberst auf diesen Brief reagieren werde. Man mußte warten. Man mußte die
Ungeduldigen zügeln. Man mußte die Müden wachhalten.

*

Das Ohr hatte sich an rohes Schimpfen und heiseres Fluchen gewöhnt, an den Gleichschritt der Sektionen, an das
Hämmern und Reiben der Andenkenfabrikanten, die aus Sup-
penknochen Ringe erzeugten, an das Brüllen der Gendarmen,
an das metallene Klappern der Latrinenkübel und der Küchen-
kessel, an das Kreischen der Holzsäge, an das Heulen des Win-
des, an das Klatschen des Regens, an das nächtliche Rascheln
der Ratten. Plötzlich aber war ein neuer Laut in dem Höllen-
konzert der Lagergeräusche zu hören: Kindergeschrei. Ich
rannte zum Drahtgitter, wo man der neuen Besucherbaracke
am nächsten war. Da standen, jenseits des Zaunes, Frauen.
Bunte Frauenkleider, Boten einer anderen, nahezu vergessenen
Welt. In dem Grau des Lagers war dieser farbige Fleck etwas
Fremdartiges, Schreckliches, Herrliches. Eine junge Frau hielt
ein schreiendes Kind im Arm. Auch die Gendarmen, die um
die Frauen herumstanden, schienen erstaunt über ihre neue
Aufgabe. Sie lächelten verlegen. Vor dem Zaun sammelten
sich immer mehr Kameraden. Wir starrten stumm auf das
erregende Schauspiel der bunten Frauenkleider, und während

das Kleine im Arm der Mutter verzweifelt schrie, öffneten die Gendarmen die Gittertür, die zur neuen Besucherbaracke führte.

Major Poulain ließ zur Eröffnung der Besucherbaracke die Kapelle aufspielen. Die vier Musiker-Internierten aus der „Trinkgeld-Baracke" — sonst hatten sie den Offizieren in der Messe vorzugeigen — spielten vor den Frauen der Internierten, die gekommen waren, nach einem Jahr der Trennung, ihre Männer zu besuchen. Einige Paare hatten sich bereits über das Drahtgitter hinweg erkannt und begrüßt. Nun kam ein Sergeant mit der Liste. Glückstrahlend zogen die Gerufenen hinaus in Reih und Glied, diesmal nicht zu Dienst und Verhör.

*

Oberst Praxtz ließ wissen, daß er am 4. September, um elf Uhr vormittags, die Delegierten empfange. Die alten gewählten Vertrauensmänner der Baracken, nicht die ernannten Puppen des Majors. Der Oberst ist über die Verfügung des Majors einfach hinweggegangen. Sieg der Optimisten. Am glücklichsten war Putzi, denn nun brauchte er nicht den feierlichen Auftrag der Baracke auszuführen. Das faltige Gesicht des alten Ponz wurde noch zerknitterter. Wie das ausgehen wird? Quién sabe. Wer kann's wissen?

Der Oberst war milde gestimmt. Mit freundlicher, fast väterlicher Stimme begrüßte er die Delegierten. Man sollte doch mit der Agitation endlich aufhören. Ruhe brauche das Lager, Ruhe, nicht Aufregung und Wühlereien. Die 42 von A hätten nun hinter Festungsmauern Zeit nachzudenken über die Disziplin in einem Straflager. Ob einige in B vielleicht gleichfalls Lust haben, auf Festung geschickt zu werden?

Luigi bat ums Wort. Warum der Oberst immer das Wort „meneurs" (Hetzer) im Munde führe? Wer hetze denn? Habe der Oberst nicht selbst zugegeben, daß die Verhältnisse unhaltbar wären? Die Internierten verlangten nichts Unbilliges: sie wollten wissen, ob ein Ende der Gefangenschaft in Aussicht stünde. Und leben wollten sie. Sie wehrten sich, in Dreck, Kälte und Hunger zugrunde zu gehen. Der Oberst möge doch sagen, welche Zukunft die Internierten erwarte. Der Anschlag am Schwarzen Brett mit den vielen Paragraphen gebe keine Klarheit. „Die Mehrzahl der Internierten", gab der Oberst zurück, „wird den kommenden Winter in Vernet verbringen. Das ist sicher." Er werde sein möglichstes tun, um die Prozedur der Siebung zu beschleunigen. Aber er möchte nicht Illusionen wecken. Es heißt, sich auf den zweiten Winter vorbereiten.

„Dies ist es, was die Internierten erregt, nicht die Hetzer." Ich setzte die Worte langsam, um nicht wieder durch Schärfe und Gereiztheit alles zu verderben. Die Baracken sind noch immer ohne Fenster. In den Wänden klaffen die Löcher und durch die Ritzen weht der Wind. Was wird mit der Heizung? Wird für die Kranken besser gesorgt werden? Ist es nicht möglich, die internierten Ärzte im Hospital zu beschäftigen? Wie steht es mit der Nahrung? Können nicht die Wucherpreise der Kantine herabgesetzt werden? Wie steht es mit dem Brennholz? Wie steht es mit der Verteilung von Seife? Gibt es Wäschestücke und Kleider für die in Lumpen Umherlaufenden? Gibt es Decken für die Frierenden? Können nicht die Tuberkulosen in ein Sanatorium gebracht werden? Könnte nicht die Krankenstation ausgebaut werden? „Herr Oberst, bedarf es Hetzer, um die Internierten an ihre Nöte zu erinnern?" „Das Wichtigste ist die Autorität." Der Oberst hatte sich erhoben. Seine Stimme wurde heftig. „Ich habe Berichte, daß Sie die Internierten in nächtlichen Versammlungen aufhetzen. Ich werde schonungslos gegen die Hetzer vorgehen."

„Wer hetzt?" trat nun ein alter weißhaariger Spanier hervor. Er war Delegierter der Baracke 20. Seine Augen blitzten. „Der Hunger ist der schlimmste Hetzer, Herr Oberst. Sie verdanken es uns, den Delegierten, daß die halbverhungerten Gefangenen geduldig warten. Warum warten sie? Weil wir, die Delegierten, es ihnen täglich, stündlich predigen: Wartet, geduldet euch, laßt euch nicht provozieren. Ihre Offiziere aber provozieren, Herr Oberst! Das muß ein schlimmes Ende nehmen."

Bleich war das Gesicht des Spaniers, noch bleicher durch das Silber der Haare. Auch des Obersten Gesicht war fahl und die Augen flackerten in seinem unruhigen Gesicht. Stille war im Raum.

Nochmals trat Luigi vor. Seine ruhige Stimme zwang zur Sachlichkeit. Es handelt sich um die Frage, wer berechtigt sei, im Namen der Internierten zu sprechen. Der Oberst sollte doch endlich Klarheit schaffen. Sind die frei gewählten Barackenvertreter anerkannt oder nicht? Der Quartierkommandant habe begonnen, durch umfangreiche Versetzungen künstliche Mehrheiten in den Baracken zu schaffen. Die Unruhe im Lager habe ihre Ursache in diesen Maßnahmen. Der Major hetze Internierte gegen Internierte. Manche Barackenchefs genießen das besondere Vertrauen der Offiziere. Leider sind es diejenigen, die nicht das Vertrauen ihrer Männer genießen. Zwischenfälle werden auf diese Weise provoziert, für die nicht die Delegierten die Verantwortung tragen. Wenn es Hetzer gebe, dann nicht sie.

Böse funkelten die Augen des Majors, der neben dem Obersten stand. Er biß sich auf die Lippen, aber er sagte nichts. Der Oberst blickte verlegen. „Ich werde die Frage der Transferierungen und die damit zusammenhängende Frage der Barackenvertrauensmänner mit dem Herrn Major prüfen und dann entscheiden. Reichen Sie Ihre Vorschläge für die Verbesserung der Lebensbedingungen im Winter schriftlich ein." Wir waren entlassen.

Nichts war entschieden. Alles blieb in Schwebe. Jeden Tag erschienen am Anschlagbrett Listen von Internierten, die ihre Baracke sofort zu verlassen hätten. Eine allgemeine Wanderung setzte ein. Die Hälfte der Baracke 7 wurde in die Baracke 8 verlegt. Auf diese Weise wurde die Baracke 7 von delegiertenfreundlichen Elementen gesäubert. Der Delegierte der Siebenten selbst mußte seine Baracke verlassen. Dafür wurden die delegiertenfeindlichen Internierten aus verschiedenen Baracken in die Siebente versetzt. So wurde künstlich eine Barackenbelegschaft geschaffen, in der die feindlichen Elemente die Mehrheit hatten. Ein Gleiches geschah in der Baracke 18. So waren zwei Trotzburgen der Gegner entstanden. Woher hatte der Leutnant die Namen? Zwei Lager standen einander feindlich gegenüber: eine Mehrheit für die gewählten Delegierten und eine Minderheit für Major Poulain und Leutnant Clerc.

Ein neuer Zwischenfall ereignete sich. Es war der 23. September, ein Vernet-Tag wie jeder andere. Am Anschlagbrett war die Liste der Männer erschienen, die sofort aus der Baracke 19 auszuziehen hätten. Es war fünf Uhr nachmittags und kein Offizier war im Quartier zu sehen. Delegierter der Baracke war Boris, ein Bulgare. Man sah ihn zum Lagertor laufen. Mit schweren Schritten ging der Wachtposten auf und ab. „Führen Sie mich augenblicklich zum Kommandanten", rief er über den Zaun. „Aber das kann ich doch nicht, ich stehe Wache." „Rufen Sie einen Ihrer Kameraden, es ist ganz eilig. Die Ruhe des Lagers hängt davon ab, daß Sie mich sofort zum Kommandanten führen." Der Wachtposten setzte seine Signalpfeife an. Von der Polizeiwache kam ein Sergeant. „Was gibt's?" Boris wiederholte seine Bitte. Fünf Minuten später stand er vor dem Obersten.

„Sie haben versprochen, die Frage der Transferierungen zu entscheiden. Inzwischen aber werden sie durchgeführt. Soeben ist für meine Baracke die Transferierung eines Drittels der Belegschaft angeordnet worden. Meine Leute weigern sich auszuziehen. Wollen Sie sie mit Gewalt zwingen?" Der Oberst schien überrascht. „Ich wußte von nichts", stammelte er. „Ja, aber was wollen Sie tun?" drängte der Delegierte.

„Warum wollen Ihre Leute nicht aus der Baracke?"

„Weil sie mit ihrem Delegierten einig sind und nur zu ihm Vertrauen haben. Der Leutnant aber glaubt auf Grund von verlogenen Berichten des Barackenchefs, daß nur ‚Hetzer‘ für den Delegierten sind.“

„Wie wollen Sie das beweisen?“

„Sehr einfach: durch Abstimmung.“

Der Oberst schien sprachlos. „Durch Abstimmung?“ wiederholte er. „Wie denn sonst?“ antwortete Boris rasch. „Die Mehrheit der Baracke soll entscheiden, ob sie für den Delegierten oder für den Barackenchef ist.“

Es gab kein Zurück mehr. Der Oberst ordnete die Abstimmung in der Baracke 19 an.

Die Mützen flogen in die Höhe, als Boris über seine Intervention beim Obersten berichtete. Das war wirklich ein Sieg. Am nächsten Morgen erschien Leutnant Clerc, Kommandant des Quartiers, in der Tür der Baracke 19. Sein Bambusstöckchen hing ihm schlaff am Handgelenk. In seinem noch jungen Gesicht waren Falten eingegraben. Seine Augen funkelten böse, die Stimme aber klang gelassen, fast freundlich, als ob alles nur ein unwichtiger Scherz wäre. Der Oberst habe angeordnet, daß die Insassen der Baracke 19 in freier Abstimmung entscheiden sollten, ob sie zum bisherigen Barackenchef Vertrauen hätten, wie er annehmen wolle, oder ob sie dafür seien, daß der bisherige sogenannte Delegierte Barackenchef werden sollte... Jedenfalls ist es der Wille des Obersten, hier hob er ein wenig die Stimme, daß nur eine Autorität in jeder Baracke bestehen sollte: der Barackenchef. Die Einrichtung besonderer Barackenvertrauensmänner erübrige sich, sobald der Barackenchef selbst das Vertrauen der Barackeninsassen genieße.

Ob alle verstanden hätten?

„Vollkommen, Herr Leutnant“, kam es aus dem dunklen schlauchartigen Gang.

Es nützte nichts, er mußte sich selber bequemen und die Abstimmung vornehmen, trotz der schlechten Gerüche, die seine Nase belästigten. Begleitet von einem Gendarmen und dem bisherigen Barackenchef ging Leutnant Clerc von Koje zu Koje und notierte auf einem Block die Stimmen. Es wurde öffentlich abgestimmt, unter den Augen der Lagerwache. Wir hatten uns die Abstimmung anders vorgestellt. Aber daran war jetzt nichts mehr zu ändern. Jeder hatte seine Stimme abzugeben im Beisein der dreifachen Autorität, von Leutnant, Gendarm und Barackenchef. Dreifach war die Rache angedroht und gesichert für den Fall, daß die Abstimmung an dem bisherigen Machtverhältnis nichts ändern sollte.

Das Einsammeln der Stimmen hatte einundeinhalb Stunden gedauert.

Der Leutnant hatte sich die Lippen zerbissen. „Ich werde das Ergebnis nachmittags bekanntgeben, nachdem ich mit dem Obersten gesprochen habe."

Aber das Ergebnis war auch uns bekannt. Wir hatten mitgezählt. Von 160 Barackenbewohnern waren 24 für den bisherigen Barackenchef. Boris wurde Chef der Neunzehnten.

Der Angriff war mit demokratischen Mitteln abgeschlagen. Und dabei befanden wir uns im Straflager von Vichy. Der gleiche Vorgang, erzwungen irgendwo draußen im Betrieb, hätte zweifellos zur Internierung der Verantwortlichen geführt.

Major Poulain und Leutnant Clerc hatten den Kampf keineswegs aufgegeben. Ende September war der Präfekt des Departements Ariège zur Inspektion erschienen. Viermal hatten die Gendarmen an diesem Tag zur Vergatterung gepfiffen. Aber immer wieder hieß es, die Sitzung im Büro sei nicht zu Ende. Stritten sie wegen der Delegierten? Oder ging es um die Winterwunschliste? Oder behandelten sie die Angriffe in der Auslandspresse? In der „Gazette de Lausanne" war ein Artikel erschienen, in dem ein repatriierter Schweizer die Zustände im Lager Vernet enthüllte. Dieser Artikel zirkulierte wenige Tage nach seinem Erscheinen im Lager. Wenn es das war, dann hätten wir dem Herrn Präfekten noch einige Details liefern können. Der Hunger war seither noch schlimmer geworden. Die Schwalbenschwärme, die auf ihrem Flug nach dem Süden über das Lager zogen, wurden von hungrigen

Jägerkolonnen empfangen. Die armen Vögel, die so unvorsichtig waren, sich auf den Dächern der Baracken auszuruhen, wurden gefangen und aufgegessen. Schwalbensuppe war das Neueste auf dem Speisezettel der geheimen Küchen, zu deren Betrieb nach und nach die Balken und Bretter der leeren Baracken, die Umzäunung der Pissoire, die Wände der Latrinen, die Pfosten des Drahtverhaus verfeuert wurden.

Der Besuch des Präfekten hatte keine Erleichterung gebracht. Es schien, als ob er den Scharfmachern recht gegeben hätte. Leutnant Clerc verbot jeden Besuch in fremden Baracken. Ein Anschlag verbot kollektive Eingaben jedweder Art. Die Internierten antworteten mit einem Briefsturm auf das Quartiersbüro. Hunderte Briefe häuften sich auf dem Schreibtisch des Leutnants. Jeder einzelne Punkt unserer langen Forderungsliste, die beim Präfekten auf ihre Erledigung harrte, wurde in Form eines individuellen Gesuchs vorgetragen. Einer schrieb, er habe Hunger, er wolle eine größere Ration, ein anderer verlangte eine Decke, ein dritter wollte die Kantinenpreise herabgesetzt haben, ein vierter wollte befreit werden, ein fünfter verlangte schließbare Fenster, und so hatte jeder eine Idee und alle diese Ideen waren in ihrer Häufung ein einziger Schrei nach menschenwürdigen Lebensbedingungen.

Leutnant Clerc begriff nur zu gut den Sinn dieser Briefaktion. Er ließ alle Briefe an die Absender zurückgehen, die meisten mit einem handschriftlichen Vermerk. Dem Spanier, der sich über Hunger beklagte, antwortete er: „Ich auch." Das böse Wort ging von Mund zu Mund, und die Erbitterung wuchs.

Nun beging Leutnant Clerc eine Dummheit. Er ließ anschlagen, daß das gemeinschaftliche Singen verboten sei. Was bisher Vergnügen war, wurde nun eine Kampfhandlung. Es gab keinen Abend ohne Chorkonzert. Das Verbot wurde nicht nur übertreten, es wurde verhöhnt. Das Singen wurde zu einer Massenbewegung. Alle Nationen sangen. Alle Baracken sangen, das ganze Quartier sang. Dagegen war der Leutnant machtlos. Er mußte das Verbot wieder aufheben.

„Bald machen wir eine Festwoche zur Erinnerung an die Gründung der Interbrigaden im Oktober 1936", die Absicht erzählte der lange August beim Spaziergang.

„Und was wird Major Poulain dazu sagen?" fragte ich ungläubig.

„Den werden wir nachher fragen, wie es ihm gefallen hat", gab der lange August zurück.

Wie in den Schützengräben vor Madrid, wo sie entstanden, als die Moros stürmten, stiegen die Lieder der Brigaden in die sternklare Nacht und weckten den Mut der Männer, die sich wieder als Soldaten fühlten und voller Hoffnungen waren, als ob sie mit dem gemeinschaftlichen Gesang die Gitter der Gefangenschaft aufsprengen könnten.

*

Eine Delegation der Baracke 9 erschien beim Leutnant und verlangte, daß auch in ihrer Baracke eine Abstimmung über die Absetzung des Barackenchefs durchgeführt werde. Leutnant Clerc geriet in Wut: „Der Unfug der Abstimmung ist beendet. In diesem Quartier bin ich Ludwig XIV. Ich befehle und Sie gehorchen!"

Das war eine neue Tonart. Mit ihr kam auch eine neue Truppe. Wir sahen die schwere Hand des Präfekten sich aufs Lager legen.

Am 12. Oktober, genau vor einem Jahr waren wir angekommen, wurden vor den Baracken neue Disziplinarvorschriften verlesen. Wieder kam es zu leichten Zwischenfällen, da viele sich nicht enthalten konnten zu rufen: „Wir brauchen Brot, nicht Grußvorschriften!" Zwei Tage später, gegen sechs Uhr abends, ereignete sich die zweite Explosion.

Wir waren gerade beim Auslöffeln der Abendsuppe, als das Geschrei begann. Ich stürzte ins Freie. Aus allen Baracken strömten die Internierten, wie die Arbeiter aus dem Fabriktor, nachdem die Sirene Feierabend gepfiffen. Alles rannte zur Baracke 20. „Hinaus mit der Wache! Die Wache hinaus!" kam es aus dem Innern der Baracke. Immer lauter wurden die Rufe. „Es geht los", schrie aufgeregt ein Pole und rannte sinnlos weiter. Man erfuhr, daß zwei Gendarmen sich innerhalb der Baracke befanden. Man konnte sie im Halbdunkel nicht gleich sehen. Das war eine gefährliche Lage. Wenn irgend jemand aus Aufregung oder in provokatorischer Absicht das Signal zum Angriff gibt? Ich suchte den Barackendelegierten, es war der alte Spanier, der sich vor dem Obersten durch seine energische Rede ausgezeichnet hatte. Er stieß einige Wilde zurück, die sich an die Uniformierten herandrängen wollten. „Sie sehen, daß die Verhaftung jetzt unmöglich ist", wandte er sich an die Bewaffneten. „Es ist am besten, wenn Sie sich zurückziehen." Das Schreien schwoll an, immer drohender. Die beiden Gendarmen sahen einander an. Schließlich zogen sie sich zurück, mit dem Rücken zur Tür, das Gesicht den Internierten zugewandt. Kaum waren sie im Freien, begann der Chor von neuem: „Hinaus mit der Wache! Hinaus mit der Wache!" Wieder wie an jenem stürmischen Augusttag folgten hunderte Internierte den Gendarmen auf den Fersen, immer lauter brüllend: „Hinaus mit der Wache! Hinaus mit der Wache!"

Dann schloß sich das Gittertor hinter ihnen.

Der Leutnant hatte Befehl gegeben, einen Mann der Baracke 20 ins Gefängnis einzuliefern. Dieser hatte irgendeins der zahllosen Lagerverbote übertreten; vielleicht mit einem Kameraden in C über den Zaun hinweg gesprochen oder nicht vorschriftsmäßig die Mütze vor einem Offizier abgenommen.

Der Verhaftungsbefehl erwies sich aber als undurchführbar. Der Mann klammerte sich an seinen Platz, schrie, weigerte sich, den Gendarmen, die ihn ins Gefängnis bringen sollten, zu folgen, und als diese versuchten, ihn mit Gewalt wegzu-

197

schleppen, alarmierte er mit seinem Schreien das ganze Quartier.

Das war die Antwort an Major Poulain, Leutnant Clerc und die Gruppe der scharfmacherischen Offiziere.

Was aber wird der Oberst zu diesem neuen Fall offener Auflehnung sagen? Seltsamerweise geschah gar nichts. Es schien, als sei der Zwischenfall amtlich nicht bemerkt worden. Keine Drohung mit Gewalt folgte dem Aufruhr. Die Vorbereitungen für das Fest der Interbrigaden wurden fortgesetzt. Drüben in C stellten Zeichner eine künstlerisch ausgestattete Festschrift zu Ehren der Spanienkämpfer her. Das bunte Heft ging von Hand zu Hand, jeder hatte es, in einer Ecke versteckt, gelesen.

Zwischen dem Kommando und den Internierten gab es einen nicht erklärten Kriegszustand. Die Internierten waren im Begriff, eine antifaschistische Kundgebung hinter Stacheldraht zu organisieren. Nichts weniger war das Interbrigadenfest. Viele hunderte Menschen wußten davon. Es konnte nicht angenommen werden, daß das Kommando nichts davon erfahren haben sollte. Wahrscheinlich war ein Gegenschlag in Vorbereitung.

Am Morgen meldete sich der Gefängniskandidat freiwillig zum Antritt der über ihn verhängten Strafe. Während die Lageroffiziere, ihres Sieges froh, den Mann in der Kommandantur ausführlich vernahmen, in der Absicht, aus ihm die Namen der „Rädelsführer" herauszupressen, versammelten sich in einer der leerstehenden Baracken mehrere hundert Internierte zu einem Meeting. Nackte Wände bildeten den unfestlichen Hintergrund. Aus Tischen war eine Bühne gebaut. Die Stirnwand war mit Tüchern verdeckt; inmitten bunter Fetzen prangten die Buchstaben IB.

Es begann zu regnen, und der herbstliche Wind pfiff kalt durch die Fensterlöcher, deren Rahmen längst verheizt waren. „Spaniens Himmel" begann der Chor. Die Männer sangen inbrünstig. Die „Partisanen" folgten. Eine kurze Ansprache.

Lieder der Brigaden, Nation nach Nation, Österreicher, Deutsche, Polen, Ungarn, Italiener. Zum Schluß Schiller: „Eine Grenze hat Tyrannenmacht..."

Meine Wangen glühten. Ich blickte nach außen. Werden sie kommen?

Fünfzehn Minuten waren vergangen. Da kamen sie. Sie kamen nicht überraschend. Es war dafür gesorgt, daß ihre Ankunft rechtzeitig bekannt wurde. Bevor noch der Leutnant und seine Truppe die Festbaracke betreten konnten, hatte der Versammlungsleiter, es war ein deutscher Spanienkämpfer, einen Brief des Obersten verlesen: „Auf Ihr Gesuch um Abhaltung einer künstlerischen Feier zur Ehrung der Internationalen Brigaden, die in Spanien gekämpft haben, teile ich Ihnen mit, daß diese Feier untersagt ist." Wir klatschten rasend, aber noch heftiger klopften unsere Herzen. „Ruhig auseinandergehen", hieß es. Als der Leutnant den Saal betrat, standen gerade noch ein paar Männer im Gespräch, während im Hof die Kameraden ihren Baracken zueilten. Nicht zu hastig.

„Was ist hier los?" schrie Leutnant Clerc.

„Nichts Besonderes, Herr Leutnant, eine Gesangprobe."

*

An einem Morgen der Festwoche sagte der lange August zu mir und dem sächsischen Paul: „Kommt." Wir dachten, es gehe zu irgendeiner Sitzung. August lenkte seine wiegenden Matrosenschritte zur Baracke 20. Wortlos. Am Eingang der Baracke übernahm uns ein Spanier. Ohne ein Wort zu sagen, führte er uns zu einer Hühnerleiter in der Mitte der Baracke. Oben wohnten Spanier, soviel ich wußte. „Hinauf." Der Raum war durch einen Vorhang aus Sackleinwand abgeschlossen. Also doch eine Sitzung, dachte ich. Warum aber dieses verdächtige Schweigen? Sobald ich den Vorhang zurückgeschlagen hatte, befand ich mich in einem Raum, der durch seine ungewöhnlichen Maße auffiel. Als nächstes erblickte ich eine rote Fahne mit Hammer und Sichel. Aus dem Schlafplatz von drei

Personen war durch die Vorhänge ein geschlossener Raum gemacht worden. Eine Ausstellung. An den Wänden Fahnen in den Farben der spanischen Republik und der Sowjetunion, rote Spruchbänder mit weißen Lettern, Bilder der Helden und Führer des Krieges, José Diaz, die Passionaria, ihnen gegenüber Thälmann, Hans Beimler, die Führer der Brigaden und in der Ecke Lenin und Stalin. Dazwischen, auf Tischen ausgebreitet, Erinnerungen aus dem Bürgerkrieg, Bücher und Broschüren, Zeitungen, Plakate. Der Verstand weigerte sich zu glauben, was die Sinne faßten; eine Ausstellung des spanischen Krieges im Lager Vernet, illegal organisiert, unter den Augen der pétainistischen Polizei, zu Ehren der Internationalen Brigaden. Vor den Reliquien des Bürgerkrieges stand eine Ehrenwache. Im Laufe von vierzehn Stunden besuchten mehr als hundert vertrauenswürdige Kameraden die Ausstellung, jeweils zu zweit, keiner wußte vom andern. Niemand sprach ein Wort.

Ein „Bankett" zu Ehren der Interbrigadisten schloß die Festlichkeiten. Ganz öffentlich diesmal. Die verdientesten Männer saßen im Präsidium. Sie empfingen die Geschenke der militärischen Einheiten. Diese lebten weiter, trotz Stacheldraht und Sûreté. Sie lebten weiter mit ihren Traditionen, mit ihren Führern, mit ihrer Disziplin, mit ihrer Freundschaft, mit ihrem Kampfgeist.

*

Major Poulain hatte nichts vergessen. Er hatte seine Berichte nach Vichy geschickt über die seltsamen Zustände in diesem Lager, das nach dem Willen der Regierung einer besonderen Zucht unterstellt sein sollte, wo aber Delegierte unsichtbar lenkten, Abstimmungen stattfanden, Demonstrationen lärmten, Haftbefehle verhindert wurden. Er unterließ es nicht, über den Lagerkommandanten zu berichten, der mit Delegierten Verhandlungen führe, statt sie wegen Aufruhr vors Kriegsgericht zu stellen. Er verlangte Instruktionen.

Bei den Offizieren rüstete man zu der endgültigen Auseinandersetzung. Der Oberst hatte den Antrag der Baracke 9 abgelehnt, über die Frage: Barackenchef oder Delegierter? abzustimmen. Der Antrag war von hundertneun Barackeninsassen unterzeichnet. Nur die Freunde des Barackenchefs hatten nicht unterschrieben. Trotzdem bestätigte der Oberst den Barackenchef in seiner Funktion. Drohend fügte er hinzu: wer dem Barackenchef den ihm schuldigen Gehorsam verweigere, werde nach der Lagerordnung wegen Disziplinbruch bestraft werden. Es schien, als sollte die Frage des Barackenchefs in der Neunten zu einer neuen Kraftprobe werden.

Vor dem Büro des Leutnants hatten sich hunderte Internierte versammelt, die der Vorsprache einer Delegation der Baracke 9 Nachdruck verleihen wollten. Leutnant Clerc weigerte sich, die Delegierten zu empfangen, solange die Ansammlung vor seinem Büro nicht verschwunden sei. Nur die Bewohner der Baracke 9 durften stehenbleiben. Inzwischen war die Truppe gekommen, die den Platz vor dem Büro räumte. Wir beobachteten die Vorgänge aus der Entfernung, in die uns der Kordon der Wache hielt.

Der Leutnant sprach. Wir hörten die Worte „Disziplin" und „kommunistische Verhetzung". Dann forderte er diejenigen auf, die mit dem Barackenchef nicht einverstanden seien, vorzutreten. Die „kommunistischen Hetzer" sollten jetzt Farbe bekennen. Hundertneun Männer traten vor, alle, die den Antrag unterschrieben hatten. Der Barackenchef mit seinen Freunden blieb allein in den Reihen.

Der Leutnant biß sich auf die Lippen. „Achtung, Tritt gefaßt, vorwärts, marsch." Er stellte sich an die Spitze der vorgetretenen Barackenmannschaft und führte sie ins Quartier zurück. Vor der Baracke 9 befahl er „Auflösung".

Der Leutnant hatte verloren, aber die Baracke hatte nicht gesiegt. Der Barackenchef blieb.

Sein Leben war nicht heiter. Er saß in seiner Koje, umgeben von seinen Getreuen, wie in Feindesland. Niemand sprach mit ihm. Nur seine dienstlichen Befehle wurden ausgeführt. In der

Nacht aber ließen unsichtbare Hände Wasser auf seinen Platz fließen und die Stufen an seiner Hühnerleiter verschwanden, sooft man sie auch annagelte. Eisern harrte er aus.

*

Am Tage nach dem Bankett zu Ehren der Interbrigaden rief mich Putzi in den Hof. Draußen standen die Intendanzmannschaften neben ihren Tragen. Sie hatten eben das Essen gefaßt und sollten es in die Küche schaffen. Die Tragen waren voll verfaulter Rüben.

Da standen vor jeder Baracke die Männer des Intendanzdienstes neben den hölzernen Tragen. Um sie die protestierende Menge. Was sagen die Delegierten?

„Vor allem keine lärmenden Demonstrationen. Diese zu provozieren sei seit langem die Absicht der faschistischen Offiziere. Die Rüben seien Schweinefraß, aber ein Blutbad unter diesen Umständen sei schlimmer."

Einige widersprachen. Das sei Feigheit. Die Delegierten hätten vergessen, daß das Lager zum Kampf bereit sei. Manche riefen: „Die Bremser!" Einige wütend: „Verrat!"

Die Delegierten schlugen vor, eine Abordnung zum Kommandanten zu schicken, um ihn zu bitten, persönlich ins Quartier zu kommen.

Aber da war er schon. Wer hatte ihn verständigt? Umgeben von Major Poulain, Leutnant Clerc und dem Verpflegungsoffizier war er unbemerkt durch das Gittertor getreten. Vor dem Tor war eine Sturmabteilung der Wache mit Karabinern und einem Maschinengewehr aufgetaucht.

Als die Internierten der Offiziere ansichtig wurden, trat für eine Sekunde Stille ein. Aber sofort begannen die Rufe von neuem. Die Masse drängte näher, drängte gegen die drei Offiziere.

Der Oberst war wieder ohne Mütze. Seine Augen quollen krankhaft hervor, das Gesicht war gelb und faltig. Die kurzgeschorenen silbergrauen Haare leuchteten in der Sonne. „Ich wünsche nur die Vertrauensmänner der Baracken zu sprechen", rief der Oberst. Aber die Masse drängte heran, lärmend, streitsüchtig. Einige Delegierte schrien aus Leibeskräften: „Der Oberst empfängt die Delegierten! Alle zurück!" Aber die Disziplin war verschwunden. Die gereizten Menschen hörten nicht mehr auf das Wort der Delegierten. Die nächste Sekunde schon konnte den tätlichen Angriff auf die Offiziere bringen. Die Truppe stand feuerbereit in einer Entfernung von zwanzig Metern.

Die Besonnenen faßten sich an der Hand. Rasch war eine Kette gebildet, das Gesicht zu der schreienden, drängenden Menschenmasse. Einige harte Püffe fielen auf diejenigen, die am wildesten tobten. Der Ansturm kam zum Stehen. Zwischen den Offizieren und der Masse war genügend Raum entstanden, so daß die Delegierten vortreten konnten. „Herr Oberst", sagte ich, „Sie versprachen eine Verbesserung des Essens. Die von Ihnen angeordneten Rationen werden von der Intendanz nicht eingehalten. Prüfen Sie das heute ausgegebene Material. Davon können Menschen nicht leben."

Der Oberst streifte die stinkenden Rüben mit einem uninteressierten Blick. Er wechselte einige Worte mit dem Verpflegungsoffizier. „Wenn die Leute Vernunft annehmen und sofort Ruhe eintritt, werde ich ausnahmsweise heute eine Sonderration von Nudeln ausgeben lassen."

Ich sah, wie Poulain und Clerc einander Blicke zuwarfen.

Der Oberst schritt zum Tor, gefolgt von den Offizieren.

In diesem Augenblick kam es in unmittelbarer Nähe des Tores zu einem Handgemenge. Ich konnte nicht sofort übersehen, was eigentlich geschehen war. Ich sah nur, wie der Chef der Baracke 9 zum Tor taumelte, Püffe hagelten auf ihn ein. In der nächsten Sekunde war er zum Tor hinausgeprügelt, das der Oberst und seine Offiziere eben passiert hatten und das noch halb offenstand.

Die Szene löste neues Schreien aus. Die Masse drängte jetzt dicht an das Gitter heran.

Der Oberst, der bereits draußen stand, hatte sich umgedreht.

Wir sahen wieder sein krankhaft gelbliches Gesicht. Nun verlor auch er alle Selbstkontrolle. Er schrie über den Zaun: „Ihr verdient es nicht besser!" Der befehlshabende Offizier ließ anlegen. Wieder drängten Besonnene die wild schreienden Menschen vom Gitter zurück. „Das hat doch keinen Sinn, laßt die Delegierten verhandeln."

Ich befand mich hart am Gitter, als der Oberst jenseits der Drahtbarriere aus Leibeskräften schrie: „Unsere Gefangenen in Deutschland haben es schlechter als ihr!"

„Herr Oberst", schrie ich zurück, „die Kriegsgefangenen sind nach internationalem Recht gefangen, aber wir..."

„Ihr", brüllte außer sich der Oberst, „ihr seid verdächtig—"

Ich rief, so laut ich konnte: „Wenn wir verdächtig sind, warum stellen Sie uns nicht vor Gericht?"

„Wir werden die Rädelsführer des Aufruhrs vor Gericht stellen... Sie werde ich mir merken. Wie heißen Sie?"

„Delegierter der Baracke 6, Herr Oberst."

Der Oberst hatte geschrien, geschimpft, gedroht, aber den Befehl zum Feuern hatte er wieder nicht gegeben.

*

Einige Tage später — ich wartete vor dem Büro der Kommandantur auf eine Vernehmung — kam der Oberst vorbei. Er kam aus seinem Büro und schritt über den weitläufigen Hof, der in der Sonne staubte. „Lassen Sie das", winkte er lässig ab, als ich die vorgeschriebene Ehrenbezeigung machte. „Ich kenne Sie, Sie sind der Graukopf, der nach dem Gericht schreit. Es ist gut, daß ich Sie sehe. Ich wollte einmal mit Ihnen reden. Ohne Förmlichkeiten. Ich bin Franzose. Ich verstehe, daß Sie es hart haben, aber es ist Krieg. Auch die Unsern leiden. Was wollen Sie eigentlich?"

„Die Delegierten führen den Auftrag der Kameraden aus."

„Was wollen die... Delegierten, oder wer halt hinter ihnen steht?"

„Wir haben es Ihnen immer wieder gesagt: die Delegierten

wollen Ruhe und Disziplin im Lager erhalten. Wir verstehen sehr gut, daß Gewaltakte zu nichts führen. Aber wir können nur dann für Ruhe garantieren, wenn die Internierten nicht immer wieder herausgefordert werden."

Der Oberst begann aufzuzählen, was er alles für die Verbesserung der materiellen Lage der Gefangenen getan habe. Einen großzügigen Plan habe er ausgearbeitet, um die Baracken umzubauen und wohnlich zu gestalten. Es sollten nur noch sechsundachtzig Menschen in einer Baracke hausen. Die Pläne seien bereits genehmigt. Die erste Wohnbaracke nach dem neuen Plan werde in den nächsten Tagen an der Brandstelle erbaut werden. Der Winter werde hart sein, aber er erwarte, daß die Delegierten helfen werden, Ruhe und Ordnung aufrechtzuerhalten.

„Herr Oberst, wir können keine Verantwortung tragen, wenn man sie uns gleichzeitig als Verbrechen ankreidet. Sie haben bis heute die Delegierten nicht legalisiert. Sie haben sie überhaupt nicht mehr empfangen. Und schließlich, da ist der Fall der Baracke 9..."

Er unterbrach mich. „Ich weiß alles. Aber ich bin Soldat und muß die Befehle meiner Vorgesetzten ausführen. Es ist der schriftliche Befehl des Herrn Präfekten, daß der Chef der Baracke 9 unter allen Umständen und mit allen Mitteln auf seinem Posten geschützt werden müsse. Wissen Sie, was das heißt: mit allen Mitteln?" Mit leiser Stimme setzte er fort: „I c h w e i ß e s, aber ich will kein Blutbad." Sein Blick ging in die Weite. „Ich habe einen Sohn im Feld." Noch leiser wurde die Stimme. „Wir müssen alle Opfer bringen..." Es war, als spräche er zu sich selbst. „Ich habe den Chef der Neunten für einige Tage hier draußen schlafen lassen. Heute nachmittag wird er ins Quartier zurückgeführt werden. Er muß seinen Posten wiederaufnehmen. Verstehen Sie. Er muß. Es darf keine Demonstrationen geben. Ich will kein Blutbad. Ich will nicht."

Sein kurzgeschorenes grauweißes Haar leuchtete in der Herbstsonne.

NEUER WINTER

Als sich die Morgennebel verzogen, war das Weiß der Schneekuppen bis ins Tal hinuntergerückt. Reif bedeckte die Wiesen des Hügels, wo im Sommer die Weiden wuchsen. Auch die Dächer der Baracken glänzten in sauberem Weiß. Die Sonne hatte noch Kraft genug, die schimmernden Zeugen des Nachtfrostes zu verjagen. Traurig reckten jenseits des Drahtgitters die Pappeln ihre fast kahlen Äste in den feuchten Dunst des Morgens. Die letzten Stöße von gelbleuchtenden Blättern fegten über die schmutzige Lagerstraße.

Es war zu kalt, um im Freien zu sitzen. Die sommerlichen Tischchen, die zwischen den Baracken herumstanden, waren verschwunden. Rudolf hatte Sweater und Schale aus dem Koffer geholt und die erste Wollschicht angelegt. „Diesmal bin ich versorgt", lachte er, „zu meinem Geburtstag habe ich drei Schneehauben bekommen." „Es ist zu früh zum Frieren", meinte Gerhart. „Frost zu Allerseelen, das wird ein langer Winter."

Noch lag die Sorge ums Essen näher als die Angst vor dem Frieren. Es hatte alles nichts genützt. Nicht das Aufbegehren und nicht das Verhandeln. Der Oberst hatte den Delegierten vorgerechnet, daß der Staat täglich 11 Francs 50 für jeden Internierten ausgebe. Was wir davon erhielten, war nicht einen runden Franc wert. Wer wurde reich am Hunger der Gefangenen? Der Verpflegungsoffizier lehnte jede Kontrolle ab. Er wollte uns mit Topinamburs (eine als Viehfutter verwendete Knollenpflanze) über den Winter bringen. Vorne in den Magazinbaracken wurden Waggonladungen dieser unbeschreiblich ekelhaften Nahrung aufgeschichtet. Niemand hatte jemals vorher das schreckliche Wort auch nur gehört. Im kochenden

Wasser löste sich die leimige Substanz auf, und die Internierten bekamen schmutziges Wasser als Nahrung. In Paris äßen sie es als kostbares Vorgericht, meinte der Verpflegungsoffizier. Bald fingen sie an zu faulen, aber die verfaulten Topinamburs wurden auf die Ration angerechnet. Es blieb nichts anderes übrig, als sie im Graben zu verscharren. Einen Tag blieben wir ohne Essen. Abends ließ der Oberst wieder Nudeln ausgeben; er wolle keine Demonstrationen. Aber die Topinambur-Berge in den Magazinbaracken müßten in den kommenden Wochen vertilgt werden. Pedro, der Dorftrottel, hatte die verfaulten Topinamburs, die auf Anordnung der Delegierten verscharrt worden waren, ausgegraben und verzehrt.

Jeden Tag gab es neue Zwischenfälle wegen des Essens. Gaben sie Steinerbsen, so waren sie wurmig. Gaben sie Fleisch, so war es verfault. Gaben sie Frischgemüse, so waren es Rettiche oder Kohlwruken, schlimmer als das Viehfutter. Wütend schleuderte ein Spanier den Inhalt seines Blechnapfes in den Kanalgraben. „Den Dreck könnt ihr selber fressen", schrie er dem diensthabenden Sergeanten ins Gesicht. Dieser brummte sein „je m'en fous" vor sich hin und verschwand.

Die Geld hatten, kauften in der Kantine Grieß, Nudeln, Reis. Draußen waren alle diese Waren nicht ohne Marken erhältlich. In der Lagerkantine aber wurden die rationierten Lebensmittel, wenn auch zu Schleichhandelspreisen, feilgeboten. „Sie verkaufen unsere lausigen Rationen", zischte gelb vor Wut der sächsische Paul. „Die Kantineninhaberin hat sich ein Auto gekauft. Was muß sich der Verpflegungsoffizier gekauft haben?" fragte Otto, der Ungar. In steinzeitlichen Feuerstellen, in windgeschützten Erdlöchern kochten, brieten, rösteten die Höhlenmenschen von Vernet ihre Nahrung. Die kein Geld hatten, schlichen um die Küche herum und sammelten die Abfälle. Dann begann man die Hunde zusammenzufangen und in Braten zu verwandeln. Pedro, der schmutzstarrende Lagernarr, war der erste, der berichtete, daß Rattenfleisch nicht allzu schlecht schmecke.

In jeder Baracke entstanden Eßgemeinschaften. Aus der Schweiz, aus den USA kamen Sammelpakete, und es kam auch Geld. Nach langem Zögern gab der Oberst die Zustimmung, daß Einkäufer, begleitet von Gendarmen, hinausgehen dürften, um im großen einzukaufen: Kartoffeln, Mehl, Hülsenfrüchte und was sonst aufzutreiben war.

Jetzt zeigte sich, daß das Land nicht aufgehört hatte, Frankreich zu sein: das Frankreich, das wir kannten. Das französische Volk war trotz Kapitulation und Verrat das alte geblieben. Bauern und kleine Geschäftsleute, als sie hörten, daß die Gefangenen von Vernet hungerten, halfen die Gesetze von Vichy zu übertreten. Die Mauer von Verleumdung, die die Sûreté um dieses Lager aufgerichtet hatte, schien nicht vorhanden.

Julio, unser Intendant, kam von den Expeditionen in die umliegenden Dörfer reich beladen zurück. Zuerst schwiegen die Bauern mißtrauisch, der begleitende Gendarm war kein Ansporn zu Freimut. Aber ein Glas Rotwein machte ihn blind und taub. Der Oberst, sagte er, habe nichts dagegen, wenn sich die Gefangenen selbst ernähren, alles Weitere gehe ihn nichts an. Bald genügten die Rucksäcke, die Julio morgens mitnahm, nicht mehr, um die Mengen an Bohnen und Linsen, Kartoffeln und Maisgrieß zu fassen, die die Bauern hergaben. Es war ihr Protest gegen die Nazis, die das Land ausraubten, und gegen Vichy. Sollten es lieber die Gefangenen essen, als die landfremden Räuber, sagten die Bauern.

Es war nun möglich geworden, sich einmal in der Woche an einem Eintopfgericht satt zu essen. Zu zehn und zu mehr rückten wir zusammen um einen Tisch in der schwach erleuchteten Koje. Jeder hatte seinen Blechnapf vor sich. Der Gruppenkoch schenkte aus, sorgfältig jedes Restchen aufklaubend. Schwerfällig aßen die Männer, mit Andacht löffelten sie ihren Maisgrieß oder ihren Reis. Eine lange Woche hatten sie auf diesen Augenblick gewartet. Ihre Gedanken waren feierlich. Dies war kein gewöhnliches Essen, es war das „Solidaritätsessen"; viele

Hände hatten zu schaffen, ehe dies möglich war. Gelder mußten in fernen Ländern gesammelt werden. Widerspenstige Beamte mußten überlistet werden. Julio mußte zu den Bauern einkaufen gehen. Paul mußte in Wind und Wetter auf dem urzeitlichen Herd hinten bei der Küchenbaracke das Essen bereiten. Alle mußten die Woche über Holz stehlen. Willy, ein besonders findiger Kopf, hatte einen Windbalg konstruiert, ein vielbestauntes Wunderwerk, das die spärliche Reisigflamme anfachte und den Topf zum rascheren Kochen brachte. Harte Arbeit draußen und drinnen und viel List. Aber nun saß man beisammen und es war warm durch die Nähe des andern, durch die Gleichheit der Gedanken und Gefühle. Der Gruppenverantwortliche verteilte, was von den Paketen zum Einzelverbrauch bestimmt war: Schokolade, Keks, Zigaretten. Wie bei der Weihnachtsbescherung schichteten sich die Gaben vor jedem auf. Dann zog wohl einer die Mundharmonika aus dem Sacke und im Chor stiegen Lieder der Heimat, Lieder des Kampfes.

Das gemeinschaftliche Essen schuf gemeinschaftliche Gefühle. Gefühle der Gemeinschaft. Als ob man am Familientisch säße. Das Kollektivessen war unser Sonntag.

*

Am Allerseelentag bimmelte zum erstenmal das Glöcklein der Lagerkirche. Ein neuer Hauptmann war vor einiger Zeit im Lager aufgetaucht, der wegen seiner jüdischen Nase den Spitznamen „Schlesinger" erhielt. Zum größten Erstaunen aller war „Schlesinger" ein eifervoller Katholik. Sein besonderer Auftrag war, die Moral des Lagers zu heben. Irgend jemand in Vichy hatte sich ausgedacht, daß der Geist der Widerspenstigkeit in diesem Lager durch Kirche und Gebet ausgetrieben werden könnte. Bisher wurden sonntags die Gläubigen in die Dorfkirche geführt. Hier und da kam ein protestantischer Geistlicher, einige Male auch ein Rabbiner. Dann gab es Gottesdienst und einige tröstliche Zigarettenpakete.

„Schlesinger" aber baute eine Lagerkirche. Immer noch waren die Baracken ohne Fenster und ohne Heizung. Immer noch waren die Kranken im Hospital ohne Pflege, ohne Medikamente, ohne Milch. Aber die Kirche wurde gebaut und sie erhielt ein gotisches Fenster aus Buntglas.

Am Allerseelentag läutete das Glöcklein der Lagerkirche zum erstenmal. In Reih und Glied angetreten, standen die Männer von Vernet, das Gesicht dem Lagerfriedhof zugewendet. Schrill ertönte das „Garde à vous" des Hauptmanns. Die Häupter wurden entblößt, während das Glöcklein eilig bimmelte. So nahmen die Internierten an der militärischen Totenehrung teil.

Abgesandte der Baracken waren hinausgeführt worden, um die Gräber zu schmücken. Im eisigen Novemberwind standen wir vor den Grabhügeln. Ich las die Namen der Toten, viele Freunde waren darunter. Auf dem Grab des jungen Polen lag noch der Kranz aus bunten Glasperlen, den Gallo allein über die staubige Landstraße getragen hatte. Jetzt stand die Wache stramm vor dem Erdhaufen.

Es dauerte nicht lange und die Zeremonie der Totenehrung sollte sich auf eine von niemand vorhergesehene Weise wiederholen.

*

Am 7. November feierten die politischen Quartiere die Geburt der Sowjetmacht. Das Programm war bereits durch die Tradition der Demonstrationstage vorgeschrieben. Morgenappell im Festgewand, Festbankett in der leerstehenden Baracke 23, Reden, die keine sein durften, Massengesang, intime Feiern in den Kojen. Alles ging programmgemäß vor sich. Ich dachte an die geheime Zusammenkunft zu fünft in einem entlegenen Winkel des Quartiers A, die Novemberfeier vor einem Jahr. Damals fühlten sich die Herren des Lagers noch stark; heute hatten sie nur noch so viel Macht, als ihnen der Sieger zu lassen für gut befunden hatte.

Zwei Zwischenfälle hatten sich am Vorabend des 7. November ereignet. Im Quartier C hatten Interbrigadisten beobachtet, wie ein Gendarm sich in einer ihrer Baracken verdächtig machte. Eine sorgfältige Durchsuchung brachte einen Revolver zutage. Es bestand kein Zweifel, daß die Waffe in die Baracke geschmuggelt worden war. Die Internierten nahmen ein Protokoll auf, ließen es von den Zeugen des Vorganges unterschreiben und lieferten die gefundene Waffe beim Quartierkommandanten ab.

Am gleichen Abend wurde im Quartier A, in den Baracken der Kriminellen, der 7. November auf eigenartige Weise gefeiert. Nach einem Festbankett, bei dem reichlich Rotwein getrunken wurde, stimmten unbekannte Personen die Internationale an. Als das verbotene Lied am lautesten dröhnte, erschien eine Patrouille der Wache, verhaftete die Sänger und brachte sie ins Lagergefängnis. In der Nacht hörten die Bewohner der Baracke 9, die dem Gefängnis am nächsten gelegen war, Schläge und Schreie: „Kameraden, helft, helft, wir werden geprügelt!"

Es war klar: der Major und seine Clique wollten wieder Zwischenfälle provozieren. Man konnte sehen, daß in den Köpfen der Vichyoffiziere ein bestimmter Plan Gestalt gewonnen hatte. Sie suchten nicht mehr Hungerkrawalle zu inszenieren, sondern ein politisches Komplott, sie wollten ihre „kommunistische Verschwörung" haben, ihren Reichstagsbrand.

Das lehrte der echte „Waffenfund", das lehrten die falschen Sänger. So plump diese Manöver waren, so zeigten sie doch den Willen zur Provokation. Die Gefahr war groß, daß bei der bunten Zusammensetzung der Lagerbelegschaft früher oder später die Absicht gelingen würde.

*

Wenige Tage danach, es war gegen sieben Uhr abends, wurde ich plötzlich durch Schüsse, rasch hintereinander abgefeuert, aufgeschreckt. Es folgten drei Schüsse in längeren Intervallen. Den ganzen Tag hatte es geregnet und dicker Bodennebel war aufgestiegen, in dem die schwachen elektrischen Birnen am hohen Mast milchig schimmerten. Die Schüsse waren von der Richtung der Straße gekommen, in der Höhe des Quartiers C, unweit der Stelle, wo es an das Quartier B grenzt. Drüben in C waren Schatten aufgetaucht, die zum straßenseitigen Drahtgitter rannten. Man hörte Rufe, aber infolge des dichten Nebels war nichts deutlich zu erkennen. Auf der Lagerstraße waren mehrere Patrouillen im Laufschritt ausgerückt.

Wir starrten in die Nacht und suchten ihre Geheimnisse zu enträtseln. Der lange August ging an das Gitter heran, das unser Quartier vom Quartier C trennte. „Hallo, ihr drüben, was ist geschehen?" Bald ging die Nachricht von Mund zu Mund. „Sie haben Dallinger erschossen." „Wie ein Kaninchen im Stall abgeschlachtet." „Die Schüsse haben ihm die Lunge zerfetzt, so nah hat der Hund gezielt."

Im Nebel tauchten Männer mit einer Tragbahre auf; aber sie kamen nicht bis ans Gitter. Zehn Meter vor dem Zaun mußten sie haltmachen. Die Wachtposten richteten die Karabiner auf die Kameraden, die gekommen waren, um dem schwerverletzt im Drahtzaun steckenden Mann Hilfe zu bringen. „Wer weitergeht, wird erschossen", rief der Wachtposten. So verblutete der 32jährige Leo Dallinger im Angesicht seiner Kameraden.

Er war in Mannheim zu Hause, dort wartete eine Frau auf den Mann und ein Kind auf den Vater. Seine Geschichte ist die Geschichte vieler. Im Jahr 1928 hatte Dallinger in einer Massenversammlung Adolf Hitler durch Zwischenrufe unterbrochen. Er hatte gedacht, man könnte mit den Nazis diskutieren. Da haben ihn die braunen Sturmtruppen halbtot geprügelt. Von diesem Augenblick an wurde der junge Arbeiter ein haßerfüllter Feind der Nazis. Die braunen Hunde totschlagen, das wurde seine Devise. Er trat dem antifaschistischen Kampfbund bei und schlug sich mit den Braunen, solange es nur möglich war. In der Illegalität gab er den Kampf nicht auf. Dann ging er nach Spanien und setzte seinen Krieg mit den Nazis auf spanischem Boden fort. Im März 1938, als die Faschisten durchbrachen und die Internationalen bei Belchite unter schwierigen Bedingungen zum Rückzug gezwungen wurden, blieben viele Schwerverletzte vor den Linien liegen; es war bitter, sie zurückzulassen. Damals ging Dallinger viermal in das unter feindlichem MG-Feuer liegende Vorfeld und holte schwerverwundete Kameraden aus dem sicheren Tod.

Jetzt wollten sie dem Schwerverwundeten den Dienst erstatten und ihn aus der Feuerlinie von Vernet holen. Die Sturmangriffe der Moros vor Madrid hatte er lebendig überstanden, aber das Leben im Lager von Vernet ertrug er nicht. Er wollte sich nach der Heimat durchschlagen und zur Armee der Untergrundkämpfer stoßen.

Nun war er tot. Er war nicht durch das zweieinhalb Meter breite Drahtgeflecht gekommen. Seine Beine waren noch im Lagerhof, mit dem Kopf und der Brust steckte der kriechende Mann im Stacheldraht. In dieser Lage empfing er die ersten Schüsse. Er konnte nicht mehr fliehen, da er entdeckt und verwundet war. Dann aber schoß der Vichygendarm aus nächster Nähe weitere drei Schüsse auf den wehrlosen Verwundeten. Sie zerrissen ihm die Brust.

Inzwischen war es neun Uhr geworden. Der Lagerarzt war aus dem Hospital geholt worden und hatte den Tod Dallingers festgestellt. Gendarmen zogen die Leiche aus dem Drahtgeflecht, hoben sie auf eine Bahre und brachten sie zur Totenkammer. Hinter der Bahre schritten zwölf Barackenchefs. Die Internierten in langer Reihe, wie Schatten im Nebel, grüßten den Toten mit der erhobenen Faust.

Am nächsten Morgen empfing der Oberst eine Abordnung der Delegierten des Quartiers C. Er war in gereizter Stimmung. Der Wachtposten habe aus Angst gefeuert, meinte er. Der Kriegsminister habe in einem Befehl den Lagerbehörden zur Pflicht gemacht, im Falle von Fluchtversuchen von der

Schußwaffe unnachsichtlich Gebrauch zu machen. Auch ohne Warnung. Aber die Schüsse auf den Verwundeten seien unnötig gewesen, das müsse er zugeben. Dann fügte er hinzu, zögernd, leise: an der Beerdigung dürfe nur eine Delegation der Baracke teilnehmen. Alle Kundgebungen würden unterdrückt werden.

Wieder, wie am 1. November, dem Totensonntag, läutete das Glöcklein der Lagerkirche. Sie hatten die Leiche des Erschossenen auf ein Lastauto geladen. Langsam fuhr das Gefährt durch die Lagerstraße. Ein Dutzend Kameraden schritt hinter dem Sarg her, gefolgt und umringt von Gendarmen in großer Zahl.

Da ging plötzlich eine Losung durch das Quartier, von Mund zu Mund, niemand konnte sagen, woher sie kam: „Wie am 1. November."

Die Sonne stand hoch am Firmament, aber es wehte dennoch kalt von den Bergen, die in der dünnen Luft nahe gerückt schienen. Gelb und braun leuchteten die letzten Blätter von den Pappeln. Die kahlen Zweige raschelten im Winde und sangen das ewige Lied von Tod und Verwesung.

Wie eine Mauer standen die Männer, Reih an Reih, viele Sprachen sprechend und von einem Sinn erfüllt.

Das Totenglöcklein bimmelte heiser und flink. Die Männer aber standen unbeweglich, das Gesicht in der Richtung zum fernen Friedhof, den niemand sehen konnte, denn die Baracken des Quartiers C standen zwischen uns und dem letzten Ruheplatz unseres Kameraden.

Drüben im Quartier C aber war es möglich, bis an die äußere Umgitterung des Lagers heranzukommen, wo der Leichenzug vorbei mußte. Da formten sich die Interbrigaden zu Einheiten, mit ihren eigenen Befehlshabern, mit ihrem eigenen Kommando. Jenseits des trennenden Gitters marschierten sie an unseren starren Reihen vorbei, eine Truppe und nicht ein Gefangenenhaufen.

So waren sie in den Straßen von Madrid marschiert, als sie

Hans Beimler zur letzten Ruhestätte brachten. Auch Vernet hatte sie nicht gebrochen.

Da rief eine Stimme — sie kam aus den hinteren Reihen — „Garde à vous!" Wir rissen die Mützen von den Köpfen und standen unbeweglich. Bis die unbekannte Stimme über die Köpfe hinweg befahl: „Rühren!"

Die Interbrigadisten hatten den toten Kameraden mit militärischen Ehren zu Grabe getragen, als ob sie noch im Felde stünden und nicht hinter Stacheldraht.

Der Major ließ sich nicht blicken.

Wir waren stärker als der Major.

*

Nachts wälzte ich mich auf meinem Strohsack in quälender Schlaflosigkeit. Die Geräusche der Baracke waren schon zur Gewohnheit geworden. Die Lungen hatten sich an die verpestete Luft gewöhnt. Gegen die Kälte schützte der Schlafsack. Gegen das Ungeziefer zu kämpfen, hatte ich längst aufgegeben. Das Krabbeln der Ratten, wenn sie über mein Gesicht huschten, hatte nichts Aufregendes mehr an sich.

Eine vorgedruckte Postkarte aus rosarotem Karton, wie sie seit der Besetzung für den Verkehr über die Demarkationslinie vorgeschrieben war, hatte mir die Nachricht gebracht, daß die Kinder sich in einem Pariser Hospital befinden. Die Gestapo hatte meine Wohnung ausgeräumt und mitgenommen, was die französische Polizei zurückgelassen hatte. Die Kinder durften das Asyl nicht verlassen, in das man sie nach dem Tode der Mutter gebracht hatte. Werden die Nazis sie als Geiseln für ihren Vater behalten? Tag und Nacht zermarterte ich mir den Kopf, um einen Weg zu finden, die Kinder aus dem nazibesetzten Paris herauszuholen.

Mitte November war es, da rannten die Offiziere wieder von Baracke zu Baracke, um aus dem Weg zu räumen, was fremde Augen nicht sehen durften. Sooft der Befehl kam, die

Baracken zu reinigen, wußte man, daß Besuch angekündigt war.

Diesmal war es eine Delegation des Internationalen Roten Kreuzes. Zum erstenmal Gäste aus dem Ausland. Mein Entschluß war gefaßt.

Das Gittertor öffnete sich breit und herein strömten die Offiziere des Lagers unter Führung des Obersten. Umringt von Hauptleuten und Leutnanten aller Dienstzweige sahen die drei Zivilisten der Delegation aus wie Gefangene. Auf einen Mann hefteten sich meine Blicke. Dunkelhaarig, mit energischen Gesichtszügen, hinkte er auf einem Bein. Er schien der Präsident der Delegation zu sein. Die Gruppe schwärmte in den Hof, und es schien, als wiederholte sich die Komödie der Generalsinspektion. Aber der dunkle Zivilist, ein Schweizer Arzt, wie sich später zeigte, richtete seine Schritte geradenwegs zur Baracke 6. Ich stellte mich an die schmale Türe, hier mußten sie vorbeikommen.

„Mein Herr, ich muß Sie..." Ich hatte den dunkelhaarigen Delegierten angesprochen. Im gleichen Augenblick riß mich der Oberst an der Schulter zurück. „Sie haben hier nichts zu reden, Ihnen werden wir das schon austreiben." „Herr Oberst", brachte ich heraus, „ich spreche zu den Herren nicht als Delegierter, sondern in einer persönlichen Angelegenheit." Der Dunkelhaarige war stehengeblieben. „Mein Herr", wiederholte ich, ohne den Oberst anzusehen, „ich muß Sie um Ihre Hilfe bitten. Hier lesen Sie dies." Ich hatte auf einen Briefbogen alles aufgeschrieben und überreichte das Gesuch offen dem Hinkenden. Er warf einen Blick auf das Schriftstück. „Sie werden nachmittags vorgerufen werden, beruhigen Sie sich."

Der Vorstoß war geglückt. Der Schweizer hielt Wort. Ich hatte Gelegenheit, vor der Delegation des Internationalen Roten Kreuzes mündlich die Bitte vorzutragen, meine Kinder aus dem besetzten Paris herauszuholen.

Zum ersten Male war ein Lichtschein zu sehen. Aus den USA waren länglich gefaltete Briefe mit aufregend vielen Marken und Stempeln gekommen. Die amerikanischen Schriftsteller hatten ihre Kollegen in Vernet nicht vergessen. Die Briefe berichteten von Geldsammlungen, von Visen, von Mexiko. Freunde gab es also, Freunde, die sich um die Männer von Vernet kümmerten. Ganz heiß wurde einem dabei. Der kommende Winter verlor seine Schrecken. Es gab Freunde in Amerika und sie sandten Geld und Milchpulver und warme, freundliche, ermunternde Worte...

Sie würden auch die Kinder nicht vergessen, so schrieben sie. Freundschaft war kein leeres Wort, Solidarität war keine Phrase. Es gab eine Kraft, stärker als der Wille der Faschisten. Sie überbrückte Ozeane und zerbrach Kerkerketten.

Wir mußten durchhalten, bis das rettende Seil in Greifnähe war. Durchhalten gegen Kälte, Hunger, Schmutz und Provokationen.

*

Es war ein Sonnabend, der November ging zu Ende, da ließ der Oberst uns holen. Wir waren zwei: Dr. R., ein Italiener, und ich. Arzt, Schriftsteller, Antifaschist, lebensfreudig und heiter, war Dr. R., beliebt und geachtet. Bevor die Umsiedlung eingesetzt hatte, war er Delegierter der Baracke 7 gewesen.

Blasser als sonst war der Oberst. Wilder als sonst flackerten seine Augen. Unruhiger als sonst trommelten seine Finger auf der Tischplatte.

Dort lag ein Blatt Papier.

„Sie wollen also einen Aufstand machen", schrie er, nachdem der begleitende Gendarm das Zimmer verlassen hatte.

Der Italiener ließ sich hören, sehr ruhig: „Ich verstehe nicht, wovon Sie sprechen, Herr Oberst."

„Spielen Sie nicht die verfolgte Unschuld, das hat gar keinen Sinn", schrie der Oberst. „Sie sehen, ich weiß alles. Sie und dieser da — dabei wies er auf mich —, ihr seid die Führer des Aufstandes. Morgen, Sonntag, soll es losgehen. Ihr wollt die Baracken anzünden. Das soll das Signal sein. Dann werden die Interbrigaden ausbrechen. Draußen warten eure Parteifreunde

Und ich soll das alles im Blute ersticken. Ich weiß, ich weiß, alle meine Mühe ist umsonst gewesen."

Er weinte fast.

Mit ruhiger Stimme antwortete der Italiener: „Sie brauchen nichts im Blute zu ersticken, denn es wird keinen Aufstand geben. Die Leute, die Ihnen dieses Märchen erzählt haben, lügen."

Der Oberst wies auf das Papier, das auf dem sonst leeren Schreibtisch lag. „Hier steht alles genau angegeben. Sie sind von Ihren eigenen Leuten verraten worden. Sie können nicht leugnen."

Der Italiener wiederholte, diesmal scharf betonend: „Es gibt nichts zu verraten. Ich weiß positiv, daß unter den Delegierten keine Aufstandspläne bestehen."

„Das ist doch der Reichstagsbrand, Herr Oberst", mischte ich mich ungefragt in das Gespräch. „Sehen Sie denn nicht, daß man Sie ins Unglück reißen will?"

„Also Sie garantieren, daß es keinen Aufstand geben wird und keine Gewalttaten?"

„Wir können nichts garantieren, da wir nicht verhindern können, daß irgendein Provokateur ein Verbrechen begeht. Wir können nur versichern, daß wir" — mein Kamerad betonte das Wort „wir" — „mit allen diesen haarsträubenden Greuelmärchen nichts zu tun haben. Die volle Verantwortung für das Blutvergießen, das aus solchen Provokationen entsteht, tragen Sie, nur Sie, der Kommandant des Lagers."

Ich hatte Mitleid mit dem Mann im schneeweißen Haar. Er alterte von einer Begegnung zur andern. Man sah ihm an, daß er litt. Die Poulains schaufelten sein Grab. Wir konnten das deutlicher sehen als er.

Der Sonntag war vergangen wie jeder der Lagersonntage. Einige hatten Ball gespielt, einige Schach. Keine Baracke brannte. Kein Aufstand war ausgebrochen.

Es schien, daß der Oberst das Märchen vom Aufstand selbst nicht geglaubt hatte. Er wußte offenbar, daß die anonyme An-

zeige eine Provokation seiner Kollegen war, die ihn zum Blutvergießen zwingen wollten. Die Provokation war aber in dem
Augenblick vereitelt, als der Oberst über die Anzeige mit uns
sprach. Damit war der „Reichstagsbrand von Vernet" unmöglich gemacht. Derjenige, der die Provokation abgewehrt hatte,
war also der Oberst.

Vier Tage nach diesem Zwischenfall wurde Oberst Praxtz
sang- und klanglos abgesetzt. Nicht einmal eine Abschiedsrede
konnte er halten. Am Morgen dieses Tages hieß es, daß an
Stelle des Oberst Praxtz Herr Pinot, Direktor der Sûreté, das
Kommando des Lagers übernommen habe.

Pinot war ein Zivilist und unterstand direkt dem Innen-
ministerium in Vichy.

*

Der neue Direktor liebte es, mit hochgeschlagenem Rock-
kragen durch das Lager zu spazieren. Ein Mann in den Fünf-
zigern, Vollmondgesicht, kurzgestutzter Schnurrbart, schein-
heilige Augen. Herr Pinot sah aus wie ein arrivierter Spezialkommissar, der seine Karriere über ein Dutzend verratener
Freunde gemacht hatte.

Der Oberst war ersetzt durch den Zivildirektor — aber auch
Major Poulain, Befehlshaber der Lagerwache, war von der
Bildfläche verschwunden. Am Schwarzen Brett hing ein Anschlag, daß alle Eingaben von nun an an den Herrn Directeur
du Camp gerichtet sein müssen. Zum neuen Major du Camp
war ein Leutnant aufgerückt, riesengroß, breitbeinig, mit
Glotzaugen im rotangelaufenen Gesicht. Durch den „Bullen" —
dies wurde der Spitzname des neuen Majors — ließ der Direktor dem Lager bestellen, daß die Wörter Delegierte oder Vertreter in seinem Wortschatz nicht vorkämen. Jeder Versuch
gemeinschaftlicher Kundgebungen oder Willensäußerungen
würde als Rebellion unterdrückt werden. Gleichzeitig sehe er
sich leider gezwungen mitzuteilen, daß die Brotration auf
350 Gramm, die Fettration auf 13 Gramm und die Kaffee-

ration auf 3 Gramm herabgesetzt werden müßten. Die Aufrechterhaltung solcher Begünstigungen wie der Besuchsbaracke und des Paketempfanges hänge von dem weiteren Verhalten der Internierten ab. Um seinen Worten Nachdruck zu verleihen, ließ der neue Major das Lager wieder mit Maschinengewehren umstellen.

Die letzten Blätter waren von den Ästen gefallen. Eisig wehte der Pyrenäenwind. Die Sonne hatte nicht mehr die Kraft, zu wärmen, meist blieb sie unsichtbar hinter einem bleiernen Himmel. Der erste Schnee war gefallen.

Über ein Jahr hatte nun dieser ungleiche Kampf gewährt. Es war fast kein Tag vergangen ohne eine Regung des Widerstandes. Was war es denn, was die Internierten verlangten? Menschenwürdige Behandlung, erträgliche Lebensbedingungen. War das wirklich Hetzerei und Widersetzlichkeit? Waren die Internierten im Unrecht, wenn sie forderten, daß im zweiten Winter die Baracken mit schließbaren Fensterläden und wärmenden Öfen ausgestattet werden? War es Revolte, wenn sie zu essen verlangten? Über ein Jahr hatte dieser Kampf gedauert, Tote lagen auf seinem Wege — aber was hatten die Männer von Vernet erreicht?

Eine neue Gefahr war sichtbar geworden.

Die ersten Briefe von dem mexikanischen Konsulat in Marseille waren eingetroffen, mit der Aufforderung, das Visum, das heißersehnte, abzuholen. Aber nur vereinzelt erhielten die Internierten die Erlaubnis, der Aufforderung Folge zu leisten. Man müsse warten, so hieß es. Worauf wir denn zu warten hätten? Die Entscheidung käme in jedem einzelnen Falle aus Vichy, lautete die Antwort. Und wovon hinge die Entscheidung von Vichy ab? Es dauerte lange, bis wir erfuhren, daß die Entscheidung nicht von Vichy, sondern von Wiesbaden abhing. In Wiesbaden saß die deutsche Waffenstillstandskommission, und sie behielt sich das Recht vor, die Ausreiseerlaubnis zu erteilen oder zu verweigern. Das Gespenst der Auslieferung ging wieder durch das Lager.

Im Büro des Informationsdienstes saßen einige Offiziere, die kein Hehl machten aus ihrer Abscheu vor ihrem Handwerk. Sie trugen die Uniform der französischen Armee, aber waren sie nicht viel mehr Exekutivorgane der Deutschen? Wenn nicht alles nach dem Wunsche der Nazis ging, so lag das an dem Patriotismus vieler Vichyfunktionäre. Denn nicht alle waren Poulains.

Es schien, als ob der Ernährungsdienst versagte. Die gekürzte Brotration traf nur unregelmäßig ein. Oft kam das Brot abends, so daß die Männer den ganzen Tag hungerten. Zehn Mann mußten sich in ein Brot teilen. Ein Hungriger konstruierte aus Bindfaden und Stäbchen eine winzige Brotwaage, um die Schnitten gleichzubekommen.

Wäßrige Schneeflocken peitschte der Wind über den Hof. Zitternd vor Kälte standen die Männer in ihren zerfetzten Lumpen, viele ohne Schuhe, und warteten auf die Suppe.

In der ersten Dezemberwoche erschoß die Wache wieder einen Internierten, der einen selbstmörderischen Fluchtversuch wagte. Diesmal war es ein Mann aus dem Quartier A.

Und wieder läutete das Totenglöcklein in dem grauen Morgennebel.

In diesen Wochen läutete das Totenglöcklein oft, jedesmal murmelten die Männer von Vernet mit bleichen Lippen: „Wieder einer." Eines Morgens rief das Totenglöcklein zum Begräbnis eines Unglücklichen, der im Quartier A erfroren war. In der folgenden Woche gab es im Quartier C fünf Tote. Erst hieß es, es wäre eine Epidemie ausgebrochen, aber bald wurde das Gerücht dementiert. Die Wahrheit war schrecklicher, die fünf waren an Entkräftung gestorben.

Die Delegierten sammelten Unterschriften zu einem Hilferuf an den Präfekten. Es war ein neuer Versuch, die Behörden vor ihre Verantwortung zu stellen. Der Brief an den Präfekten, datiert vom 19. Dezember, unterschrieben von mehreren hundert Internierten, enthielt eine Schilderung der unhaltbaren Lage und schloß mit folgenden Worten:

„Wir haben in den letzten zwei Tagen nichts weiter erhalten als ein wenig Brot und eine unbedeutende Menge von in Wasser gekochten Rüben. Wenn die Lage anhält, und sei es nur noch zwei oder drei Tage, muß sie zu einem neuen Verzweiflungsausbruch führen."

Wir wußten, daß der Direktor es nicht wagen werde, diesen Brief zu unterschlagen. Er hatte Gemeinschaftsaktionen verboten. Wollte er das halbe Lager einsperren oder erschießen?

Die Dämmerung war schon eingebrochen, als der Präfekt ins Quartier kam, begleitet vom Direktor. Ohne Förmlichkeiten diesmal, ohne Antreten und ohne Kommandorufe. Er ließ Franz den „Alten" kommen. Vor den Augen aller Internierten verhandelte der Präfekt mit dem Mann, der das Vertrauen aller besaß, weil er in Spanien Mut und Umsicht erwiesen hatte. Wir nannten ihn den „Alten", wiewohl er keineswegs alt war; der „Alte", das war ein Kosename. Vertraulichkeit und Freundschaft wollte der Name ausdrücken.

Da standen die beiden Männer Aug in Aug und sagten einander, was sie dachten. Es ging um die Verantwortung.

„Ich weiß, wer Sie sind und was Sie denken", begann der Präfekt, „ich lese Ihre Briefe. Das ist für mich sehr lehrreich. Sie haben eine gefährliche Kraftprobe mit dem Staat begonnen."

„Sie irren", sagte der andere, „ich weiß genau, und es wissen meine Kameraden, daß eine Kraftprobe zwischen dem Staatsapparat und einigen hundert Gefangenen Irrsinn wäre."

„Also was wollen Sie?"

„Wir wollen, soweit es im Rahmen der Gesetze möglich ist, frei werden, und soweit es unmöglich ist, leben."

„Sie organisieren Meutereien, Sie brechen die Lagerdisziplin, Sie zwingen mich, als Repräsentant des Staates, dem Gesetz mit Gewalt Respekt zu verschaffen."

„Aus diesem Grunde haben Sie den Barackenchef der Neunten gegen den Willen seiner Männer im Amte erhalten?"

„Aus diesem Grunde. Und aus diesem Grunde muß ich Sie

warnen, mit diesen Massenaktionen fortzufahren, denn für die Folgen, die blutig sein werden, tragen Sie die Verantwortung."

„Ich bin ein einfacher Gefangener und trage keinerlei Verantwortung, es sei denn die vor meinen Kameraden. Die volle Verantwortung für alles, was hier geschieht, tragen Sie. Denn Sie müssen diesen Menschen die materielle Möglichkeit geben, zu leben, sonst werden Sie mit allen Drohungen nichts erreichen. Diese Menschen wollen nicht einen zweiten Winter wie Tiere vegetieren. Schlimmer als Tiere, denn diese füttert man wenigstens und schützt sie vor Kälte."

Der Präfekt antwortete nicht weiter. Eine Weile sah er seinem Gegner stumm in die Augen. „Warum das alles in meinem Departement passieren muß", seufzte er. „Es gibt so viele Lager, aber von keinem spricht man in Amerika so viel wie von Vernet. Soll das auch nur ein Zufall sein? Geben Sie zu, daß Sie das Ausland gegen Frankreich aufhetzen?"

Der andere konnte ein Lächeln nicht unterdrücken. Fast heiter klang es, als er sagte: „Wir sind hinter Stacheldraht, Amerika ist weit. Die Zensur steht zwischen uns und dem Ausland. Halten Sie uns für Zauberer? Nein, Ihre Frage ist viel einfacher zu beantworten. In Vernet befinden sich Männer, die im Ausland bekannt sind, Schriftsteller, Abgeordnete, Ärzte, Wissenschaftler, Zeitungsleute, Ingenieure, vor allem aber Spanienkämpfer. Alle diese Männer haben im Ausland Freunde. Wenn Sie Ihr Departement weniger oft in der Auslandspresse angegriffen sehen wollen, so gibt es ein einfaches Mittel, dies zu erreichen: Sie brauchen nur die Männer von Vernet freizulassen. Man wird in allen freien Ländern solange vom Departement Ariège sprechen, solange hier Antifaschisten gefangengehalten und mißhandelt werden. Sie werden es nicht verhindern können, daß man von Vernet sprechen wird als von dem französischen Dachau."

So eigenartig dieses Gespräch verlief, so eigenartig endigte es. Der Präfekt schien über die Worte des Alten nicht erzürnt zu sein. Vielleicht erwartete er einen noch heftigeren Ausbruch. „Wenn Sie etwas Dringendes zu sagen haben, dann können Sie mich direkt erreichen. Der Herr Direktor ist über meine Anordnung unterrichtet."

Nur wenige erfuhren, was die beiden Männer gesprochen hatten. Man hatte von dieser Unterredung den Eindruck, den man von den französischen Behörden seit der Niederlage immer hatte: eine innere Unsicherheit, ein Schwanken zwischen Drohung mit Gewalt und vorsichtigem Rückzug. Als ob sie vom schlechten Gewissen gepeinigt ihr Amt ausübten. Die Ordnung mußte aufrechterhalten werden, aber wessen Ordnung war dies? Die Ordnung des Siegers.

Was mögen diese Franzosen empfunden haben, als sie hörten, daß die Besten der Männer von Vernet, darunter auch dieser „Alte", von der Vichyregierung an Hitler ausgeliefert wurden? Der Oberst Duin, der sein Offiziersehrenwort gegeben hatte, daß den Hitlergegnern nichts geschehen werde, der kluge Hauptmann Nougayrol, der sich so gern mit dem gleichfalls ausgelieferten deutschen Schriftsteller Rudolf Leonhard unterhielt und im August noch entrüstet ablehnte, die Auslieferungsgefahr ernst zu nehmen, der Oberst Praxtz, der einen Kampf gegen die Provokateure der Sûreté führte, in dem er unterlag, der Präfekt vom Departement Ariège, der mit einem Gefangenen über die Verantwortung für die Ruhe im Lager verhandelte? Werden sie sich trösten mit der Tatsache, daß Frankreichs Staatschef, Marschall Pétain, sein Wort gegeben hatte, daß das Waffenstillstandsabkommen nichts enthalte, was mit der Ehre Frankreichs unvereinbar sei?

Der Bruch des Asylrechts, durch die Jahrtausende der menschlichen Kulturgeschichte von allen Völkern als die verpflichtendste aller Verpflichtungen des Völkerrechts geheiligt, entehrt die Männer von Vichy für ewige Zeiten.

*

Die Baracke 9 hatte den Anfang gemacht. In der Absicht, die Freundschaft unter den Barackeninsassen und die Isoliertheit des Barackenchefs sichtbar zu machen, veranstalteten die Männer auf den Rat ihres Delegierten ein Freundschaftsessen. In einer unbenutzten Baracke saßen sie an kleinen Tischchen, die wie aus einer Puppenstube zu sein schienen, und aßen gemeinschaftlich ihr selbst zubereitetes „Festessen". „Kuchen à la Vernet" nannten sie den kalten Grießbrei, den die Einkäufe Julios möglich gemacht hatten.

So war auch die erste Wandzeitung erschienen. Zur Ankündigung des „Banketts" hatten die Männer der Neunten ein großes Blatt angeschlagen, das die letzten Nachrichten von der Festfront enthielt. Die Redaktion verstand es, manches allgemein Gültige in witziger Form zu sagen. Auch manches Kritische. Die im Hof herumlungernden Gendarmen, angelockt von der Menge, die sich vor der Wandzeitung gestaut hatte, eilten herbei und lachten mit den Gefangenen über die leise angedeuteten Angriffe auf die Lagerleitung. Andere Baracken folgten dem Beispiel der Neunten. Bald hatte jede Baracke ihr Gemeinschaftsessen und ihre Wandzeitung. Eine Art Wettbewerb war zwischen den Baracken ausgebrochen: wer wird wen überholen?

So war die Idee des gemeinsamen Weihnachtsbanketts entstanden.

Es waren um diese Zeit rund neunhundert Mann im Quartier; ein Teil war jeder gemeinschaftlichen Aktion feindlich gesinnt. In nächtlichen Barackenversammlungen wurde der Plan diskutiert, alle Möglichkeiten erwogen. Der Direktor witterte Rebellion, aber der Verpflegungsoffizier witterte Geschäft. Hohe Diplomatie war nötig, um, die verschiedenen Interessen gegeneinander ausspielend, die Erlaubnis zu erhandeln, die Materialien für das große Essen einzukaufen. Die Wandzeitungen forderten zum gegenseitigen Wettbewerb auf, erklärten Sinn und Wert der Feier, die keine Bescherung sein soll, sondern ein Verbrüderungsfest, ein Trotzfest, ein Solidaritätsfest.

Das ganze Lager arbeitete. Die einen sammelten Brennmaterial, die andern halfen in der Küche, wieder andere sammelten Geld, schmückten die Baracken, zeichneten Plakate und Losungen, schrieben die Wandzeitungen. Neben den Barackenorganen kam noch ein zentrales Quartiersorgan heraus. Es hieß: „Le Haut-Parleur du Quartier B." In der Vorbereitung des Festes wurde das Lager zu einer werbenden, arbeitenden Einheit. Das gemeinsame Ziel vereinheitlichte die Gedanken, die Gefühle, die Erwartungen, die Befürchtungen. Abseits standen nur ganz wenige, die Unversöhnlichen, die Feinde. Ihre Mitläufer aber kamen zum Fest.

Die Baracke war weihnachtlich geschmückt. Grüne Girlanden zogen sich durch den Mittelgang. Nur in der oberen Etage waren Tischchen aufgestellt, die Bewohner der unteren Kojen waren Gäste der oberen. Die Plätze waren vorher sorgfältig verteilt. Alles wurde peinlich bedacht: nationale Freundschaften, persönliche Feindschaften. In der Mitte war die Ehrentribüne: der Barackenchef, der Delegierte (abgeschafft, aber weiter funktionierend), die Häupter der nationalen Gruppen. Die Festrede hielt der Delegierte. Er gedachte der Feierlichkeit der Stunde. Worin bestand sie? Gefangene, deren Geist man mit allen Mitteln des physischen und moralischen Druckes brechen will, haben sich zusammengeschlossen zu diesem verbotenen, aber unverbietbaren Fest der Verbrüderung. Die Kraft, die dies möglich machte, möge niemals vergessen werden: es ist die Solidarität.

Der Erfolg war zu rein, um vom Feind ruhig hingenommen zu werden. Er hatte die Freude der Internierten als eine Herausforderung angesehen und ließ auf die Antwort nicht lange warten.

*

Am 31. Dezember, bald nach dem Morgenappell, wurde der „Alte" verhaftet. „Erinnert euch an den Vorabend des 7. November", flüsterte unser Freund, als er von den Gendarmen ins Gefängnis geführt wurde.

Was er sagen wollte, war klar: auch diese Provokation dürfe nicht gelingen! Die Silvester-Ansprachen der illegalen, aber dennoch tätigen Delegierten erinnerten an den Kameraden in der kalten Kerkerzelle. Die Hörer verstanden. Nicht ein Geschenk unserer Kerkermeister war das Fest, sondern eine Kampfhandlung. Als ein Opfer dieses Kampfes gegen Willkür und Brutalität. Der Gefangene in der Gesellschaft der Ratten war Ehrengast jeder Barackenfeier, jedes Festtisches. Seine Gedanken waren bei uns und unsere Gedanken bei ihm.

*

In diesen Tagen brachen die Schrecken des zweiten Winters mit verdoppelter Wucht herein. Es gab keinen Schutz vor der mörderischen Kälte. Die Menschen rissen die Holzwände der Latrinen auseinander, um sie zu verheizen. Der Schneesturm habe die Verkehrswege unpassierbar gemacht, hieß es, und weder Brot noch Brennholz für die Küche könnten geliefert werden... Die Internierten lagen fast alle im „Bett". Was wird morgen sein? Ohne Holz, ohne Brot?

Man konnte die Baracke kaum verlassen, so wütete der Schneesturm draußen. Hundertsechzig Menschen, zusammengepfercht in Rauch und Nässe, hustend und fluchend, verlaust und verhungert — das war die Baracke.

Die Wache kam. Sie hatte den Auftrag, zwei Männer zu verhaften, die die Balken einer leerstehenden Baracke herausgebrochen hatten, um sie zu verheizen. Wieder wurden die Gendarmen niedergepfiffen, und sie mußten ohne Gefangene abziehen. Eine neue Explosion kündigte sich an.

Der Direktor ließ die Strafen für die Zwischenfälle des Vortages verkünden: Schreibverbot für die Baracke 8, deren Männer die Verhaftung verhindert hatten, Verbot des privaten Kochens für das ganze Quartier.

Dann rissen die Nerven; es riß der dünne Faden, an dem in den letzten Wochen die Ruhe gehangen hatte. Ein Augenblick war gekommen, da alles gewagt werden mußte, da es nichts mehr zu verlieren gab.

*

Es waren die Interbrigaden im Quartier C, die das letzte Risiko auf sich nahmen.

Die Delegierten im Quartier C hatten eine Denkschrift über die unhaltbare Lage ausgearbeitet. Die Blätter wurden in den ersten Nachmittagsstunden des 7. Januar durch eine Delegation, bestehend aus den Vertretern aller Baracken, in das Büro des Direktors gebracht.

Die Delegation aber kam nicht zurück.

Die letzten, die sie sahen, berichteten, daß die Delegierten von dem Bullen auf die Wachtstube geführt wurden.

Gegen vier Uhr nachmittags, schon begann sich der Winterabend auf die Baracken zu senken, hörte man gräßliches Schreien aus der Polizeiwache.

Wie ein Lauffeuer ging es durch das Lager: „Die Delegierten von C werden geprügelt." Unmenschlich klang das Gebrüll aus der nahen Wachtstube. Dann öffnete sich die Tür und unsere Kameraden taumelten heraus, vorwärts gestoßen von den Gewehrkolben der Wache. Blutüberströmt die Gesichter, zerrissen die Kleider, schleppten sie sich bis zum Gefängnis.

Hinter ihnen schloß sich die Tür. Der Bulle marschierte hochroten Kopfes zum Büro des Direktors.

Die nächsten Stunden waren erfüllt von einer unerträglichen Spannung.

Die Interbrigaden marschierten auf. In militärischer Ordnung, Formation nach Formation, unter dem Befehl ihrer Offiziere bildeten sie eine mächtige Kolonne, die sich auf dem Platz vor dem Tor ihres Quartiers aufstellte. Alles vollzog sich in Ruhe, als ob es eine Geländeübung wäre. Hinter den Einheiten der Brigaden sammelten sich barackenweise die übrigen Internierten. Im ganzen waren so 1200 Mann auf dem Platz vor dem Tor versammelt, als der Sprechchor mächtig einsetzte: „Libérez les délégués, libérez les délégués!" (Befreit die Delegierten!) Weithin hallten die Rufe, die wie eine unerbittliche Herausforderung klangen und die Nerven zum Beben brachten. „Libérez les délégués, libérez les délégués", in regelmäßigen Intervallen, wie ein Schlachtruf, immer wieder, immer wieder, eine halbe Stunde lang.

Von vorne kamen im Laufschritt mehrere Züge Gendarmen, den Karabiner schußbereit. Vor dem Tor des Quartiers C blieben sie stehen. Nur das schwache Holztor trennte die Truppe von den Spanienkämpfern. Langsamen Schrittes näherte sich der Direktor. Neben ihm der Bulle und der Quartierkommandant. Das Tor öffnete sich vor den drei Männern.

Der Führer der Brigaden ging auf den Direktor zu.

„Wir sind entschlossen, hier geradenwegs hinauszumarschieren, wenn unsere Delegierten nicht spätestens um neun Uhr abends in ihrem Quartier eintreffen."

„Also ein Ultimatum?"

„Ein Ultimatum."

War es Zufall, war es ein Plan, — während der Direktor mit dem Sprecher der Brigaden verhandelte, drängte die Menge derart vor, daß die drei Offiziere immer weiter nach hinten kamen. Der Direktor drohte mit dem Befehl zum Feuern, aber bald kam ihm zum Bewußtsein, daß zwischen ihm und der Truppe mehr als tausend entschlossene Männer standen.

In dem Augenblick, da der Direktor das Quartier betreten hatte, hörten die Sprechchöre auf. Es war Ruhe eingetreten, unheimliche Ruhe.

Einen neuen Kompromißversuch machte der Vertreter der Staatsgewalt. Er werde die Delegation empfangen, und dann werde man sehen. Bis morgen könne sich alles aufklären. Offenbar wären die Delegierten frech geworden und hätten den Major gereizt, wenigstens hätte dies der Major gemeldet.

229

Wieder setzten die Sprechchöre ein: „Libérez les délégués, libérez les délégués!"

„Sehen Sie", meinte der Sprecher, „selbst wenn ich wollte, ich bin machtlos gegenüber der Menge. Die Leute verlangen die Befreiung der Delegierten."

„Aber die Truppe wird schießen."

„Und wir werden uns wehren. Uns ist alles egal, schlimmer kann es nicht werden."

Wir im Quartier B standen am Zaun und harrten der Entscheidung, entschlossen, mitzutun. Geschehe, was immer.

Es war eine Pause eingetreten. Der Direktor und seine Begleiter hatten das Quartier verlassen.

Die Rufe waren verstummt. Wie eine Mauer standen die Interbrigadisten in der Finsternis.

Plötzlich erschien bei uns der „Alte". Er war eben entlassen worden. Nach dem verkündeten Strafmaß von sieben Tagen sollte er erst am nächsten Morgen herauskommen, aber sie schickten ihn ohne weitere Erklärung zurück ins Quartier.

Er ließ sich über die Lage berichten. Dann meinte er: „Die Sache ist richtig. Der Direktor wird nachgeben."

Woher der „Alte" die Gewißheit nahm zu solcher Behauptung?

Nach acht Uhr abends brachte ein Gendarm die Delegation in ihr Quartier zurück.

„Keine lärmenden Freudenkundgebungen", war die Losung, die von Mund zu Mund ging.

Stille breitete sich aus über die leeren dunklen Höfe. Die Truppe war abgezogen. Mißmutig trotteten die Gendarmen durch die Dunkelheit, verärgert über das stundenlange sinnlose Umherstehen in der Kälte.

In einer halbdunklen Koje saßen wir an diesem Abend beisammen und feierten die Wiederkehr des Freundes.

In den sieben Tagen seines Kerkeraufenthaltes hatte er einen tiefen Blick hinter die Kulissen der Lagerleitung getan. Zuerst hatte ihn der Bulle besucht. Breitbeinig stellte er sich vor

230

dem Gefangenen auf, ließ ihn einige Male „Garde à vous"
machen, und nachdem er dieses Spieles überdrüssig geworden,
rief er höhnisch: „Wir werden Ihnen zeigen, wie wir mit
Boches umgehen." Der Gefangene gab zurück: „Ich bin ein
deutscher Hitlergegner und kämpfe gegen den Feind, der Ihr
Vaterland demütigt."

„Auch Sie sind ein Deutscher."

„Aber Hitler verlangt meinen Kopf."

Die Tür der Zelle stand offen. Die Wache draußen hörte
jedes Wort des Gespräches. Der Bulle wollte die Soldaten
ermuntern, an dem Gefangenen verspätete patriotische Gefühle auszulassen. Aber die Soldaten rührten sich nicht.

Die Nacht darauf öffnete sich von neuem die Tür der Zelle.
Herein trat der neue Leutnant, der vor einiger Zeit Clerc abgelöst hatte. Er war ein noch junger Mensch, in seinem Zivilberuf Professor. „Sie wundern sich, daß ich hierherkomme,
aber ich muß Ihnen, gerade Ihnen, etwas sagen. Ich kenne die
Verhältnisse im Lager noch nicht lange, aber ich weiß eines:
viele Offiziere und Soldaten sind im Herzen mit den Internierten, die für ihr Recht kämpfen. Oberst Praxtz war nicht
allein. Wir hassen die Deutschen, die uns knechten, aber wir
wissen, daß auch Franzosen schuld sind an der Niederlage."

So kam es, daß der „Alte" vorhersagen konnte, auch Direktor Pinot würde nicht wagen, den Befehl zum Feuern zu
geben.

Eine Woche später war Direktor Pinot abgesetzt. Unter
den gleichen Begleitumständen, wie Oberst Praxtz abgesetzt
worden war.

Ein neuer Oberst trat an die Stelle des Zivilisten, der
schwach wurde, als es hart auf hart ging.

STURMANGRIFF

Nach Deutschland oder nach Afrika; das war das Dilemma, vor dem die Internierten standen, als zum zweitenmal die deutsche Kommission erschien. Die Herren in den grünen Uniformen hatten sich seit dem Sommer sehr verändert. Jetzt legten sie kein Gewicht mehr darauf, als Befreier geschmeichelt zu werden. Sie wollten Arbeiter. Wer nicht bereit sei, in Deutschland zu arbeiten, müsse nach Afrika! Die Deutschen brauchten eine strategische Bahn, die Oran mit Dakar verbindet, quer durch die Wüste. Die Bahn durfte nicht viel Geld kosten. Zehntausende Internierte, die müßig in den Lagern verfaulen, kosteten Geld. In Afrika würden sie umsonst die Bahn bauen, die Hitler brauchte, um auf dem Landweg Dakar zu erreichen, und während die Bahn aus dem Sand erstehen würde, werden ihre Erbauer sterben. Ein Liter Wasser werden sie täglich erhalten und von hundert werden achtzig nicht wiederkehren.

Ein deutscher Plan? Ein französischer Plan? Jedenfalls ein faschistischer Plan. Zu Hunderten meldeten sich Ungarn, Tschechen, Jugoslawen, Rumänen und auch Deutsche zur Arbeit in Deutschland. Aus dem am Meere gelegenen Konzentrationslager Argelès bekam der sächsische Paul einen Brief, aus dessen wirren Zeilen hervorging, daß dort Truppen die Interbrigadisten und Spanier mit Gewalt wegschleppen wollten, um sie nach Afrika zu verschiffen. In diesem Lager lebten tausende spanische Familien, die mit dem Rückzug der republikanischen Armee über die Pyrenäen gekommen waren. Die Frauen hatten sich den Soldaten entgegengestürzt und ihnen die Männer entrissen. Blutig waren die Kämpfe. Die Franzosen sandten schließlich ein Kriegsschiff, das Truppen landete; zwischen zwei Feuer genommen, mußten die Männer von Argelès den Widerstand aufgeben. Der Sieg der französischen Armee und Flotte über das Konzentrationslager von Argelès kostete viele Tote und Verwundete. Jetzt waren die Kameraden bereits zu Schiff nach Afrika.

Vielerlei Listen kamen aus den Büros und alle brachten zitternde Erregung. Der Konsul von Mexiko in Marseille schickte eine Liste. Ach, Mexiko, sonniges Traumland, das Flüchtlinge aufnimmt und großherzig Visen erteilt an Menschen, die nichts weiter aufzuweisen haben, als daß sie gegen den Faschismus kämpften. Wer wußte etwas von Mexiko?

In die keimende Hoffnung mischte sich neue Unruhe. Da waren Männer, die seit langem vom mexikanischen Konsul in Marseille vorgeladen waren, ihr Visum abzuholen. Die Lagerleitung jedoch ließ sie nicht nach Les Milles. Die Offiziere der Information zuckten die Achseln. Vichy habe keinen Bescheid geschickt. Vichy — das ist Wiesbaden. Wer wird gerettet? Wer wird ausgeliefert?

Briefe gingen nach USA. Helft, eilt, handelt, ehe es zu spät ist. Dies ist nicht mehr ein französisches Lager. Dies ist ein Menschenmagazin für die Gestapo unter französischer Bewachung. Jeden Tag kann der Eigentümer sein Depot zurückverlangen.

In mehrfacher Form senkten sich die Schatten des Todes wieder über Vernet. Afrika — das war die Aussicht, im Wüstensand zu verschmachten. Die Arbeitskompanien — das war das Umschulungslager der Gestapo. Auslieferung — das war das Exekutionspeloton.

*

Glücklich, wer zum Kofferpacken für Les Milles aufgerufen wurde. Über Les Milles führte der Weg ins Ausland.

Die fortschrittlichen Kräfte vieler Länder bemühten sich um unsere Freilassung — wieviel guten Willen gab es doch noch in der Welt. Rosarote Hoffnung erfüllte mich, als ich

233

zum Verhör vorgeführt wurde; die amerikanischen Schriftsteller hatten bei der französischen Regierung für meine Freilassung interveniert. Der Offizier, der mir das Aktenstück zeigte, handelte gegen seine Instruktion. Der neue Kommandant, wieder ein Oberst der Garde Mobile, war für das Menschendepot nicht allein der französischen Regierung in Vichy haftbar, sondern auch der neu eingerichteten Delegation der Waffenstillstandskommission, die in Aix-en-Provence ihren Sitz hatte. Die Nazis hatten die Kontrolle über die französischen Lager übernommen. Die Beamten der Gestapo saßen in der Präfektur in Marseille und kontrollierten die Ausreisebewilligungen. Ihre Stoßtrupps kontrollierten alle südfranzösischen Lager. Darlan, der neue Chef, lieferte den Nazis die Flüchtlinge aus.

Ungebrochen aber war der Geist der Männer von Vernet. Am 9. Februar, am zweiten Jahrestag ihrer Internierung, veranstalteten die Interbrigaden in Quartier C einen militärischen Appell. Wieder marschierten sie auf, in ihren alten Formationen, mit ihren alten Offizieren. Ihr Führer verlas in spanischer Sprache den Tagesbefehl zum Gedenken der glorreichen Kämpfe der Brigaden für die Freiheit, — als ob keine Maschinengewehre und kein Stacheldraht sie umstellten.

Sollte Vernet eine Insel des Widerstandes bleiben? Oder wird dieser Geist des Trotzes blutig niedergeschlagen werden wie in Argelès?

Am Morgen des 22. Februar — es war ein Samstag — marschierte die Intendanzmannschaft des Quartiers C wie gewöhnlich hinaus zu den Magazinbaracken, um die Tagesration zu fassen. Da ereignete sich einer der alltäglichen Zwischenfälle.

Die Intendanzverantwortlichen der Baracken 47 und 48 verlangten die Nachprüfung des Gewichtes der gelieferten Lebensmittel. Sie glaubten den hungrigen Fragen ihrer Kameraden fester antworten zu können, wenn sie sich selbst von der Richtigkeit des Gewichtes überzeugten. Der Verpflegungsoffizier, ein Hauptmann, lächelte höhnisch. Eine Weile überlegte er. Nachdem er sein Bambusstäbchen einige Male durch die Luft gewirbelt hatte, ließ er sich vernehmen: „Gut, Sie können das Gewicht nachkontrollieren. Aber, falls das Gewicht stimmt, kommen die beiden Internierten, die ihr Mißtrauen gegen die Intendanz so offen bekundet haben, ins Gefängnis."

Das Gewicht stimmte.

Am Nachmittag erschien eine Patrouille im Quartier C und verhaftete die beiden Intendanzverantwortlichen, die am Morgen die Nachprüfung des Gewichtes verlangt hatten. Schon als die Uniformierten das Tor passierten, strömten von allen Seiten die Internierten zusammen. Aber die beiden Männer wurden abgeführt. Wieder begannen die Rufe: „Libérez nos camarades, libérez nos camarades!" Es sah aus, als ob alles wieder so verlaufen würde wie am 7. Januar. Aber es dauerte nicht lange und die beiden Verhafteten kehrten zurück. Man hatte sie freigelassen.

Der Sonntag verlief ohne Zwischenfälle, als ob nichts geschehen wäre. Die Bürobaracken gähnten wie ausgestorben im Vorfrühlingssonnenschein; es war, als ob das Lager völlig sich selbst überlassen wäre.

Am Montagmorgen standen die Internierten herum, wie immer. Der Appell war vorbei. Die Intendanzgänger kehrten von ihrem morgendlichen Marsch zu den Magazinbaracken zurück. Sie schleppten die Tragen mit Brot und Hülsenfrüchten. Seltsam: manche machten Zeichen schon aus der Ferne. Was war passiert? Die Träger der Baracken 47 und 48 trotteten mit leeren Händen heim. Die Lagerleitung verweigerte den beiden Baracken das Essen. Weder Brot noch Lebensmittel. Das Ultimatum lautete: die beiden Baracken erhalten solange kein Essen, bis die beiden Verantwortlichen, die der Hauptmann der Intendanz zu Gefängnis verurteilt hatte, sich zum Strafantritt meldeten.

In den beiden ausgehungerten Baracken lebten 260 Menschen.

Das war etwas Neues, in der bewegten Geschichte des La-

235

gers noch nicht Dagewesenes. Die Barackenchefs des Quartiers C verlangten den Kommandanten zu sprechen. Sie wurden sofort empfangen. „Jawohl, so ist es", sagte der neue Oberst. „Vielleicht ist die Verhaftung der beiden Internierten, die ihren Kameraden helfen wollten, ein Unrecht. Aber wir sind Militärs. Wir haben keine Zeit zu untersuchen, was Gerechtigkeit ist. Wir müssen den Befehlen unter allen Umständen Geltung verschaffen. Darauf allein kommt es an. Mit dem Widerstand von Vernet werden wir diesmal fertig werden."

Einer der Barackenchefs, ein älterer ruhiger Mann, fand ein rechtes Wort: „Sie sind Militärs, Herr Oberst, gewiß, aber Sie vergessen, daß wir keine Militärs sind. Wir sind Zivilgefangene, und was Sie da machen, verstößt gegen alles Recht. Sie können nicht 260 Internierte kollektiv haftbar machen und sie durch Hunger niederzwingen."

„Sie werden staunen, aber ich kann", war die lässig gegebene Antwort.

Um zwei Uhr nachmittags wurde ein Papier des Kommandanten angeschlagen. Wenn die beiden Verantwortlichen bis siebzehn Uhr ausgeliefert werden, kann die Tagesration noch ausgefolgt werden. Inzwischen haben die benachbarten Baracken mit den ausgehungerten Kameraden ihr schmales Essen geteilt.

Die Erregung war größer als der Hunger, als abends in allen Baracken die Männer sich unter der schwachen Glühbirne versammelten, um zu beschließen, was geschehen sollte. Trotz des dicken Tabakqualmes war es empfindlich kalt.

Der Mann, der als erster sprach, war der Führer der Interbrigaden. Der Konflikt, sagte er, wurde von dem Kommando gesucht. Das ist die Antwort auf die Niederlage vom 7. Januar. Wir können nicht einfach kapitulieren, denn dann wird unser Leben völlig unerträglich werden, aber wir wollen auch nicht durch gewalttätiges Auftreten den Vorwand zum Schießen geben.

„Die Interbrigaden schlagen vor, daß vom nächsten Tage an das ganze Quartier sich mit den ausgehungerten Baracken solidarisch erklärt. Das Quartier nimmt die Lebensmittel der Intendanz nur entgegen, wenn sie an alle Internierten ohne Ausnahme ausgefolgt werden, einschließlich der Baracken 47 und 48."

Der Beifall der finster auf ihren Bänken sitzenden Männer ließ eine einstimmige Annahme des Vorschlages erwarten. Es sprachen noch einige für den Vorschlag. Der Entschluß wog schwer. Man fühlte, daß diesmal ein harter Wille auf einen harten Willen stieß. Die Absichten des Kommandos lagen im Dunkel. Es wurde bekannt, daß in der Wachtstube zwanzig Gewehre mit Munition hingen. Die Wache hatte ihre Schußwaffen zurückgelassen, als ob es alte Zeitungen wären. In den Barackenversammlungen waren Stimmen laut geworden, die den Vorschlag der Interbrigaden als nicht radikal genug ablehnten. Stimmen, die nach „Taten" riefen. Aber diese Stimmen konnten sich nicht durchsetzen; der Vorschlag der Interbrigaden ging überall mit großer Mehrheit durch. Überall, bis auf die Baracke 36, deren Chef ein BIMist war.

Am Dienstagmorgen traten die Intendanzträger aller Baracken am Tor an, um zu den Magazinen geführt zu werden. Die Männer der 47er und 48er waren darunter. Die Wachen wurden unruhig. „Der Befehl lautet, daß 47 und 48 nicht zur Intendanz ausrückt", brüllte der Feldwebel. Ruhig antworteten die Männer: „Dann rückt eben niemand aus."

Die Tore schlossen sich hinter dem verdutzt dreinblickenden Sergeanten. Das Quartier C blieb ohne Brot, ohne Lebensmittel, ohne Holz.

Die Feuer in den Küchen waren erloschen. Der Morgenkaffee war die letzte Mahlzeit der Männer. Sie waren seit zwei Jahren Gefangene. Viele von ihnen dienten vor ihrer Internierung drei Jahre lang als Soldaten im spanischen Bürgerkrieg. Sie hielten sich aufrecht mit dem Willen von Männern, die wissen, daß sie für eine gute Sache kämpfen.

Aber auch der eiserne Wille braucht Nahrung. Es gibt eine Grenze für die Widerstandskraft des Körpers. Bereits mittags brachen die Schwächlichen, Geschwächten zusammen. Der Reihe nach führte man sie auf Tragbahren ins Lazarett.

Wie soll das weitergehen?

Noch einmal wandten sich die Barackenchefs an den Kommandanten. Er habe bereits mit dem Präfekten telephoniert, ließ er sagen. Bis zum nächsten Tag werde sich die Lage klären. Am Abend brannten die Küchenfeuer wieder. Die Internierten hatten alles zusammengetragen, was es in den Baracken an Reserven gab. Stühle und Tische dienten als Heizmaterial. Noch einmal gelang es, ein mageres Süppchen für alle herzustellen. Morgen, hat der Kommandant gesagt, werde sich die Lage klären. Vielleicht erkennen die Herren schließlich doch noch, daß die Internierten leben wollen, aber nicht um den Preis ihrer Menschenwürde.

So kam der Mittwoch heran, der 26. Februar.

Seit dem frühen Morgen standen die Intendanzmänner am Lagertor. Sie warteten, daß man sie rufen werde, daß der Hungerbann gebrochen sei, daß alle essen dürfen. Sie standen bis zum Abend.

Aber das Tor blieb verschlossen. Niemand kam, als ob das Quartier mit seinen 1400 Menschen nicht existieren würde.

Um elf Uhr erschien der Leutnant. Begleitet von Gendarmen überschritt er den weiten Hof zwischen den Baracken. Es bildete sich ein Kreis um ihn. Sicherlich bringt er eine Botschaft des Kommandanten.

Der Präfekt habe befohlen, daß die Lagerleitung nicht nachgeben dürfe; es sei eine Frage der Staatsautorität. So erzählte der Quartierkommandant. Lauernd blickte er in die Runde, die Wirkung seiner Worte beobachtend.

Zwischen den Gendarmen und den sie umringenden Internierten haben sich inzwischen Gespräche angeknüpft. Warum die Internierten Diebe schützten, fragten die Gendarmen. Sie waren sehr erstaunt, als sie hörten, daß nicht Diebe verhaftet werden sollten, wie ihnen gesagt wurde, sondern Männer, die für ihre Kameraden einstanden.

238

Inzwischen war es neuerdings Mittag geworden. Rufe wurden laut: „Wir haben Hunger!" Im Laufe einer Stunde waren aus den einzelnen Rufen wieder Schreimanifestationen geworden.

Zu Hunderten standen die Männer geballt am Tor und schrien: „Wir haben Hunger! Wir wollen unser Essen!" Blasse verzerrte Gesichter. Der Mensch, der um sein Leben kämpft. „Wir wollen nicht verhungern. Wir verlangen unser Essen." Immer lauter schwoll das Meer der Stimmen an. Die Gendarmen hatten sich aus dem Quartier zurückgezogen. Ihre Gewehre hingen lockend, aufreizend in der Wachtstube. Die Interbrigaden hatten wohl begriffen, was das bedeuten sollte. Eine Wache von zuverlässigen Internierten schützte die gefährliche Lockspeise vor jedem unbefugten Zugriff.

Inzwischen kam die Nachricht, daß in den angrenzenden Quartieren eine Hilfsaktion im Gange sei. „Das Quartier B teilt seine Gesamtration mit dem Quartier C", so beschlossen die Männer von B.

In der Mittagsstunde, da die Gendarmen weitab waren, schleppten sie Säcke voll Gemüse, Hülsenfrüchten, Brot und Obst über den trennenden Zaun. Kräftige Fäuste haben die Pfosten aus der Erde gerissen, und nun reichen die Kameraden die Säcke über die Bresche hinüber zu den Hungernden, Ausgehungerten. Manche bringen ihren Napf und reichen ihre Suppe herüber; sie hatten ja gestern gegessen, die drüben hungern seit zwei Tagen. Auch aus dem Quartier A kamen Lebensmittel; ja, die Kranken im Lazarett haben von dem Verzweiflungskampf des Quartiers C erfahren und schickten einen Sack gesammelter Eßwaren.

Während dieser Vorgänge war außer den Außenwachen, die ihre Runde machten, kein Gendarm zu sehen. Eine Stunde des Vergessens, die letzte Stunde, in der die moralische Kraft stärker zu sein schien als die Kraft der Maschinengewehre.

Aber die Maschinengewehre waren da.

Um halb drei ratterte auf der Landstraße eine Autokolonne

heran. In langer Reihe formierten sich die gepanzerten Wagen vor dem Außentor des Lagers. Voll mit Truppen, bis an die Zähne bewaffnet. Ein Zug nach dem anderen, stahlhelmbewehrt. Karabiner geschultert. Inmitten eines Stabes hoher Offiziere war die Zivilistenfigur des Präfekten sichtbar. Achthundert Mann Garde Mobile waren von den Fahrzeugen gestiegen, nicht gerechnet die Offiziere und Kriminalbeamten. Im Laufschritt rückte ein Zug über den Mittelweg bis zum Gittertor des Quartiers C, das sich geöffnet hatte. Die Truppe, ohne anzuhalten, jagte weiter mit gefälltem Karabiner quer durch die Menge der Internierten, die widerstandslos rechts und links auswich. Im Rücken der dicht gedrängten Menge machte die Truppe eine Wendung und richtete die Gewehre gegen die Internierten.

Inzwischen waren weitere Züge im Eilschritt herbeigelaufen. Einige schlossen sich der bereits im Hof aufgestellten Truppe an, andere blieben am Eingang stehen. Das Ergebnis des Manövers war, daß die Internierten des Quartiers C zwischen zwei Feuer kamen, eingekreist von den Abteilungen der Garde Mobile. Immer noch glaubten sie, daß es genüge, sich ruhig zu verhalten, um dem Schlimmsten zu entgehen. Aber auf Befehl eines Offiziers löste sich eine Patrouille von der im Innern des Quartiers aufgestellten Truppe los und marschierte geradenwegs zu der Baracke 39, wo sich der Kommandant der Interbrigadisten befindet. Ein wuchtiger Hieb mit dem Gewehrkolben schlug den Mann nieder.

Das war das Signal zum Sturmangriff. Von beiden Seiten fielen die Soldaten mit hochgehobenen Gewehrkolben über die wehrlosen Internierten her. Die Kolbenhiebe krachten gegen die Schädel und blutüberströmt fielen die Männer zu Boden. Ein Offizier war auf das Wellblechdach der Küchenbaracke gestiegen und dirigierte von dort aus seine rasend um sich schlagenden Männer. „Diesen da", und er wies mit dem Finger auf einen der Kameraden, und schon war der Unglückliche gefaßt, zu Boden getrampelt, mit Kolbenschlägen blutig gehauen.

Einundsiebzig Männer wurden so aus dem Tor geprügelt. Die Masse der Internierten aber wurde mit Gewehrkolben in die Baracken gejagt. Schwerverletzte lagen auf dem Boden. Ein Mann hatte vor Erregung sein Sprachvermögen verloren. Die Internierten hatten sich nicht gewehrt. Alles war so rasch gekommen, daß sie unfähig waren, sich zu sammeln. Sie waren überrumpelt, von der Übermacht erdrückt, von der Brutalität des Angriffes überrascht. Ihre Führer, Vertrauensmänner, Delegierten waren die ersten, die niedergeschlagen und abgeführt worden waren.

Während dieser Vorgänge war eine Abteilung der Truppe in das Quartier B eingezogen. „Alles in die Baracken", hieß es. Vor jeder Baracke standen mit erhobenen Gewehrkolben die Gendarmen. Ein Kriminalbeamter mit einer Liste in der Hand rief Namen in die Baracke, und als der Gerufene im Türrahmen sichtbar wurde, erhielt er einen Hieb mit dem Gewehrkolben über den Kopf. Dann wurde er ins Gefängnis geschleppt. Siebenundzwanzig Mann aus B, darunter alle Delegierten, wurden auf diese Weise herausgegriffen. Unter ihnen war auch der, den wir den „Alten" nannten.

Das Gefängnis war ein kleiner Raum, in den man unmöglich mehr als zwanzig Häftlinge hineinpressen konnte. Die andern mußten, die Arme erhoben, mit dem Gesicht zur Wand, die ganze Nacht im Hof stehen, von Scheinwerfern beleuchtet. Niemand verband ihre Wunden. Niemand gab ihnen zu essen oder auch nur einen Schluck Wasser.

Im Vorraum des Gefängnisses, der als Wachtstube diente, wurden die „Verhöre" durchgeführt. Die Schreie der Geschlagenen hallten durch die Nacht. Einer nach dem andern wurde vorgerufen. An einem Tisch saßen Offiziere und Kriminalbeamte. „Hier unterschreib, du Hund." Das Papier war ein Revers, in dem der Gefangene zugab, sich an einer Rebellion gegen die Lagerleitung beteiligt zu haben. Kein einziger der achtundneunzig Gefangenen wollte unterschreiben. Rasend vor Wut, erregt vom Blutrausch, aufgehetzt von ihren Vorgesetzten schlugen die Garde-Mobile-Männer die Widerspenstigen mit Knüppel und Kolben ins Gesicht, auf den Kopf, traten sie in den Bauch, spuckten ihnen ins Gesicht. Bis zum Morgen hörte man die Schreie der Mißhandelten. Sechs Internierte wurden bewußtlos, blutüberströmt ins Lazarett geschafft.

Vorne in den Büros des Kommandanten saßen der Oberst und der Präfekt. Hatten sie gesiegt? Gewiß, für lange Zeit war jeder Widerstand gebrochen. Die Internierten waren niedergeschlagen, ihrer Führer beraubt, zum großen Teil entmutigt. Aber die so heiß ersehnte „Revolte" war nicht geglückt. Die Gewehre der Wache, so sorgsam vergessen, blieben unbenutzt. Ein gerichtliches Verfahren wegen Meuterei und Aufstand, angezettelt von Kommunisten — das war der Plan. Aber kein einziger Revers war unterschrieben; außer Kriminalbeamten, Garde-Mobile-Männern und Achtgroschenjungen gab es keine Zeugen einer Revolte. Dagegen war etwas ganz und gar Unerwartetes geschehen: die Gefangenen verlangten vor Gericht gestellt zu werden. Die mißhandelten, ausgehungerten, provozierten Internierten schrien nach einem öffentlichen Prozeß. Aus den Angeklagten wurden Ankläger.

In den ersten Morgenstunden wurde der „Alte" vor den Präfekten geführt. Die beiden waren einander schon einmal begegnet. Damals hatte man noch den Schein gewahrt. Noch war es die Stunde des Manövers. Wer die Verantwortung trage für das, was schon damals geplant war, darum ging es. Jetzt aber war die Stunde der Erfüllung.

„Da haben Sie das Ergebnis Ihrer Hetzarbeit", brüllte der Präfekt, als der Gefangene hereingeführt wurde. Matt leuchteten die Glühbirnen an der weißgetünchten Decke. Die herumsitzenden Offiziere schwitzten vor Erregung.

Bleichen Gesichts trat der Gefangene an den Tisch heran. „Bevor Sie nicht befehlen, daß diese widerliche Prügelei draußen aufhört, spreche ich nicht ein Wort."

Der Präfekt sah den Oberst an. „Die Leute sind aufgeregt, was wollen Sie, niemand ist mißhandelt worden."

242

„Da, hören Sie nicht das Wimmern der Gefolterten?" schrie
der „Alte" aus voller Kehle. „Glauben Sie damit Eindruck zu
machen, daß Sie Tatsachen ableugnen? Für das, was Sie hier
heute geleistet haben, werden Sie Rechenschaft ablegen. Denn
Sie tragen die Verantwortung für alles, was hier geschieht."
Der Oberst winkte einem Leutnant und flüsterte ihm etwas
ins Ohr. Der junge Offizier verschwand durch die Tür.
„Ich habe Anweisung gegeben, daß die Verhöre unter-
brochen werden. Wollen Sie jetzt sprechen?"
„Was wollen Sie von mir wissen?"
„Geben Sie zu, daß die Internierten des Quartiers C auf Be-
fehl des kommunistischen Dreierkopfs rebelliert haben?"
„Sie sprechen von Rebellion. Ich spreche von Provokation.
Sie haben das gewollt. Seit langem haben Sie es gewollt. Die
Internierten dachten nicht an Rebellion, sie wollten nichts wei-
ter als leben. Sie aber brauchten Ihre ‚Rebellion'. Jetzt haben
Sie es geschafft."
Die Verhöre wurden am nächsten Tage fortgesetzt; die
Prügeleien aber hatten aufgehört. Schließlich wurden zwei-
undvierzig der Verhafteten nach dem nahen Pamiers ins Ge-
richtsgefängnis gebracht. Die Anklage wegen Rebellion brach
zusammen, nur verhältnismäßig geringfügige Strafen wurden
verhängt.
Die Internierten verbanden ihre Wunden und schrieben
Briefe. Sichtbare und unsichtbare Briefe.
Es vergingen kaum vierzehn Tage, und die Zeitungen im
Ausland brachten unter dicken Schlagzeilen Berichte über den
blutigen Sturmangriff auf Vernet. Mit verdoppelter, verdrei-
fachter Kraft arbeiteten die freiwilligen Helfer, die Frauen
und Männer des großen Solidaritätswerks.

*

Die Stunde des Abschieds war gekommen. Am Morgen hatte
der Sergeant meinen Namen aufgerufen. Ich stand auf der

Liste der ins Auswanderungslager Les Milles Überwiesenen. Einige Stunden blieben mir, um meine Sachen zu packen und Abschied zu nehmen. Für den Abend war der Transport angesetzt.

Ein letztes Mal die Suppe. Ein letztes Mal die Ecke neben Cesare und Otto, wo ich mehr als ein Jahr gelebt habe. Einer nach dem anderen kamen die Männer der Baracke. Ein Händedruck, ein tiefer Blick. Wie reich ich doch bin!

Die Stunden rasen. Mario und ein Dutzend Freunde fahren mit dem gleichen Transport. Aus dem Lager C werden wir an den Zaun gerufen. Noch einmal unsere Lieder.

Ein Telegramm bringt noch eine Freudenbotschaft: Die Kinder sind vom Roten Kreuz über die Demarkationslinie gebracht. Ein neues Leben wird beginnen. Neue Aufgaben, neue Kämpfe.

Ein letzter Spaziergang mit den Freunden rund um die Baracken. Was war es, wofür die Männer von Vernet kämpften? Dieses Lager war ein winziger Kampfabschnitt der Front, die durch alle Völker hindurchführt und sich keineswegs an Landesgrenzen hält. Ein abseitiger Frontabschnitt, aber spiegelte er nicht alle Hintergründe des großen Kampfes wider? „Vernet lehrt, daß es niemals unmöglich ist zu kämpfen. Vernet predigt die Lehre vom Mut." So sprach der „Alte".

Die Dämmerung senkte sich bereits über das Lager, und wir waren noch vertieft in das Gespräch vom Mut. Was ist Mut? Ist es die Reaktion des Menschen auf die Todesgefahr? Gehen Soldaten mutig in den Tod, weil es keinen Ausweg gibt? Ist der Mensch mutig, nur weil er nichts mehr zu verlieren hat?

Es hieße den Mut beleidigen, ihn zu einer physischen Reaktion auf Ausweglosigkeit machen, es hieße die mutige Tat dem Verzweiflungsakt gleichsetzen.

„Nein", sagte der „Alte", „Mut ist etwas mit dem Kopfe. Mut ist Einsicht in die Notwendigkeit. Das Ich schrumpft ein in seine Winzigkeit, wenn du das Große, das Ganze ins Auge faßt. Auf den richtigen Maßstab kommt es an. Man muß das

Kleine klein und das Große groß sehen, ebenso wie man beim Anfang anfangen muß und nicht beim Ende."

Die elektrischen Lampen waren aufgeflammt. In meiner Barácke war ein „Fest" im Gange, das Abschiedsfest. Noch einmal mußte der Delegierte von seinem nunmehr leeren Platz unter der Mittellampe zu den Männern sprechen, die unten im langen Schlauch sich drängten. Und als die festgesetzte Stunde kam, formte sich ein Zug, als ob es das Wichtigste wäre, den Abreisenden zu zeigen, daß der Geist von Vernet trotz allem weiterlebt. Voran die Lauten, sie gaben den Takt an. Dann dröhnten die Lieder über den Hof, den ein dicker Nebel einhüllte, als wollte er die rebellischen Sänger schützen vor dem Auge der spähenden Gendarmen, die nicht begriffen, was es ist, das den Männern von Vernet das Herz bewegt, wenn sie einander „Auf Wiedersehen" sagen.

*

Nachbemerkung: Der Verfasser hat die Vorgänge vom 22. bis 26. Februar auf Grund von Augenzeugenberichten dargestellt. Er selbst verließ das Lager von Vernet wenige Tage vor diesen Ereignissen.

STATT EINES SCHLUSSWORTS

Die Ratte hatte die Lippen zusammengekniffen und mit lauter Stimme verkündet: „Kommunisten kommen nach Afrika…" Es war in den wirren Tagen des finnisch-sowjetischen Krieges. Die Welle von Haß gegen die Männer von Vernet, seit dem Sommer des deutsch-sowjetischen Paktes im Anschwellen, hatte den Höhepunkt erreicht. Die Agenten des Informationsoffiziers hatten den Auftrag, die Gefangenen einzuschüchtern, die Kommunisten zu isolieren. „Wer sich freiwillig nach Finnland meldet, wird sofort freigelassen." Es waren im ganzen Lager kaum ein Dutzend Kriminelle, die dem Lockruf, nicht ohne Hintergedanken, folgten. „Wer aber jetzt noch zu den Kommunisten hält, kann mit ihnen in der Sahara verrecken." Die Drohung ging von Mund zu Mund.

Die Männer von Vernet würdigten die Ratte keiner Antwort. Selbst die Überläufer, die im August 1939 den Kopf verloren hatten, machten keine Anstalten, als Freiwillige nach Finnland zu gehen. Gustav, der Spanien mitgemacht hatte und dennoch zum Renegaten geworden war, verfertigte Listen mit den Namen der ihm bekannten Kommunisten. Der lange August spuckte aus.

*

Zehn Jahre geben das Recht zu einer Bilanz. Was ist aus den Männern von Vernet geworden? Es liegt an der ungewöhnlichen Zusammensetzung der Belegschaft dieses Lagers, daß die Bilanz von Vernet ganz von selbst zu einem Querschnitt der weltgeschichtlichen Veränderungen wird, die das Gesicht Europas nach der militärischen Niederlage Hitlerdeutschlands erfahren hat. Die Männer von Vernet sind im Verlauf des Krieges auseinandergerissen worden. Manche sind durch die Hölle von Djelfa gegangen und haben bei tödlicher Glut die Trasse der Dakarbahn gelegt. Mit einem Liter Wasser täglich dem Verdursten ausgesetzt, sind nicht wenige von ihnen in der Wüste zugrunde gegangen. Viele der Männer jedoch, die in Vernet Widerstand geleistet hatten, haben das rettende Ufer erreicht. Die einen sind nach der Sowjetunion repatriiert worden, andere haben in der westlichen Hemisphäre Asyl gefunden. Die den Kalvarienweg der deutschen Konzentrationslager und der italienischen Zuchthäuser angetreten haben, hatten das schwerste Los gezogen. Vielen gelang die Flucht. Sie haben Anschluß an den Maquis gefunden und sich kämpfend an den Tag des Sieges herangepirscht. Alle aber, die mit dem Leben davonkamen, wohin immer das Ungefähr der Kriegsereignisse sie verschlagen haben mag, haben den Kampf nicht einen Tag aufgegeben: in Mauthausen, in den Wäldern der Haute Savoie, auf den Liparischen Inseln, in der Frontpropaganda der Roten Armee, in den bessarabischen Sturmbataillonen, in den Zellen von Ellis Island — der Kampf ging weiter. Und er geht weiter.

*

Die Ratte, von der Sûreté nächtlicherweile aus Vernet entführt, versuchte über Spanien nach Portugal zu entkommen. Unterwegs aufgegriffen, wurde sie der Gestapo ausgeliefert — das bittere Ende ist leicht zu erraten. Da war Paul. Er lebte in dem Wahn, seine ehemaligen Kameraden würden ihn ermorden, weil er zum Renegaten geworden war. Paul wurde tatsächlich ermordet. Nicht von der GPU, wie der Arme phantasiert hatte, sondern von den Nazis. Die Gaskammer war die einzige Alternative zum Kampf.

Gustav fand den Weg nach Mexiko; aus dem hoffnungsvollen Schriftsteller ist ein Winkeljournalist geworden, der von den Bettelsubventionen irgendeiner amerikanischen Agentur ein kümmerliches Dasein fristet.

Genug davon. Was aber ist aus den Männern von Vernet geworden?

*

Es war in Warschau, im Herbst 1948. Auf dem Staatsempfang zu Ehren des Wroclawer Friedenskongresses, im festlich erleuchteten Palais des Ministerpräsidenten, klopft mir jemand auf die Schulter. Der hochgewachsene Mann im dunklen Sakko prüft lachend meinen verdutzten Gesichtsausdruck. Ich suche verzweifelt nach dem entfallenen Namen „T. von der Baracke 8". Eine stürmische Umarmung. Ich sehe vor mir die Kameraden von der Dombrowski-Brigade, wie sie jede zusätzliche Scheibe Brot miteinander teilten, ein Vorbild des Zusammenhaltens. T. hatte unter ihnen Ansehen. Der Mann, der vor mir steht, ist Generaloberst der polnischen Armee. Meine Fragen machen ihm sichtlich Vergnügen. Er beginnt zu erzählen. L. ist im diplomatischen Dienst, er hatte immer schon für Sprachen Interesse. Der kleine B. ist Kabinettschef des Präsidenten, die meisten aus der Baracke 8 sind Offiziere, jawohl, sie halten noch zusammen — die Verneter. Sie haben den Schwur der Treue nicht vergessen. Sie gelten als die Solidesten, Zuverlässigsten, Erprobtesten. Sie bauen das neue Polen.

Diese Begegnung wiederholte sich in Budapest. Otto geht nun mit breiten Schritten durch sein weiträumiges Büro. Die Verwaltung der Hauptstadt hat in ihm einen erfahrenen und zuverlässigen Organisator. Nicht anders ist es in den übrigen Volksdemokratien. Wenn man für schwierige Posten unerschütterliche Charaktere brauchte, griff man zurück auf die Männer von Vernet. Ihre Träume sind in Erfüllung gegangen.

Am tiefsten beeindruckt hat mich das Wiedersehen mit den deutschen Kameraden. Als wir nach abenteuerlicher Irrfahrt in unserem Asylland Mexiko ankamen, erreichte uns die Nachricht, daß „der Alte" von der Vichyregierung an die Deutschen ausgeliefert worden wäre. Ein Befreiungsversuch französischer Widerstandskämpfer wäre mißlungen. Nur Rudolf Leonhard, der ebenfalls zur Auslieferung bestimmt war, hätte befreit werden können. Was weiter geschehen war, ließ sich nur schaudernd ahnen. Von Rudolf hatten wir bald wieder Nachricht. Er war bei den Maquis verblieben, schrieb ihre Aufrufe, dichtete ihre Lieder. Der „Alte" jedoch und mit ihm sein unzertrennlicher Freund Heiner waren den Mördern übergeben worden.

Und dennoch, da standen sie mir gegenüber. Der „Alte" lebte, und er schien gar nicht alt. Er hatte wie immer sein verschmitztes, leicht spöttisches Lächeln. Franz Dahlem ist Mitglied des Politbüros der Sozialistischen Einheitspartei Deutschlands und des Deutschen Volksrats, einer der Männer, die leitend an einem einheitlichen neuen demokratischen Deutschland zimmern. Und Heiner Rau, den ich in dem Bienenhaus der Deutschen Wirtschaftskommission ausfindig mache, trägt als ihr Präsident die Last der Verantwortung für den Zweijahrplan. Sie haben tausend Höllen durchlebt — die letzte hieß Mauthausen —, aber der Geist von Vernet, Mischung aus trotzigem Widerstand und warmer Kameradschaft, war stärker als alle Höllen.

In Berlin hatten sich die Verneter aus vier Himmelsrichtungen gesammelt. Die nach der westlichen Hemisphäre Verschlagenen (unter ihnen Paul Merker), die aus Afrika lebendig Zurückgekehrten (unter ihnen der sächselnde Paul), die Überlebenden der deutschen Konzentrationslager, schließlich die aus der Sowjetunion Zurückgekommenen (Friedrich Wolf, der bei Stalingrad gekämpft hatte, allerdings auf der richtigen Seite), sie alle bilden zusammen den Kern der neuen deutschen Demokratie. Auch dieser Traum ist in Erfüllung gegangen. Ob sie in Westdeutschland oder in Ostdeutschland leben — sie sind die Vorkämpfer der Einheit Deutschlands.

*

Was mögen heute die jugoslawischen Kommunisten fühlen, die sich über Deutschland und Italien durchschlugen, um sich den Partisanen anzuschließen, als diese tapfer gegen die deutsche Invasion kämpften? Was wird aus ihrem Lande werden, das so viel Heroismus seiner besten Söhne gesehen hat? Einen der jugoslawischen Lagerkameraden traf ich in Prag. Der Schriftsteller Theo Balk hatte seine Heimat zum zweitenmal verlassen. Als es klarwurde, daß Jugoslawien den Weg verlassen hatte, von dem die Männer geträumt hatten, als sie sich bei Guadalajara schlugen, als sie in den Baracken von Vernet froren, erklärte sich Theo Balk öffentlich gegen Tito, der den Pfad der Ehre verlassen und die Heerstraße des Verrats gewählt hatte. „Wir haben in Vernet warten gelernt", sagt er. „Warten heißt nun keineswegs abwarten", fügt er nach kurzer Pause hinzu.

„Das gilt noch mehr von den spanischen Kameraden." Es sollte ein Trost sein, aber es hat nicht den Anschein, als ob dieser Mann eines Trostes bedürfte. Erregt springt Theo auf. „Ja die Spanier, wer könnte sie je vergessen? Was ist wohl aus José Maria Pastor geworden, dem Dichter des Liedes ‚España Madre', das wir alle gesungen und dessen Text Rudolf Leonhard ins Deutsche übertragen hat? Und aus all den anderen, die ihre Lieder sangen, als ob sie mit der Inbrunst ihrer Stimme die Kerker Francos sprengen könnten?"

Ich erzählte von der Begegnung in Coatzacoalcos, dem verlorenen Tropenhafen in der Landenge von Tehuantepec, wo wir einige Wochen auf das Schiff warten mußten, das uns nach Europa bringen sollte. Hier laden die Schiffe Bananen, Kaffee, Hanf frachtgünstiger als in dem weiter nördlich gelegenen Veracruz. Coatzacoalcos ist drei Eisenbahntage von der Hauptstadt entfernt. Der Zug bummelt durch den jungfräulichen Urwald, in dem Versuchsbohrer des staatlichen Ölmonopols die einzigen Pioniere sind. Keine Straße verbindet den Hafen mit dem Hinterland. Die Einwohner von Coatzacoalcos sind froh, wenn alle paar Wochen einmal ein kanadischer oder kubanischer Bananendampfer einfährt, um das leicht verderbliche Gut in seinen ammoniakgekühlten Bauch zu verfrachten.

Ein Kofferschloß war auf der Bahnfahrt abgeschlagen worden. Ich suchte einen Schlosser, der den Schaden beheben könnte. Mit dem leeren Koffer am Arm trottete ich, eine lächerliche Erscheinung, durch die einzige, endlos lange, staubbedeckte Straße des Ortes. Niemand wollte sich mit dem verbogenen Mechanismus abplagen. Eine Schreibmaschinenreparaturwerkstätte. „Würden Sie nicht ... sehen Sie dieses Schloß ... es ist ganz einfach..." Wieder nichts. Ich trottete weiter. Plötzlich fühle ich, wie mich jemand von hinten packt, umreißt, um mir im nächsten Augenblick um den Hals zu fallen. „Freund, Bruno, du..." Der Schreibmaschinenmann war Vicente von der sechsten Baracke. Er hatte von seiner Arbeit kaum aufgeblickt, aber das Gesicht des Fremden hatte plötzlich eine dunkle Ecke der Erinnerung erhellt. Vicente war mit jener Gruppe ausgewandert, die im Mai 1941 das Lager verließ. Er war in diesem gottverlorenen Hafenstädtchen hängengeblieben. Und noch einige Kameraden mit ihm.

Es wurde ein Fest, wie es nur Männer zu feiern verstehen, die einander erprobt hatten. Sie sangen die alten Lieder, eines entzündete sich am anderen. Da waren spanische Tankisten und Flieger, Soldaten und Kommissare der republikanischen Armee; werktags waren sie Garagenmeister, Ladenbesitzer, Werkstätteninhaber.

Und da war der Dichter José Maria Pastor, der das Lagerlied „España Madre" — Sehnsuchtsschrei nach der blutenden Heimat — gedichtet hatte, ein fleißiger Buchhalter der örtlichen Weingroßhandlung. Eine kleine Gruppe von Männern, wie sie der Zufall der Emigration an den Rand des Urwaldes von Tabasco verschlagen hatte. Was sie jedoch zusammenhielt, war die Liebe zur Heimat, der Glaube an die Freiheit Spaniens, die es zu erkämpfen gilt. Ein versprengter Truppenteil, aber in Verbindung mit den Hauptkräften. Auch diese haben warten gelernt, ohne abzuwarten.

Unsere Gedanken trafen sich. „Und die Italiener? Gallo, Mario, Cesare, Giuliano und wie sie alle hießen?" Wir erinnerten uns, wie der erste Name eines italienischen Untergrundführers, nach der Befreiung Neapels, in den Telegrammen amerikanischer Kriegsberichterstatter auftauchte. Es war Reale, Delegierter der siebenten Baracke. In seiner Begleitung hatte ich mich befunden, als wir den Kommandanten vor den Provokateuren warnten, die einen „Aufstand" angekündigt hatten. Ein gebildeter Arzt, ein gewandter Verhandlungspartner, ein liebenswerter Mensch — hier war er plötzlich als Führer der südlichen Widerstandsbewegung anerkannt, bald darauf erster Bürgermeister von Neapel, dann Botschafter, schließlich stellvertretender Außenminister.

Gallo, Vorsitzender des Komitees der Barackenvertreter von Vernet, war in Südfrankreich zurückgeblieben, als die Deutschen kamen. Die Ungewißheit über sein Schicksal hatte sich in unserem Geiste mit der Sorge um das Los von Franz Dahlem verbunden. Nach der Befreiung Italiens zeigte es sich, wo er gesteckt hatte. Gallo führte die Partisanen in Norditalien gegen die deutsche Armee und die faschistische Miliz.

Und auch die anderen waren da, aus Wäldern und Kerkern und aus einer mehr als zwanzigjährigen Emigration heimgekehrt — ungebrochen, siegesgewiß. Diese haben die Lektion des Wartens ohne abzuwarten zu Ende gelernt. Alle Hoffnungen des italienischen Volkes verkörpern sich in ihnen.

*

„Und bei euch in Österreich?" fragte Theo.

„Auch in Österreich", antwortete ich mit Nachdruck, „läßt sich an dem Schicksal eines Verneters alles erklären."

„Heinz Dürmeyer?"

Jawohl — Heinz. Er hatte nach Vernet die deutschen Vernichtungslager überlebt. Nicht nur Dachau und Buchenwald, auch Auschwitz und Mauthausen. Er gehörte zu jenen, die stärker waren als die SS. Kaum war Wien befreit, meldete er sich zur Stelle. Die provisorische Regierung ernannte ihn zum Leiter der Staatspolizei. Die Bekämpfung des Nazismus und Faschismus schien ihm die schönste Aufgabe. Er widmete sich ihr mit allen Kräften. Aber aus 1945 wurde 1948. Die politische Atmosphäre hatte sich auch am Fuße des Kahlenbergs gründlich geändert. Die Aufgabe, die sich Heinz gestellt hatte, erschien den neuen Männern an der Spitze Österreichs überflüssig. Heinz wurde von seinem Posten entfernt — eine Episode aus der Amerikanisierung Österreichs.

Wenn die Männer an der Spitze des Staates an die Verpflichtung nicht mehr erinnert werden wollen, die sie den Opfern des Faschismus gegenüber eingegangen sind, dann sind die Freiheitskämpfer, die KZ-Kameraden, die Träger der antifaschistischen Unerbittlichkeit, die Wegbereiter eines neuen Österreichs. Heinz ist ihr Führer. So erhielt alles seinen Sinn.

*

Von einem Mann muß gesondert gesprochen werden. Wenn es einen gibt, in dem sich der Geist verkörpert, der die Männer von Vernet beseelte, so ist es Gerhart Eisler.

Als die vorrückenden deutschen Truppen sich dem Lager bis auf wenige Kilometer näherten und die Gefahr, in ihre Hände zu fallen, einige sonst brave Kameraden der Resignation nahe brachte, war es Gerhart Eisler, der, gelassen zwischen den Baracken schlendernd, Wetten abschloß, in denen er die Wahrscheinlichkeit der Rettung in Prozenten ausdrückte. Er selbst gab, gleichsam als Maßstab, mit ironischer Sachlichkeit, dem in der Todeszelle des Nazigerichtes auf den Henker wartenden Gefangenen immer noch zehn Prozent. Wir aber waren gar nicht in der Todeszelle. Wir hatten viele Möglichkeiten, uns zu wehren und, wenn es zum Äußersten kommen sollte, den Ausbruch zu wagen. Man lachte über das statistische Gesellschaftsspiel, und das war schon ein mächtiger Schritt vorwärts.

Auf dem Wege nach Mexiko, dessen Regierung ihm (und

vielen anderen Antifaschisten) Asyl angeboten hatte, wurde Gerhart Eisler im Sommer 1941 durch die Zufälle der alliierten Seekriegführung nach New York verschlagen. Es geschah gegen seinen Willen, waren doch seine Papiere für Mexiko ausgestellt. Die englischen Behörden zwangen ihn, nach New York zu fahren, und die amerikanischen Behörden waren es, die ihn an der Weiterreise nach Mexiko hinderten. So kam es, daß der rastlos Tätige gegen seinen Willen in New York hängenblieb. Er setzte selbstverständlich in Amerika den Kampf gegen die nazistische Barbarei fort. Dieser Kampf war mit dem Untergang Hitlers nicht beendet, nur war von jetzt ab Deutschland der gegebene Platz für Gerhart Eisler. Wie er nach dem Kriege um seine Rückkehr nach Deutschland ringen mußte und schließlich unter dramatischen Umständen flüchten konnte, ist rühmlich bekannt.

*

Solche Menschen wie die Männer von Vernet gibt es heute schon zu vielen Zehntausenden. Sie bilden die Vorhut jener großen, unbesieglichen, himmelstürmenden Bewegung, die in der Sowjetunion den Sozialismus erbaut, in den Volksdemokratien die Reste der kapitalistischen Reaktion ausmerzt, in China ein 400-Millionen-Volk aus den Fesseln des Feudalismus befreit, in Afrika den Negermassen die Botschaft der Menschenrechte bringt, in Amerika dem entfesselten Haß der Dollarkönige trotzt, in Europa die Fahne der nationalen Unabhängigkeit gegen die Hitlers aus Übersee erhebt. Auch die Männer von Vernet fühlten sich in ihrer Abgeschlossenheit als Soldaten der Freiheit. In diesen Kämpfen wird der neue Mensch geboren, der Mensch, dessen Moral sich nicht in Moralpredigten äußert, sondern in dem selbstlosen Einsatz der ganzen Person für die sittlichste Aufgabe, die es geben kann, die Verwandlung der wölfischen Gesellschaft in eine menschliche Gesellschaft.

INHALT